TOD IN PERCHTOLDSDORF

AF204623

Christian Schleifer, Jahrgang 1974, ist gebürtiger Perchtoldsdorfer, gefangen im Leben eines Wieners. Nach der Matura studierte er Anglistik und Germanistik. Diese Ausbildung nutzte er (total naheliegend), um zwanzig Jahre lang als Sportjournalist bei österreichischen Tageszeitungen zu arbeiten. 2015 beschloss er, sich mehr Zeit für seine Frau, die Zwillinge und das Krimischreiben zu nehmen. Wenn er nicht gerade am nächsten Krimi arbeitet, hilft er bei der Organisation von Tennisturnieren und anderen Sport-Events, außerdem ist er als Dosenfutteröffner für die Familienkatzen Felice und Chewie tätig.

Dieses Buch ist ein Roman. Handlungen und Personen sind frei erfunden. Ähnlichkeiten mit lebenden oder toten Personen sind nicht gewollt und rein zufällig. Alle Shakespeare-Zitate stammen aus der Übersetzung von August Wilhelm Schlegel.

CHRISTIAN SCHLEIFER

TOD IN PERCHTOLDSDORF
DER ERSTE FALL FÜR CHARLOTTE NÖHRER

Kriminalroman

emons:

© Emons Verlag GmbH
Cäcilienstraße 48, 50667 Köln
info@emons-verlag.de
Alle Rechte vorbehalten
Umschlagmotiv: iStockphoto.com/Photoartbox
Umschlaggestaltung: Nina Schäfer, nach einem Konzept
von Leonardo Magrelli und Nina Schäfer
Umsetzung: Tobias Doetsch
Gestaltung Innenteil: César Satz & Grafik GmbH, Köln
Lektorat: Uta Rupprecht
Druck und Bindung: sourc-e GmbH, Köln
Printed in Europe 2026
Erstausgabe 2020
ISBN 978-3-7408-0818-1
Originalausgabe
3. Auflage

Unser Newsletter informiert Sie
regelmäßig über Neues von emons:
Kostenlos bestellen unter
www.emons-verlag.de

Dieser Roman wurde vermittelt durch die
Semmelblond Script Agency, Dresden.

Die automatisierte Analyse des Werkes, um daraus Informationen
insbesondere über Muster, Trends und Korrelationen gemäß
§ 44b UrhG (»Text und Data Mining«) zu gewinnen, ist untersagt.

Für meine Familie: Isa, Charlotte und Leo

TITANIA:
Mein Oberon, was für Gesicht' ich sah!
Mir schien, ein Esel hielt mein Herz gefangen.

OBERON:
Da liegt dein Freund.

TITANIA:
Wie ist dies alles zugegangen?
Oh, wie mir nun vor dieser Larve graut!

OBERON:
Ein Weilchen still! – Puck, nimm den Kopf da weg.
Titania, du lass Musik beginnen. Und binde stärker
alle Fünf Sinne als durch gemeinen Schlaf.

TITANIA:
Musik her! Schlafbeschwörende Musik!

William Shakespeare,
»Ein Sommernachtstraum«

Prolog

Ein Wald nahe Athen.
(Oberon und Titania)
»Komm nur, komm nur, holde Titania!«
»Zu gerne nur folge ich deinem Rufe, mein Oberon.«
Oberon nimmt Titania theatralisch in die Arme.

Ein Vollmond erleuchtet die Bühne der Perchtoldsdorfer Sommerfestspiele. Es ist eine heiße Frühsommernacht Ende Juni, die Nacht vor der Premiere von William Shakespeares »Ein Sommernachtstraum«. |Der Rest des Ensembles hat sich schon längst nach Hause beziehungsweise in verschiedene Hotels der Umgebung getrollt. Oberon und Titania nützen die spektakulär gestaltete und um diese Uhrzeit gottverlassene Bühne für eine persönliche Generalprobe. Was proben sie? Das können Sie sich denken. Nicht umsonst haben die beiden gewartet, bis die anderen die Sommerbühne verlassen hatten. Was die beiden gleich aufführen werden, war von Shakespeare garantiert nicht für die Bühne gedacht ...

Wir sollten den Turteltauben ihre Fleißarbeit nachsehen. Zu groß ist das Lampenfieber vor der Premiere, und zu sehr gehen sie beide in ihren Rollen auf. Zu groß ist vor allem die Versuchung, ihre Affäre nicht nur heimlich in einem Hotelbett oder auf einem Autorücksitz auszuleben, sondern auch einmal in aller Öffentlichkeit, auf der ganz großen Bühne.

»Wollen wir das Bett des Herzogs mit unserem Segen weihen?«, fragt Oberon.

»Auf dass ihm und seiner Herzogin gesegneter Nachwuchs in ihrer Hochzeitsnacht entspränge?«, fragt Titania. Sie zieht Oberon zu sich. Näher und näher. Sein Atem lässt die feinen Härchen in ihrem Ohr habachtstehen.

So geschwollen die Sprache auch ist, das Liebesgeflüster

der beiden klingt ganz und gar nicht fein. Aber das ist bei Shakespeare selbst auch so.

Das Bett des Herzogs befindet sich am linken Rand der weitläufigen Bühne, die sich quer über den Hof der historischen Perchtoldsdorfer Burgruine erstreckt. Wie es sich für opulentes Sommertheater gehört, kann hier von Bescheidenheit keine Rede sein. Ganz im Gegenteil! Es wird geprotzt, die Kostüme sind aufwendig, die Kulissen sowieso. Neben dem Herzogspalast mitsamt Bett schließt die Andeutung eines Dorfes an, den größten Teil der Bühne nimmt jedoch der Wald ein, in dem sich Shakespeares »Sommernachtstraum« überwiegend abspielt. Gut ein Dutzend alter Bäume haben ihr Leben lassen müssen, um nun auf der Bühne als Waldkulisse zu dienen – andeutungsweise, da die Bäume komplett entlaubt wurden, um dem Publikum einen besseren Blick zu gewähren. Sie sind so zurechtgestutzt worden, dass die akrobatisch ausgebildeten Schauspieler, allen voran Puck, während des Schauspiels wie Artisten durch die Bäume toben können.

»Wohl, wohl. Hauptsache, dir entspringt kein Nachwuchs.« Titania kichert. Sie ist eine noch blutjunge Schauspielerin, gerade mal zwanzig Jahre alt. Anders Oberon: sehr angesehen in der Theaterwelt, ein Grandseigneur der Branche und verheiratet. Natürlich nicht mit Titania, aber das dürfte wohl klar sein.

Die Turmuhr, keine hundert Meter entfernt und mit dem dazugehörigen Wehrturm das Wahrzeichen von Perchtoldsdorf, schlägt Mitternacht. Zugleich schlägt es auch bei Titania ein.

Die Turmuhr weckt noch jemand anderen. Wenn Oberon und Titania geglaubt haben, allein zu sein, so haben sie sich getäuscht. Und zwar gewaltig. In der alten Rüstkammer, die während der Sommerspiele als Garderobe für die Schauspieler dient, wird ein Mensch von dem Geläute aus einem kurzen Schläfchen gerissen. Auch in seinen Träumen ist es alles andere als jugendfrei zugegangen. Konzentriert an einer Rolle arbeitend, war er im Zwielicht sanft in Morpheus' Arme gesunken. Er fährt erschrocken hoch, reibt sich verschlafen die Augen und klappt das Skript zusammen. Genug für heute, morgen ist auch noch ein Tag.

In diesem Moment vernimmt die Person zwei Stimmen aus dem Burghof. Wer ist das? Das Ensemble ist doch längst nach Hause gegangen? Vorsichtig erhebt sie sich, bemüht, nur ja kein Geräusch zu machen. Eigentlich unnötig, denn die beiden da draußen hätten in ihrer Ekstase nicht einmal ein am Boden zerschellendes Glas gehört. Sie schleicht durch die Rüstkammer, auf das Tor zum Burghof zu. Eine unangenehme Vorahnung erfasst sie.

Draußen kichert Titania wieder wie ein Schulmädchen, dazwischen stößt sie immer wieder spitze Schreie aus. Die Gefahr, gehört oder ertappt zu werden, besteht nicht; praktischerweise sind die wenigen Lokale, die sich um diese Uhrzeit noch über Besuch freuen, weit genug entfernt. Westlich des Burghofs schließt der Begrischpark an, der sich leicht bergauf in Richtung Wienerwald und Föhrenberge zieht. Östlich schmiegt sich die Pfarrkirche an die Burg. Beides sind nicht unbedingt Orte, die um diese Uhrzeit noch ausgiebig frequentiert werden.

Mit einer fahrigen Handbewegung streicht sich Titania eine Haarsträhne aus dem Gesicht. »Mein Liebster, lass uns an einer anderen Stelle weitermachen. Mich dünkt, wir haben die erste Runde beendet und das Bett des Herzogs ausreichend gesegnet.«

Sie fasst Oberon am Arm und schleift ihn quer über die Bühne zur Waldkulisse. Dort gibt es ebenfalls ein Bett, nämlich jenes, in dem die mit Liebestropfen verzauberte Titania neben dem eselsköpfigen Zettel erwacht und diesen vernascht. In der gänzlich privaten Generalprobe der beiden Waldgeister wird Titania diesmal aber ihren schönen Oberon vernaschen. Die beiden sinken auf das mit Laub und Stroh ausgelegte Bett, das während der Vorstellung mit Hilfe von vier Seilen in luftige Höhen gezogen werden kann. Titania und Oberon verzichten allerdings auf Luftakrobatik und belassen das Bett auf sicherem und festem Untergrund.

Der oder die Dritte im Bunde bleibt am anderen Ende der Bühne stehen. Wut kocht hoch. Es ist also keine Täuschung. Die Hoffnung ist ohnehin nur klein gewesen, aber was hat der Mensch schon, wenn nicht immer einen letzten Funken Hoffnung? Dieser Funke schmilzt nun wie eine Schneeflocke in der Frühlingssonne.

»So heiß, es ist so heiß, mein Liebster. Ach, hätte ich doch nur ein Eis«, haucht Titania mit unschuldigem Blick. Ganz so, als hätte sie Einblick in das Gefühlsleben des heimlichen Beobachters. Oberon haucht ihr ins Ohr: »Eis habe ich nicht, meine Holde, aber etwas anderes …« Wieder kichert die junge Titania.

Ihr Keuchen hallt von den jahrhundertealten Mauern der ehemaligen Herzogsburg wider. Die Lust auf Eis ist plötzlich verflogen. Höher und höher, schriller und schriller werden ihre Schreie.

Bis sich mit einem Mal eine weitere Stimme einmischt.

»Du!«, tönt es durch den Burghof.

Unfreiwilliger Coitus interruptus. Wutschnaubend stürmt eine schattenhafte Gestalt auf die Bühne. Schritte und Atem sind schwer, nur die Augen funkeln.

»Hab ich dir nicht alles gegeben?«, schreit sie. Die Stimme überschlägt sich, bricht ab mit einem lauten Quieken. »Hab ich dir nicht alles gegeben?«, schreit die Gestalt nochmals, voller Verzweiflung.

Verschämt bedeckt Titania mit den Armen ihre Brüste, ein rotes Blatt (allerdings nicht so rot wie ihre Wangen) fällt ihr aus dem Haar.

Oberon stützt sich ungerührt im Sitzen mit den Armen auf, lässt die Beine gespreizt, grinst die Gestalt spöttisch an. Dann zieht er seine Titania in eine gleichermaßen beschützende wie besitzergreifende Umarmung und sagt nur: »Geh scheißen!«

Da kann sich auch die völlig verschreckte Titania ein dämliches Kichern nicht mehr verkneifen.

»Und dann beginnen die Morde« – das wäre jetzt eigentlich der klassische Abschlusssatz für diesen Prolog. Ich will den geneigten Leser aber nicht anlügen. Die Morde beginnen nämlich erst knapp vierundzwanzig Stunden später.

1. Aufzug

1

Am Anfang war das Wort. Und bekanntlich gibt ein Wort ja das andere. In der Liebe wie im Streit, in der Politik wie in der Kunst. Das trifft folgerichtig auch auf ein Theaterstück zu: ohne Worte kein Dialog, ohne Dialoge kein Stück. Schon gar nicht vom alten William Shakespeare. In seinen Tragödien gibt nicht nur ein Wort das andere, sondern auch gerne mal ein Mord den anderen. Und noch einer. Und noch einer. Bis am Ende alle tot sind. Gemeuchelt, vergiftet, erstochen oder in den Freitod gegangen. Da war der alte Shakespeare nicht sehr zimperlich.

Bei seinen Komödien ist das nicht so. Also, das mit den Morden, das mit den Worten natürlich schon.

Dass im »Sommernachtstraum« der Oberon mitten im zweiten Akt sein frühzeitiges Ende findet, steht daher auch in keinem Skript (auch in keinem Folio oder Quarto). Ist aber genau so passiert. Auf der Bühne der Perchtoldsdorfer Sommerfestspiele. Vor etwa fünfhundert Zuschauern. Live, in Farbe und nativem 3-D. Und mittendrin natürlich die Charlotte Nöhrer.

Aber fangen wir besser von vorne an.

Die Charlotte war bei der Premiere der Perchtoldsdorfer Version von Shakespeares »Sommernachtstraum« aus beruflichen Gründen dabei. Nach ihrem Abenteuer in Schladming (das ist eine Geschichte für ein anderes Mal) hatte sie ihren Worten Taten folgen lassen. Sie hatte ihren Job als Security in einer Shoppingmall aufgegeben, sich mit den Eltern ausgesöhnt und war in den familiären Weinbetrieb eingestiegen. Ihre Zeit als Polizistin war da schon gut zwei Jahre her.

Der Einstieg in den Weinbetrieb als Juniorchefin hatte zwar dem lang gehegten Wunsch des Herrn Papa entsprochen, war aber dennoch nicht ganz friktionsfrei abgelaufen. Die Charlotte war stur, der Herr Papa war stur, und beide hatten diametral entgegengesetzte Vorstellungen, wie ein Weinbau- und

Heurigenbetrieb heutzutage zu führen war. Die Charlotte hatte sich vorerst durchgesetzt, was fürs Erste als Information reichen sollte.

Wichtig ist jetzt nur, dass die Charlotte – nicht zuletzt dank ihres in der Folge von Schladming kurzfristig österreichweiten Bekanntheitsgrades – die exklusive Schankkonzession für die Festspiele an Land hatte ziehen können. Das war per se nicht das Wahnsinnsgeschäft (obwohl sich damit schon ganz gut verdienen ließ), aber es steigerte den Bekanntheitsgrad vom Weinbau Nöhrer. Zu den Festspielen kamen ja auch viele Wiener, Niederösterreicher und Burgenländer – ab und zu wurde auch eine Busladung aus einem weiter entfernten Bundesland oder sogar aus dem benachbarten Ausland vor den Burgtoren ausgeladen –, und die mussten allesamt den Nöhrer-Wein konsumieren, wenn sie nicht verdursten wollten. »Mussten« wäre der Charlotte natürlich nie über die Lippen gekommen, »durften« wäre ihre Wortwahl gewesen.

Für die Ausschank hatte die Charlotte eine Holzhütte, ähnlich jenen auf den Weihnachtsmärkten, im Burghof aufbauen lassen. Unübersehbar waren dort Fotos vom Weingut und vom Heurigenlokal angebracht. Zusätzlich gab es Infoflyer und, eh klar, die Untersetzer für die Gläser waren mit dem Firmenlogo und der dazugehörigen Adresse gebrandet. Alles zwar ein bisschen aufdringlich, aber der Herr Papa hatte die PR-Arbeit in den letzten Jahren doch etwas schleifen lassen. Die Charlotte fand, dass sie jetzt wieder mehr Gas geben mussten, wenn sie mit den anderen »jungen« Heurigen in Perchtoldsdorf mithalten wollten. Tradition war ja schön und gut, aber sie ernährte nun mal keine Familie.

Die Hütte der Charlotte befand sich unmittelbar neben der Einfahrt zum Burghof. Ein paar Meter daneben hatte der lokale Fleischhauer seinen Verkaufsstand, an dem Leberkässemmeln, Schnitzelsemmeln, Grillhühner und Ähnliches angeboten wurden. Durchaus rustikal, aber es war nun mal ein Sommer- und nicht das Burgtheater. Auf der anderen Seite der Einfahrt war die Abendkassa. Wenn keine Sommerspiele stattfanden, war der Burghof ein öffentlicher Parkplatz. Dort, wo das restliche Jahr über Dutzende Autos abgestellt waren, stand nun eine große Stahlrohrtribüne, die Platz für knapp fünfhundert Zuschauer bot. Dahinter nahm die Bühne beinahe die gesamte Breite des Burghofs ein und schmiegte sich fast direkt an die Mauer der alten Herzogsburg. Nur ein schmaler Grünstreifen hatte als Fluchtweg nicht verbaut werden dürfen. Links und rechts wurde der Burghof von weiteren Mauern eingerahmt, die so kunstvoll restauriert worden waren, dass sie immer noch einen verfallenen Eindruck machten.

Wenn die Charlotte an ihrem Verkaufsstand beschäftigt war, konnte sie aufgrund des dazwischen befindlichen Tribünenmonsters nichts von der Bühne sehen. Hören – ja, sehen – nein. Und gerade am Premierenabend wollte die Charlotte ihren Stand nicht allein lassen. Sie hatte zwar für diesen Abend zwei Kellnerinnen des Heurigen als Hilfen eingeteilt, aber natürlich waren die Abläufe noch nicht eingespielt. Zudem waren zur Premiere jede Menge Promis geladen (wenige der A-Klasse, einige der B- und viele der C-Klasse), und da witterte die Charlotte die Chance, ein wenig Werbung für ihren Wein zu machen.

In dieser Hinsicht war sie nicht enttäuscht worden. Vom Fernsehen, sowohl öffentlich als auch privat, waren etliche Gesellschaftsreporter angetanzt, von den Printmedien ebenfalls. Und weil der sattsam bekannte und überall anwesende Braumeister sich mit einer jungen Dame aus seinem »Haustierzoo« das für ihn ungewohnt hochkulturelle Ereignis vor Beginn an ihrem Stand erträglich trinken wollte, waren auch schnell die Kameras da. Die Charlotte grinste zufrieden, am nächsten Abend würde der Name ihres Weinbaubetriebs groß und gut sichtbar zur Primetime auf allen Kanälen zu sehen sein. Was für eine Werbung: Österreichs größter Bierbrauer genießt Nöhrer-Wein.

Fast noch größer war aber die Genugtuung bei dem Gedanken, wie Herbert Zaitler, der Vorsitzende des örtlichen Weinbauvereins, schäumen würde, wenn er sie und ihre Holzhütte im Fernsehen sah. Dem Zaitler war die Charlotte nicht zuletzt aufgrund ihrer Elefant-im-Porzellanladen-Attitüde ein schmerzhafter Dorn im Auge. Bislang hatte er noch bei jedem Modernisierungsversuch der Charlotte versucht, sein Veto einzulegen – soweit ihm das als Weinbauverbandsobmann möglich war. Sprich: Er konnte nicht allzu viel tun, denn in den Betrieb des Weinguts Nöhrer durfte er sich nicht einmischen. Aber durchgehend Stress machen und sich beschweren, das konnte er so richtig gut.

Der Zaitler war durch und durch in der Vergangenheit verwurzelt. Ihm wäre es wahrscheinlich sogar am liebsten gewesen, wenn die Heurigen nach wie vor nur ein kaltes Buffet anbieten würden, was inzwischen natürlich völlig undenkbar war. Bei seinem eigenen Heurigenbetrieb hatte er gegenüber seiner Familie auch nur zähneknirschend nachgegeben, nachdem die Gäste ausgeblieben waren.

Der erste große Ansturm war inzwischen vorbei, die zweite Hälfte des Stücks voll im Gange. Die Flora, Charlottes kleine Schwester, und die Andrea, Charlottes Freundin und Liebhaberin, durften sich vom hintersten Rang aus das Stück ansehen (bei Freikarten für Mitarbeiter und deren Verwandte war man nicht so großzügig). Die Charlotte räumte mit einer der Kellnerinnen gerade Weinnachschub ein. Nach Ende der Vorstellung würde es an ihrem Stand hoffentlich nochmals so richtig rundgehen.

Mit einem Ohr hatte die Charlotte mitbekommen, dass sich die Handwerkertruppe rund um Zettel für die Proben ihres Stücks anlässlich der Hochzeit des Herzogs von Athen bereits im Wald versammelt hatte. Just da erschien unerwartet Kundschaft an ihrem Stand.

Den Kopf halb unter der Theke und Flaschen einschlichtend fragte sie: »Was darf ich Ihnen anbieten?«

»Ich weiß nicht so genau«, sagte der junge Mann auf der anderen Seite der Theke unsicher. Zwar war es selbst für einen Abend im späten Juni ungewöhnlich warm, aber er war relativ leicht angezogen, eigentlich gab es keinen Grund, zu schwitzen. Was er aber tat.

Die Charlotte sah sich den Burschen – er konnte noch keine achtzehn sein – etwas genauer an. Er war vielleicht eins achtzig groß und extrem schlank, um nicht zu sagen dürr. Halblange schwarze Haare mit spitzem Ansatz auf der Stirn, bleiches Gesicht. Nasenring, Lippenringe, Ohrring, auf seinem Handrücken konnte die Charlotte den Anfang oder das Ende einer schwarzen Tätowierung erkennen, die sich unter das schwarze Hemd schlängelte. Dazu schwarze Jeans und abgetragene Doc Martens, wobei sich die Charlotte wunderte, dass man die heutzutage überhaupt noch trug. Alles in allem machte er auf sie den Eindruck eines klassischen Emos, der sich alle Mühe gegeben hatte, sein Outfit dem gesellschaftlichen Anlass entsprechend zu gestalten. Bei uns hieß das damals noch Grufti, dachte die Charlotte und schüttelte innerlich den Kopf.

»Wie wär's mit einem Schüttelwein? Der ist spritzig und erfrischend«, schlug die Charlotte vor. Nervös zupfte der Junge mit den Fingern an seinem Lippenpiercing, den Mund halb offen. Dabei fiel der Charlotte auf, dass er auch ein Zungenpiercing hatte.

»Was ist das? Ich möchte nichts zu Starkes.«

»Keine Sorge. Schnaps oder Ähnliches bieten wir nicht an. Unser Schüttelwein ist eine Spezialabfüllung für die Festspiele, ein Rosé-Frizzante. Schüttelwein ist ein Wortspiel auf Shakespeare. Schüttelbier, Schüttelwein und so, verstehen Sie?«

Die Charlotte erntete einen verständnislosen Blick. Gut, vielleicht hatte sie es mit der Namensgebung doch etwas übertrieben. Der Junge vor ihr war nicht der Erste, der das Wortspiel nicht zu würdigen wusste, an diesem Abend hatte sie den Schüttelwein schon unzählige Male erklären müssen.

Sie setzte nach: »Sekt, Frizzante und so weiter verbindet man ja mit Schütteln, wegen der Siegerehrungen im Sport und so. Und ›Shakespeare‹, das klingt wie Bier, aber wir machen ja Wein und nicht Bier, also deshalb Schüttelwein.« Aber es war sinnlos, der Witz war nicht mehr zu retten.

In Gedanken machte sich die Charlotte eine Notiz, dass sie den Schüttelwein so bald wie möglich umbenennen sollten. Das aktuelle Lot musste aber noch mit diesem Namen leben. Die Etiketten waren ja längst auf die Flaschen geklebt.

»Ist gut, ich nehme einen«, entschied sich der Junge schließlich doch.

Die Charlotte gab sich seufzend geschlagen und sagte: »Schmeckt besser, als er heißt.«

Sie nahm die langhalsige Flasche und goss den Schüttelwein in eine Sektflöte – am Premierenabend waren die wegen der Promis noch aus Glas. Später bei den regulären Vorstellungen wurde dann in Plastikeinweggläsern ausgeschenkt. Im Licht der untergehenden Sonne schimmerte der Frizzante lachsrosa, und am Glas bildete sich eine dünne Kondensschicht.

Der Junge schob mit leicht zittrigen Fingern einen Fünf-Euro-Schein über die Theke, die Charlotte konterte mit einer Ein-Euro-Münze. »Da ist übrigens ein Euro Einsatz auf dem Glas«, sagte sie und sah ihm nachdenklich nach, als er sich wegdrehte.

Er entfernte sich einige Meter von ihrem Stand, ging jedoch nicht zur Tribüne. Hat er keine Karte?, fragte sich die Charlotte insgeheim.

Der Junge starrte einfach nur in den Nachthimmel, zwischendurch blickte er immer wieder auf die Uhr.

Eigenartiger Typ, dachte die Charlotte.

Und dann brach die Hölle los.

2

»Charly, Charly!«, schrie die Flora hysterisch. Sie hatte sich über den oberen Rand der Stahltribüne gebeugt und winkte ihrer großen Schwester hektisch zu. Aber nicht nur die Flora war hysterisch – das gesamte versammelte Promi-Publikum war mit einem Mal in heller Aufregung. Die Charlotte ließ alles liegen und stehen und stürmte zur Bühne. Am Fuß des Tribünenaufgangs wurde sie von der Andrea erwartet, die sich nicht lange mit Rufen aufgehalten hatte.

»Was ist los?«, fragte die Charlotte schnaufend. Die Andrea zeigte wortlos zur Bühne. Dort drängte sich das komplette Ensemble um eine Person. Sie lag am Boden und rührte sich nicht. Sanitäter waren auch schon oben und versuchten, sich einen Weg durch die Schauspieler zu bahnen. Die Charlotte nahm die Andrea an der Hand und zog sie weiter nach vorne. Über die Lautsprecher kam derweil die Ansage, dass die Zuschauer bitte auf ihren Plätzen sitzen bleiben sollten. Es bestehe kein Grund zur Panik. Nach kurzem Rundblick war sich die Charlotte sicher, dass keine Gefahr bestand, die versammelte Prominenz könnte demnächst in Panik ausbrechen. Eher herrschte das Gegenteil – Sensationsgier und Schaulustigkeit. Viele hatten ihre Handys gezückt und fotografierten die Szene. Die Gesellschaftsreporter standen mit den Kamerateams direkt vor der Bühne im schmalen Fotograben und hielten alles in Bild und Ton fest. An Zeugen und Fotobeweisen würde es jedenfalls nicht mangeln, auch wenn zwei Polizisten versuchten, die Meute mit Händen und Füßen von der Bühne wegzudrängen. Vom Marktplatz, der eine Art übergroßen Vorplatz für Wehrturm, Kirche und Burg bildete, hörte man bereits die Sirene eines heranrasenden Rettungswagens.

Die Charlotte und die Andrea hatten sich über einen schmalen Grünstreifen am Rand der Burgmauer an der Tribüne vorbeigeschummelt und standen nun am rechten Bühnenrand, genau dort, wo die letzten Bäume des angedeuteten Waldes am Boden fixiert waren. Ebendort hatte es den Oberon anscheinend erwischt, so viel konnte die Charlotte durch das Menschengewirr erkennen. Die Sanitäter bemühten sich, dem Schauspieler mit Mund-zu-Mund-Beatmung und Herzmassage wieder Leben einzuhauchen, aber noch bevor der Notarztwagen in den Burghof einbog, hatten sie ihre Bemühungen bereits wieder eingestellt. Die übrigen Schauspieler standen in einem Halbkreis um den regungslosen Oberon, allen voran der geschockte Darsteller des Puck. Hinter ihm bedeckte die Titania ihren vor Schreck weit aufgerissenen Mund mit einer Hand.

»Halt, ich kann dich da nicht rauflassen!« Ein Polizist stellte sich der Charlotte und ihrer Freundin in den Weg. Sie sah ihn an und lachte lauthals los. Als einige der Schauspieler sich empört zu ihr umdrehten, verstummte sie sofort. Noch unpassender hätte man sich nun wirklich nicht benehmen können.

»Aber geh, Leo, das meinst du doch nicht ernst. Was willst du mit deiner Cousine denn machen? Mich in Handschellen abführen? Also komm, lass uns durch.« Der Polizist schnaufte einmal tief durch, erkannte seine hoffnungslose Lage und ließ die Cousine passieren. »Danke, hast eine Flasche vom Schüttelwein gut bei mir«, raunte die Charlotte im Vorbeigehen.

Der Leo verdrehte die Augen. Auch er hatte sich den Schüttelwein-Witz erklären lassen müssen (mehrmals sogar, was den Witz nicht besser machte). Er musste aber gestehen, dass der Frizzante viel besser schmeckte, als der Name vermuten ließ. Den ablenkenden Gedanken wischte er schnell beiseite und machte sich wieder an die Arbeit. Was umgehend der Society-Reporter des dramatisch überdimensionierten Boulevardblattes »Heimatland« zu spüren bekam.

»Aber gehen S', Herr Inspektor, Sie haben die Dame vor mir ja auch durchgelassen.«

»Erstens: Inspektor gibt's keinen.« (Eine glatte Lüge, der Leo war ja sogar Chefinspektor. Aber er hatte den alten Kottan-Witz schon so lang einmal anbringen wollen.) »Zweitens:

Das ist praktisch eine Kollegin. Und drittens: Was du willst, ist mir aber so was von wurscht. Du kommst da nicht durch. Und jetzt zack, zack, zack, nach hinten mit dir.«

»Weil sonst was passiert?«, wollte der schmierige Typ wissen. Seine Augen waren blutunterlaufen (was nicht nur vom ständigen Starren auf einen Bildschirm kam), die halblangen, fettigen Haare nach hinten gegelt.

»Weil es sonst poscht!«, drohte der Leo und richtete sich zu seinen vollen ein Meter neunzig auf.

»Polizeigewalt! Geht's noch? Hilft mir denn keiner?«, schrie der Reporter aufgebracht.

»Gusch!«, sagte ein weiterer Reporter. »Schleich dich!«, ein anderer. Weder der Society-Reporter noch sein Arbeitgeber waren in der Branche sonderlich beliebt. Hätte der Leo ihm tatsächlich eine aufgelegt, gäbe es wohl keinen, der das vor Gericht bezeugen würde. Damit war die Diskussion beendet.

Angefressen versuchte der Reporter, am Leo vorbei ein paar Blicke auf die Bühne zu erhaschen, mehr ging beim besten Willen nicht. Sein Fotograf streckte die Kamera blind in die Höhe und hoffte auf einen Schnappschuss für die Titelseite der morgigen Ausgabe.

Die Charlotte hatte es inzwischen geschafft, bis zur Leiche vorzudringen. Die Schauspieler kannten sie von den Proben. Keiner von ihnen hatte sich in den letzten Wochen nicht wenigstens einmal mit ihren Weinen aus dem Leben geschossen. Also ließ man sie gewähren. Sie gehörte ja praktisch zur Truppe. So eine Art Ehrenmitglied.

Vor ihr lag der leblose Körper von Norbert Obermayer, dem Darsteller des Oberon. Ganz offensichtlich war da nichts mehr zu machen. Der Brustkorb bewegte sich keinen Millimeter, die Augen starrten ins Leere, die Lippen waren bereits violett, und kleine Speichelbläschen liefen aus den Mundwinkeln.

»Lassts mich durch. Verdammt noch mal, lassts mich durch!«, ertönte es nun vom Bühnenabgang. Eine gewaltige

Gestalt wälzte sich auf die Bühne, Valentin Lobinger, Regisseur und Intendant der Festspiele. Schnaufend schleppte er seine komplett in schwarzes Tuch gehüllten hundertfünfzig Kilo zum Schauplatz des Geschehens. Ehrfürchtig machten die Schauspieler der lebenden Legende Platz.

Auch wenn man es ihm heute nicht mehr ansah: Der Lobinger war vor Jahren mal eine ganz große Nummer in der internationalen Theaterszene gewesen. Er hatte es sogar geschafft, in London Shakespeare zu spielen. Irgendwann jedoch hatte es in seinem Leben einen Knacks gegeben, von dem er sich nicht mehr erholt hatte. Die Sommerfestspiele in Perchtoldsdorf waren vielleicht seine letzte Chance, nochmals die Kurve zu kratzen.

Der Lobinger fiel vor der Leiche des Obermayer auf die Knie. Seine mächtige Brust hob und senkte sich in schnellem Takt – ob vor Anstrengung oder Aufregung, hätte weder die Charlotte noch sonst einer sagen können. Fast schon zärtlich strich der Lobinger seinem Oberon über die Wange, dann schloss er ihm vorsichtig die Augenlider.

Ganz großes Theater. Beinahe hätte die Charlotte eine Träne verdrückt. Aber die Charlotte hatte ihn in den letzten Wochen auch schon ganz anders erlebt und wusste, er konnte ein ganz gewaltiger Arsch sein. Schließlich erhob sich der Lobinger, gestützt von ein paar Schauspielern.

»Was ist passiert?«, fragte die Charlotte jetzt endlich in die Runde. Eine halb nackte Gestalt trat vor und räusperte sich. Es war Willi Hofer, der Darsteller des Puck. Sein Kostüm bestand lediglich aus einer wolligen braunen Hose. Dazu barfuß, nackte Brust – man konnte seinen gut durchtrainierten Oberkörper sehen. Und den brauchte er auch, denn der Lobinger verlangte seinem Puck einiges an Akrobatik ab. Wie ein Alpen-Tarzan musste er sich von Baum zu Baum schwingen, Salti schlagen und noch andere waghalsige Kunststücke vollbringen.

»Wir waren gerade bei der Stiefmütterchen-Szene. In unserer Version ist das Original etwas abgeändert. Der Nobsi«, dabei zeigte der Willi auf die Leiche,»erzählt bei uns nicht nur von der Blume, die er in größerer Menge für seinen Liebeszauber braucht, sondern zeigt mir auch eine. Die letzte, die er noch hat. Ich habe die Blume angepustet, und kurz darauf hat der Nobsi zu würgen und zu keuchen angefangen. Dann ist er hingefallen, und das war's dann auch schon.« Der Willi hielt die Plastikblume noch immer in der Hand.

Sanft löste die Charlotte das Requisit aus seiner panischen Umklammerung und hielt es vorsichtig am Stängel fest. »Leo!«, rief sie über ihre Schulter hinweg. Ihr Cousin drehte sich sofort um und sah sie fragend an. Sie winkte ihn zu sich und flüsterte ihm ins Ohr:»Vergiss mal kurz die Pressefritzen. Hier!« Sie drückte dem verdutzten Leo die Plastikblume in die Hand. Dann sagte sie leise:»Vorsicht, Beweisstück!«, zwinkerte ihm zu und wandte sich wieder zu den Schauspielern um. Der Leo zog einen kleinen Plastikbeutel aus seinem Multifunktionsgürtel und ließ das Blümchen darin verschwinden.

Mittlerweile hatte sich der Notarzt einen Weg durch die Menge gebahnt, doch auch er konnte nur mehr den Tod von Norbert Obermayer feststellen. Als sich der Arzt erhob, sperrte die Spurensicherung endlich den Tatort ab und drängte Schauspieler, Presse und Schaulustige zurück. Das Blitzlichtgewitter aus dem Publikum ebbte jedoch noch immer nicht ab, denn Obermayer war während der normalen Spielzeiten ein gefeierter Star am Wiener Burgtheater. Ein Blick auf Twitter oder Facebook hätte gezeigt, dass die Begriffe #Obermayertot, #Oberonermordet und #PTownFestspiele gerade überdurchschnittlich trendeten.

Über die Lautsprecher kam die Durchsage, dass die Vorstellung für diesen Abend beendet sei. Es tue den Veranstaltern unendlich leid, aber wegen einer »Unpässlichkeit« von Norbert Obermayer könne man das Theaterstück leider nicht zu Ende führen. Die Zuschauer wurden gebeten, ihre Plätze geordnet zu räumen. Wer für seine Karte regulär bezahlt habe, bekomme das Geld an der Abendkasse zurück. Das waren am Ende gerade mal hundert Leute. Der Rest waren die üblichen Premieren-Schnorrer mit geschenkten VIP-Karten.

»Lass uns zum Stand zurückgehen«, sagte die Charlotte zur Andrea. Sie wusste, dass sie hier nichts mehr ausrichten konnte. Die Leiche war ausreichend abfotografiert und untersucht worden und konnte nun für den Abtransport fertig gemacht werden. Die Polizei sperrte den Tatort weitläufiger ab, und der Lobinger stand, nun wieder verhältnismäßig gefasst, der Presse Rede und Antwort. »Vielleicht lässt sich ja am Stand noch ein Geschäft machen. Dann war der Abend wenigstens nicht ganz für die Fisch'.«

An der Hütte wurden sie bereits von der Flora erwartet. Sie hatte sich in Abwesenheit ihrer Schwester hinter die Theke gestellt und schenkte fleißig aus.

Die Aufregung machte die Promigäste offenbar durstig. »Geh, bring noch zwei oder drei Kartons vom Schüttelwein«, sagte die Flora zu ihrer verdutzten Schwester. »Der geht weg wie warme Semmeln.«

Die Flora entpuppte sich einmal mehr als wesentlich reifer, als ihre fünfzehn Jahre vermuten ließen. Während die Charlotte wie so oft ihre neugierige Nase in Sachen gesteckt hatte, die sie eigentlich gar nichts angingen, hatte sich die kleine Schwester ungefragt zur Chefin am Weinstand aufgeschwungen. Und es funktionierte. Freundlich, aber bestimmt wies die Flora die wesentlich älteren Kellnerinnen an, und die taten umgehend wie ihnen geheißen. Genauso wie die Charlotte. Mit der Andrea im Schlepptau schlurfte sie zu ihrem kleinen Lieferwagen, holte eine Transportrodel und mehrere Kartons vom Schüttelwein aus dem Laderaum und lieferte ihrer Schwester wie gewünscht den Alkohol.

»Jetzt ist's dann aber auch gut«, schnaubte sie ihr Schwesterherz schließlich an, »du kannst mich wieder ranlassen.«

»No way. Ich bleibe und helfe dir. Ich kenne dieses Glitzern in deinen Augen. Du bist sowieso nicht bei der Sache.« Die Charlotte seufzte und musste zugeben, dass die Flora durchaus recht hatte. Sie bekam das Bild des toten Obermayer einfach nicht aus dem Kopf. Nicht weil der Anblick so grausig gewesen wäre – als ehemalige Polizistin war die Charlotte einiges gewohnt, man hätte auch sagen können, dass sie einen echten Saumagen hatte –, sondern weil das alles so überraschend gekommen war. Andererseits, welcher Mord, und davon ging sie aus, kam schon nicht überraschend? Perchtoldsdorf war ja nicht unbedingt die Riesenmetropole, wo es täglich Gewaltverbrechen gab. Der Ort grenzte unmittelbar an die Hauptstadt Wien an und galt als Nobelvorort. Quasi das Weiße im Speck des sogenannten Speckgürtels im Süden der Hauptstadt. Viele teure Villen, vor allem in Richtung Heide und Wienerwald, dazu ein paar Cottage-Viertel, wahllos über den ganzen Ort verteilt. Alles gutbürgerlich, aber doch auch ein wenig ländlich, wofür allein schon die Dutzende Heurigenbetriebe im Ort sorgten.

Die Charlotte hatte mehr als einmal die Vermutung angestellt, dass es in Perchtoldsdorf die höchste Pro-Kopf-Heurigendichte in ganz Österreich geben musste. Jeden Tag hatten im Schnitt sicher acht bis zehn verschiedene Heurigenbetriebe geöffnet, und das bei einer Einwohnerzahl von gerade mal fünfzehntausend inklusive Zweitwohnungsbesitzern. Damit war Perchtoldsdorf, abgesehen von der Bezirkshauptstadt Mödling, der größte Ort im Speckgürtel, der sich wie eine Perlenkette nach Süden erstreckte. Eine Ortschaft reihte sich an die andere: Perchtoldsdorf – Brunn am Gebirge (das namensgebende »Gebirge« wird bis heute gesucht) – Maria Enzersdorf – Mödling. Trotz seiner Größe war Perchtoldsdorf aber keine Stadt, sondern eine Marktgemeinde. Allerdings eine der größten Österreichs, was nicht verwunderte. Das diesem Ort eigentlich zustehende Stadtrecht wurde von der örtlichen Politik mit dem Verweis auf die Tradition seit Jahrzehnten abgelehnt. Tatsächlich hatte die Weigerung eher mit den hö-

.

heren Förderungen für Marktgemeinden zu tun, aber das hätte offiziell natürlich niemand zugegeben.

Obwohl der Bezirk Mödling mehr oder weniger eine einzige große Stadtfläche bildete, waren die Bewohner der einzelnen Gemeinden doch wahnsinnig stolz auf ihre jeweilige Eigenständigkeit. Das erinnerte ein bisschen an die EU, wo auch alle irgendwie zusammengehörten, sich aber in falsch verstandenem und oft geschürtem Nationalstolz hinter den eigenen Grenzen verschanzten. Immerhin konnte man sich im Bezirk auf gemeinsame »Feinde« verständigen und war sich auch einig, dass die Zivilisation an der südlichen und westlichen Stadtgrenze von Mödling endete.

Kinder, die jenseits davon aufwuchsen, aber in die Schulen von Mödling, Perchtoldsdorf und so weiter pendelten, hatten es dort nicht wirklich leicht. Einen Spezialfall bildete dabei der sogenannte Tirolerhof zwischen Perchtoldsdorf und Gießhübl, der höchstgelegenen Ortschaft im Bezirk – eine Perchtoldsdorfer Exklave, die aus ein paar Dutzend Einfamilienhäusern bestand und außerhalb des eigentlichen Ortsgebiets lag. Von dort kamen im Spätherbst immer die ersten Autos mit einer dicken Schneedecke in die Zivilisation herunter. Dann wussten die Schulkinder, dass Weihnachten vor der Tür stand.

Die Gemeinde Perchtoldsdorf tat alles Menschenmögliche, um diese Abgrenzung zum Tirolerhof schon im jungen Alter in den Köpfen der Kinder zu verankern. So bildeten die Kinder vom Tirolerhof bereits in der Volksschule und auch später im Gymnasium eigene Klassen. Klar, total förderlich für die Integration. Mit Schaudern erinnerte sich die Charlotte noch an die Kämpfe, die zu ihrer eigenen Schulzeit zwischen den einzelnen Klassen ausgefochten worden waren.

Wie gesagt, die einzelnen Ortschaften grenzten sich, obwohl vollständig miteinander verwachsen, gerne voneinander ab. Doch es gab natürlich noch einen größeren gemeinsamen »Feind«, und der hieß Wien. Egal, dass statistisch nachgewiesen achtzig Prozent der Bewohner des Speckgürtels tagtäglich nach Wien zur Arbeit pendelten, wollte man mit der Bundeshauptstadt doch bitte schön so wenig wie möglich zu tun haben. In Perchtoldsdorf hörte man auch gerne den Spruch, dass Wien sowieso nur der nächstgrößere Vorort von Perchtoldsdorf sei. Gut, das konnte man sehen, wie man wollte. Tatsache war aber auch, dass viele Promis in den letzten zwei, drei Jahrzehnten aus der großen Stadt nach Perchtoldsdorf übersiedelt waren. Einfach, weil das Leben hier nahezu perfekt war und alle Vorteile von Stadt und Land vereinte. Mit dem Auto oder den Öffis war man in fünfundzwanzig Minuten in der Wiener Innenstadt (falls man nicht gerade in den täglichen Megastau auf der Südosttangente geriet), auf der anderen Seite war es nur ein Katzensprung, wenn man sich im Wienerwald erholen wollte. Villenviertel und viel Grün dominierten den Ort, und die Schulen im Raum Mödling hatten einen hervorragenden Ruf. Mit der Shopping City Süd – kurz SCS genannt – befand sich eine der größten europäischen Shoppingmalls gleich ums Eck, und verkehrstechnisch lag man genau an der Gabelung von Süd- und Westautobahn. Hätte der liebe Gott einen perfekten Platz zum Leben geschaffen, Perchtoldsdorf wäre dabei herausgekommen. Meinten jedenfalls die älteren Perchtoldsdorfer.

Wenn man die Jugend befragte, bekam man etwas anderes zu hören, egal, ob in Perchtoldsdorf, Brunn, Maria Enzersdorf oder Mödling. Dabei waren Brunn und Maria Enzersdorf sowieso die totalen Wüsten, was jugendliches Entertainment anging. In Mödling hatte es zu Charlottes Jugendzeiten immerhin noch fünf, sechs Lokale zum Ausgehen gegeben. Trotzdem war auch damals schon das »M« am Mödlinger Ortsschild gerne mal übersprüht worden, sodass nur mehr »Ödling« übrig blieb. Schon damals waren Feuerzeuge mit dem Aufdruck einer Ratte, die aus einem Kanaldeckel lugte, und der Aufschrift »Mödling – nicht einmal ein Kanaldeckel hat offen« der große Renner gewesen. In Perchtoldsdorf war die Lage für Jugendliche auch nicht besser: Unzählige Heurige, aber nur zwei Lokale, in denen »normale« Musik gespielt wurde. Und diese zwei Lokale grenzten sich strikt voneinander ab. In dem einen war früher die Bumm-Bumm-Disco-Fraktion mit Golf GTI zu Hause gewesen, im anderen die »Alternativen«. Letzteres, die »Motte«, gab es auch heute noch, es war besonders ab Mitternacht für einen jetzt-aber-wirklich-allerletzten Absacker beliebt. Das eigentlich winzige Bumm-Bumm-Discolokal war inzwischen in eine ausgezeichnete Cocktailbar verwandelt worden. Wollte man heutzutage als Jugendlicher am Wochenende richtig ausgehen, musste man schon nach Wien, denn hier draußen gab es für die Jugendlichen nichts mehr zu holen.

Lange Rede, kurzer Sinn: Aus Sicht der Eltern war der Bezirk Mödling richtig toll, um dort Kinder aufzuziehen. Nur die Jugendlichen selbst sahen das ein bisschen anders. Aber was weiß die Jugend schon vom Leben?

Was die Kriminalitätsrate anging, so war der Bezirk klarerweise ein beliebtes Ziel für Einbrecher, Morde gab es aber so gut wie nie. Und genau deshalb war die Charlotte so in Gedanken versunken. Sie hatte sich mit der Andrea, einer Zigarette und einem Glas ihres hochgelobten und doof benamsten Schüttelweins hinter die Holzhütte verzogen, strich sich gedankenverloren eine kastanienrote Locke aus der Stirn und ließ sich die Geschehnisse nochmals durch den Kopf gehen. Irgendwie erinnerte sie das alles sehr unangenehm an die Morde in Schladming vor einem halben Jahr. Auch da war sie wie die Jungfrau zum Kind an ein paar Tote geraten. Gut, diesmal wusste sie, dass der Fall bei ihrem Cousin und seinen Kollegen in halbwegs kompetenten Händen lag. Einerseits. Andererseits hatten die hiesigen Polizisten halt aus den oben erwähnten Gründen mit Morden eher wenig Erfahrung. Was solche Fälle anging, da besaß sie dank ihrer Zeit als Polizistin in Wien schon einen ganz anderen Erfahrungsschatz.

»Willst du dich wieder einmischen?«, fragte die Andrea, der das Glitzern in Charlottes Augen gar nicht gefiel. Zwar hatten

sich die beiden damals unter solchen Umständen kennengelernt, aber die Sache in Schladming war wirklich brandgefähr-
lich gewesen. Nachdem alles gut ausgegangen war, hatten sich
bei der Andrea die Erinnerungen an die teils lebensgefähr-
lichen Ermittlungen rasend schnell verflüchtigt. Jetzt kamen
sie wieder zurück.

Die Charlotte sah ihrer Freundin tief in die Augen. »Nein,
diesmal nicht. Das soll die Polizei erledigen. Ich habe mit meinem Heurigen genug zu tun.«

Dafür gab es umgehend einen Kuss von der Andrea. Die
Charlotte vergrub ihre Hände in den blonden Haaren ihrer
Liebhaberin und drückte sie noch fester an sich.

3

Es war bereits nach Mitternacht, als die Charlotte sich unter
Mithilfe der Andrea und der Flora endlich daranmachte, den
Stand für die Nacht zu schließen. Die Promis hatten ihr die
Hütte fast leer gesoffen, deshalb hatte die Charlotte natürlich
so was von überhaupt keine Probleme damit, dass sie weitaus
länger als geplant offen halten musste.

Für ihren Betrieb hatte sich der Abend als Glücksfall ent-
puppt, besser hätte es nicht laufen können – so tragisch die Sache
mit dem Toten auch war. Aber man hatte dabei die ganze Deka-
denz der heimischen Prominenz zu sehen bekommen, niemand
war lange geschockt gewesen. Stattdessen hatten die Leute ge-
tratscht, sich in Mutmaßungen ergangen und gehofft, dass ihre
Wortspende zur Tragödie am nächsten Tag im Fernsehen oder
wenigstens in einer Zeitung zu sehen oder zu lesen sein würde.

Nach und nach hatten die Promis sich dann doch endlich
verzogen, der Braumeister mit seiner beinahe noch jugendlichen Begleiterin als einer der Letzten. Er war halt ein richtiges
Faktotum. Und irgendwie mochte ihn die Charlotte.

Man musste das schon respektieren: So ungelenk, patschert und naiv er im Fernsehen auch rüberkommen mochte, er hatte es im Leben doch zu etwas gebracht. Aus eigener Kraft. Nicht so wie in New York der orangehäutige Baumeister mit der Ententolle, der vom Geld seines Vaters profitiert hatte. Vielleicht musste man sich, wenn man es schaffen wollte, einfach so penetrant wie er ins Licht der Öffentlichkeit drängen.

Für sie wäre das nichts gewesen. Die Interviewtour durch die diversen Fernsehsender nach dem gelösten Fall in Schladming war zwar nett gewesen, aber die Charlotte war am Ende froh, als in ihrem Leben endlich wieder Ruhe herrschte.

Mitten im geschäftigen Aufräumen und Saubermachen wurden sie unterbrochen: »Haben Sie noch was für mich?« Die Charlotte hatte gerade einen neuen Karton Schüttelwein unter der Theke verstaut und lugte kurz hoch, wer da noch was wollte. War ja eigentlich offensichtlich, dass der Laden für diesen Abend geschlossen hatte.

Auf der anderen Seite der Theke stand eine Frau Ende vierzig, die langen kastanienroten Haare – eine Farbe ähnlich wie die von der Charlotte – zu einem Dutt hochgesteckt. Elegantes Abendkleid mit einem leichten Seidenmantel darüber und einem Seidenschal, unter dem eine Perlenkette hervorlugte.

Die Charlotte erschrak. »Sind Sie nicht …?«

»Ja, die bin ich. Und ich wäre Ihnen sehr dankbar, wenn Sie noch etwas Alkohol für mich hätten. Ich brauch das jetzt wirklich. Ich bin gerade eine Stunde lang von der Polizei einvernommen worden.«

»Aber klar doch, Frau Obermayer!« Die Charlotte schenkte der frischgebackenen Witwe ein Glas ein – randvoll. »Geht aufs Haus.«

»Danke.«

Eigenartig, dachte die Charlotte. Die Frau hatte zwar einen Hauch von dunklen Ringen unter den Augen, die Augen selbst waren aber weder rot noch geschwollen, wie man es von einer Frau, deren Mann gerade in aller Öffentlichkeit ermordet worden war, erwartet hätte. Die Obermayer lehnte sich schwer gegen die Theke und nahm einen kleinen Schluck, dann ließ sie den Schüttelwein ein wenig im Mund kreisen, bevor sie schluckte. »Exzellent«, sagte sie, »was ist das?«

»Das ist mein sogenannter Schüttelwein. Ein Rosé-Frizzante, Spezialabfüllung für die Festspiele.«

»Schüttelwein!«, lachte die Obermayer. »Nicht schlecht. Passt zu einem Shakespeare-Stück.« Schnappatmung, vergrößerte Pupillen, Herzrasen bei der Charlotte – die Neo-Witwe war doch glatt die Erste, die das Wortspiel ganz ohne Erklärung verstanden und zu würdigen gewusst hatte! Es hatte nicht einmal eine Minute gedauert, und die Charlotte hatte die Obermayer schon ins Herz geschlossen.

»Renate. Freut mich«, sagte die Witwe, nachdem sie das Glas in zwei, drei langen Zügen geleert hatte.

»Charlotte Nöhrer. Keine deutsche Charlotte, also das ›e‹ ist stumm. Mehr so die französische Aussprache.« Sie reichte der Obermayer über die Theke hinweg die Hand. »Muss ein furchtbarer Abend für Sie gewesen sein.«

»Wie man's nimmt«, antwortete die Obermayer gefasst, was die Charlotte doch etwas überraschte.

»Aber Ihr Mann ...«, stammelte sie.

Die Obermayer machte eine wegwerfende Handbewegung. »Erstens: bitte nur Renate, kein Sie oder Ihr. Und zweitens: Ja, natürlich ist das schlimm mit dem Norbert, aber unsere Ehe war ja schon lange nicht mal mehr das Papier wert, auf dem unser Ehevertrag stand.«

Das Wort Ehevertrag machte die Charlotte hellhörig. Und in Kombination mit der gelassenen Haltung der Witwe klingelten bei ihr sofort die Alarmglocken. Das sah ihr die Obermayer offenbar an, denn sie bestellte gleich noch ein zweites Glas vom Schüttelwein, bevor sie fortfuhr: »Ja, ja, ich weiß. Das wirft jetzt natürlich kein gutes Licht auf mich. Aber du kannst mir glauben, dass ich mit dem Tod meines Mannes nichts zu tun habe. Ich hab ja auch nichts davon. Von uns beiden war immer ich es, die das Geld hatte. Der Norbert hat gut von mir gelebt – aber nie so, dass es mir wehgetan hätte. Selbst unsere Wohnung in der Innenstadt gehört mir. Außer ein paar Schulden gibt es beim Norbert nicht viel zu erben. Er war immer schon ein Lebemann, seine Gagen hat er gleich verblasen. Und seine Gspusis waren in der Erhaltung sicher auch nicht günstig.«

So viel Offenheit war der Charlotte ein bisschen zu viel. Stotternd und mit fragendem Unterton sagte sie: »Trotzdem, mein Beileid?« Die Obermayer zwinkerte ihr zu. »Danke. Es ist ja nicht so, dass ich mir seinen Tod gewünscht hätte. Auf der anderen Seite geht mir nicht großartig was ab. Wie gesagt, er hatte seine Affären, ich hatte meine. Wir hatten uns schon lange darauf geeinigt, dass jeder sein eigenes Leben führt.«

»Nicht böse sein«, sagte die Charlotte, »aber wieso seid ihr dann überhaupt noch zusammengeblieben? Ich meine, wäre es nicht einfacher gewesen, sich gleich scheiden zu lassen?«

Die Obermayer senkte den Blick und schien die Kohlensäureperlen in ihrem Schüttelwein zu zählen. »Nicht wirklich. Lange Zeit lief es zwischen uns beiden ja gut. Wir wollten sogar Kinder, aber das hat einfach nicht funktioniert. Irgendwann haben wir dann alle möglichen Tests gemacht, und dabei kam heraus, dass er unfruchtbar war. Wenn's nicht so traurig wäre, wäre es ja schon wieder lustig. Weißt du, wie so etwas überprüft wird?«

Die Charlotte schüttelte den Kopf, war aber ganz aufmerksam. Darüber hatte sie sich noch nie Gedanken gemacht. Ganz tief im Unterbewusstsein war sie sich aber nicht sicher, ob sie just in dieser Situation darüber aufgeklärt werden wollte. Doch die Renate fuhr unerbittlich fort.

»Die ersten Tests werden beim Urologen gemacht. Da bekommt der Mann einen Plastikbecher in die Hand gedrückt, darf sich in ein mehr oder weniger geschmackvolles Zimmer zurückziehen und sich dann einmal wundern. Fernseher, DVD-Player, Pornohefte – alles da. Hauptsache, er kann sich einen abwedeln und sein weißes Gold in den Plastikbecher spritzen. Dann wird gleich eine Probe unter dem Mikroskop begutachtet. Da sieht man sofort, ob die Spermien schnell oder langsam sind. Und an dieser Hürde ist der Norbert schon gescheitert. Der große Frauenheld hatte einfach zu langsames Sperma. Oder anders ausgedrückt: Die sind verreckt, bevor sie auch nur in die Nähe eines zu befruchtenden Eis kommen konnten.«

Die Charlotte musste wieder schlucken. »Eh!«, meinte sie schließlich in Ermangelung einer intelligenteren Antwort. So viel Offenheit von einer mehr oder weniger Unbekannten war zwar nett, aber für ihren Geschmack doch zu viel Information für ein erstes Beschnuppern. Um von ihrer Verlegenheit abzulenken, schenkte sie sich auch ein Glas ein und stieß mit der Obermayer an. »Auf Rennsperma!«, prostete sie und wollte sich im selben Moment gleich wieder auf die Zunge beißen. Aber die Witwe lachte nur und leerte auch das zweite Glas in Windeseile. Die Charlotte schenkte ihr ungefragt ein drittes ein.

»Ja, Rennsperma. Das wär's gewesen. Wie auch immer. Nach der Diagnose war der Norbert unter Schock. Und dann hat er angefangen, sich seine Männlichkeit zu beweisen.«

»Indem er mit anderen Frauen vögelte«, sagte die Charlotte und nickte.

»Genau. Aufgrund seiner Unfruchtbarkeit hatte er ja auch nicht zu befürchten, dass er irgendeiner seiner Tussis unabsichtlich ein Kind anhängt.« Die Obermayer senkte wieder den Blick. »Ich habe ihn damals – das ist jetzt schon über fünfzehn Jahre her – noch sehr geliebt und wollte diese für uns beide schwere Zeit mit ihm gemeinsam verbringen. Ihm zur Seite stehen. Aber er hat mich mehr und mehr aus seinem Leben ausgeschlossen. Nur bei offiziellen Anlässen sind wir nach wie vor gemeinsam aufgetreten. Wir wollten da beide keine große Geschichte daraus machen, ich hatte wohl auch Schiss vor einer Trennung. Ich leite ja eine Künstler- und Eventagentur, und der Norbert war immer eines meiner besten Pferde im Stall.

Als wir uns kennenlernten, war ich schon recht bekannt, der Norbert aber noch ein Niemand. Ich habe ihn groß gemacht, und im Gegenzug wurde meine Agentur durch ihn noch bekannter. Wir hatten bei einer Trennung also beide etwas zu verlieren. Das Seelische war irgendwann gar nicht mehr so schlimm, und es war ja nicht so, dass wir daheim nicht miteinander geredet hätten. Außerdem habe ich genug Freundinnen, mit denen ich mich austauschen kann. Aber das Körperliche ging mir mit der Zeit schon ab.«

»Also hast du dir auch eine Affäre zugelegt.«

»Nein, keine Affäre!«, erwiderte die Obermayer empört. »Toyboys.« Sie kicherte. »Das reichte mir. Weißt du, wie viele junge Möchtegernschauspieler jede Woche bei mir aufkreuzen und von mir vertreten werden wollen? Und die machen dafür nahezu alles. Und schweigen, weil sie Angst um ihre mögliche Karriere haben. In dieser Hinsicht war ich also auch versorgt. Und, zugegeben, ebenfalls skrupellos.«

»MeToo, nur in der anderen Richtung.«

»Ja, genau«, antwortete die Renate, offensichtlich ohne einen Anflug von schlechtem Gewissen. »Ich wäre wohl bis ans Lebensende mit dem Norbert zusammengeblieben.«

»Bist du ja auch. Irgendwie eben«, warf die Charlotte ein. Und hätte sich am liebsten gleich wieder selbst geohrfeigt. Das offene Geständnis der Obermayer, dass sie ihre Position nutzte, um Jungfleisch ins Bett zu bekommen, gab ihr ein wenig zu denken.

Die Obermayer fuhr ungerührt fort: »Es war halt auch eine Art von Gemütlichkeit und Vertrautheit. Wir hätten nächstes Jahr unseren fünfundzwanzigsten Hochzeitstag gefeiert. Niemals hätte ich den Nobsi umgebracht.«

Die Charlotte nickte. Sie hatte an diesem Abend noch mit vielem gerechnet, aber nicht mit einer Lebensbeichte von der Obermayer.

»Und das hast du alles auch der Polizei erzählt?«, hakte die Charlotte nach.

Endlich schimmerte die Andeutung einer Träne im linken Auge der Obermayer. Die Charlotte schob ihr wie beiläufig eine Serviette über die Theke, welche die Obermayer dankbar annahm. Krokodilsträne oder echte Trauer? Die Obermayer wischte sich über die Augen und nickte. »Klar. Ich habe doch nichts zu verheimlichen. Und ich habe genug Krimis gesehen, in denen sich Unschuldige durch Herumdrucksen und Lügen selbst ein Bein stellen. Das wollte ich vermeiden. Auch wenn es niemanden etwas angeht, wie der Norbert und ich gelebt haben, früher oder später hätte es die Polizei ja doch herausgefunden. Also habe ich gleich reinen Tisch gemacht und von unseren Affären erzählt. Auch die Geschichte mit dem unerfüllten Kinderwunsch habe ich nicht ausgelassen.«

»Sehr vernünftig«, sagte die Charlotte in einem Ton, den man normalerweise gegenüber einem kleinen Kind anschlägt. Allerdings war die Obermayer bereits leicht angeschlagen. Dennoch orderte sie ein viertes Glas vom Schüttelwein, und die Charlotte kam dem Wunsch nach.

»Bist du mit dem Auto da?«, fragte sie etwas besorgt. Die Obermayer bejahte, hatte aber Probleme, das Gleichgewicht zu halten. Hätte sie nicht an der Theke gelehnt, wäre sie wohl schon am Boden gelegen. Die Charlotte schaute zur Andrea, die das ganze Gespräch mitgehört hatte, ohne sich einzumischen. Ein tiefer Blickwechsel zwischen den beiden reichte, um Charlottes Plan in die Tat umzusetzen.

»Weißt du was, Renate? Ich schließe hier noch alles ab, und dann nehmen wir dich mit zu mir. Du kannst heute auf keinen Fall mehr mit dem Auto fahren. Außerdem halte ich es für keine gute Idee, wenn du heute Nacht allein bist. Was hältst du davon, wenn du heute bei uns schläfst? Mein Weingut ist groß genug, und wir haben auch ein paar Gästezimmer. Und morgen schauen wir dann weiter.«

Die Obermayer schwankte, aber nicht zwischen Annehmen und Ablehnen, sondern tatsächlich von links nach rechts. Zum Glück war die Flora inzwischen wieder da und konnte die Witwe vor einem Sturz bewahren. Schließlich ließ sich die Renate abführen, wenn auch unter leisem Protest. »Ich will noch was trinken«, krächzte sie, »und eine Zigarette!« Mit Letzterem konnte die Andrea gleich aushelfen, obwohl sie befürchtete, dass sich das noch negativer auf den Zustand der Obermayer auswirken würde. Aber die inhalierte einmal ganz tief und stand plötzlich wieder da wie eine Eins.

»So, und jetzt noch was zu trinken!«, forderte sie. Man gab dem Wunsch der Witwe nach. Ein letzter Drink zum Abschluss dieses Abends konnte nun nicht mehr schaden. Allerdings nur für die Erwachsenen. Die Flora wurde mit ihrem Fahrrad nach Hause geschickt.

Dann hakte sich die Charlotte links bei der Obermayer ein, die Andrea rechts, und so ging man den kurzen Weg bis zur Turmbar, einem der beiden »Ausgeh«-Lokale in Perchtoldsdorf beziehungsweise P'Town, wie die Jugendlichen heute sagten. Dort wurden sie vom Mario, dem Barbesitzer, euphorisch empfangen. Natürlich hatten sich die Neuigkeiten schon bis in die Bar herumgesprochen, aber der Mario wollte jetzt nochmals alles ganz genau und quasi aus erster Hand erfahren.

Alterstechnisch zueinanderpassend, fanden die Obermayer-Witwe und er gleich aneinander Gefallen. Zwei Stunden später hatte die Charlotte alle Hände voll zu tun, die beiden voneinander loszueisen und die Obermayer-Witwe mit zu sich nach Hause zu nehmen.

4

Der spektakuläre Mord am Norbert Obermayer hatte es am nächsten Tag noch groß in die Tageszeitungen geschafft. Neben dem anhaltend hochsommerlichen Wetter war der Mord an diesem Tag die Topschlagzeile in allen großen Blättern. Ja, das Wetter beschäftigte die Menschen im Osten Österreichs schon seit Wochen. So eine Hitzewelle hatte man seit Jahren nicht mehr erlebt. Die täglichen Sahara-Temperaturen hatten sogar den Erfolgslauf der österreichischen Fußball-Nationalmannschaft bei der Europameisterschaft zeitweise auf Platz zwei verdrängt. Den Weintrauben konnte die Hitze dank der Segnungen der modernen Technik nicht sonderlich viel anhaben. Künstliche Bewässerung erlaubte es sogar, die Feuchtigkeit exakter zu bestimmen, als es die Natur konnte. In Kombination mit den vielen Sonnenstunden versprach der heurige Jahrgang ein besonders herausragender zu werden. So der Herrgott wollte und nicht im August oder September noch den einen oder anderen Hagelschauer schickte.

Aber zurück zum Obermayer-Mord. Über die Todesursache konnten die Zeitungen selbstverständlich nur spekulieren. Zu kurz war die Zeit zwischen Tat und Redaktionsschluss gewesen. Wäre der Obermayer erschossen oder erstochen worden, hätte man natürlich noch viel reißerischer aufmachen können. So musste man sich mit dem »Rätsel um Mord an Burgtheater-Star« begnügen. Hätte es sich nicht um den Premierenabend gehandelt, wären die meisten Zeitungen sowieso nicht vor Ort gewesen und hätten den Mord einfach verpennt. Den Onlineportalen ging es auch nicht besser, weil die Polizei zu den aktuellen Ermittlungen keinen Kommentar abgeben wollte. Da konnten sich die cholerischen Herausgeber und Chefredakteure noch so aufregen – die eiligst eingerichteten Liveticker zum Mord am Obermayer blieben noch sinnleerer als sonst immer.

Die Polizei wollte auf Nummer sicher gehen und gab nur die notwendigsten Informationen an die Öffentlichkeit weiter. Auch wenn oder vielleicht gerade weil es sich um ein so prominentes Opfer handelte. Vor dem Wiener Burgtheater, wo der Obermayer ja Ensemblemitglied gewesen war, flatterte bereits eine schwarze Flagge auf halbmast im kaum spürbaren Wind. Auch die Josefstadt und zwei, drei kleinere Theater, in denen der Obermayer während seiner Karriere große Erfolge gefeiert hatte, gaben ihrer Trauer mit schwarzen Flaggen Ausdruck.

Vor dem Eingang zum Burgtheater hatte sich um die Mittagszeit bereits eine kleine Schlange von Menschen gebildet, die sich in das eiligst aufgelegte Kondolenzbuch eintragen wollten. Blumensträuße lagen zuhauf neben dem Eingangsportal, ein paar Fans hatten sogar Grablichter hingestellt. Gut, alles kein Vergleich zum Buckingham-Palast im Jahr 1997, als Lady Di das Zeitliche gesegnet hatte, und man hätte meinen können, dass das ganze Empire plötzlich bei der Queen vor der Haustür stand, um zu trauern. Für Wiener Verhältnisse aber durchaus spektakulär.

Die Obermayer-Leiche war da schon längst in der Rechtsmedizin auf Eis gelegt worden. Etliche andere aktuelle Todesopfer mussten sich – bildlich gesprochen – aufgrund der Prominenz der neuen Leiche hinten anstellen, denn klar, die Obduktion des Norbert Obermayer hatte eindeutig Vorrang. Die Aufmerksamkeit, die man dem Womanizer im Tod entgegenbrachte, hätte dem Norbert zu Lebzeiten sicher sehr getaugt.

Die Frau vom Norbert beziehungsweise seine Witwe hatte an diesem Vormittag aber ganz andere Probleme. Die Renate büßte seit den frühen Morgenstunden nämlich die Sünden der vergangenen Nacht ab. Auf den Knien und nach vorne gebeugt, wie es sich für Büßer gehörte. Allerdings betete sie nicht gen Mekka. Auch nicht in Richtung Rom. Vielmehr betete sie den ägyptischen Sonnengott Ra an (»Raaa, rääähhh, wääähh«) und umarmte dazu in der beschriebenen Stellung die Kloschüssel ihres Hotelzimmers. So ging das nun schon seit geraumer Zeit im Fünf-Minuten-Takt. Die Charlotte hingegen war erstaunlich gut drauf, sie hatte allerdings aus den letzten Monaten gelernt und hielt sich beim Alkohol stets etwas zurück. Es war halt nicht besonders förderlich für eine Winzerin, wenn man so wenig vertrug, dass man bei einem Trinkwettbewerb wahrscheinlich sogar von einer Laborratte geschlagen würde. Also musste sie sich das Trinken gut einteilen – und üben, üben, üben! »Alles wird wieder gut«, redete sie auf die Renate ein wie auf ein kleines Kind. Sie hielt ihr die Haare aus dem Gesicht, damit die Obermayer-Witwe weiter ihrem ägyptischen Götterkult huldigen konnte. Okay, so ganz taufrisch sah die Charlotte auch nicht aus, aber kein Vergleich zur Renate. Die hatte es in der Nacht logischerweise nicht mehr geschafft, sich noch abzuschminken, und war im feinen Abendkleid halb komatös ins Bett gefallen. Weder die Charlotte noch die Andrea hatten große Lust gehabt, ihren unerwarteten Gast auszuziehen und etwas gemütlicher zu betten. So gut kannte man sich dann doch noch nicht. Im Ernst: Es war der Renate auch so was von egal gewesen. Sie wollte sich bloß links und rechts festhalten, weil das verdammte Bett einfach nicht stillhielt. Wie im schlimmsten Sturm auf hoher See schwankte das Ding hin und her. So etwas hatte sie überhaupt noch nie erlebt!

Wenn die Renate ihren Kopf für einen Moment aus der Kloschüssel hob, sah sie aus wie ein Pandabär. Dicke schwarze Ringe um die Augen, das Gesicht so leichenblass wie das ihres verstorbenen Mannes. Die Charlotte wurde langsam unrund. Seit gut zwei Stunden kotzte sich die Renate schon die Seele aus dem Leib. »Ich werde jetzt mal einen Arzt rufen«, kündigte sie deshalb an.

Die Renate stützte sich mit den Händen auf der Klobrille ab, sank auf die Seite und schüttelte den Kopf.

»Nein danke. Ich glaube, das war's wohl. Ich hab ja auch überhaupt nichts mehr in mir drin.«

»Kannst du stehen?«

Die Renate ließ sich von der Charlotte aufhelfen. An der Zimmertür klopfte es. »Herein!«, rief die Charlotte. Die Tür öffnete sich, und die Andrea trat mit einem Häferl Kamillentee und einer Scheibe ungetoasteten Toastbrots ein.

Wie üblich sah die Andrea aus wie das blühende Leben. Ihr blondes Haar glänzte in der Morgensonne, die durchs Fenster hereinschien, wie der Heiligenschein eines Engels. Die Wangen waren rosa, die schmalen Lippen rot. Ach, die konnte saufen und sich die Nächte um die Ohren schlagen, das war echt eine Gemeinheit. Aber gut, sie war ja noch jung, gerade mal fünfundzwanzig und damit fünf Jahre jünger als die Charlotte. Da hielt man solche Sachen halt noch besser aus.

Die Charlotte führte die Renate an den kleinen Tisch im Eck des Zimmers, wo die Andrea bereits das Diätfrühstück aufgetischt hatte. Erschöpft ließ sich die Witwe auf den Sessel fallen und schob sich nach einem Schluck Tee lustlos einen Bissen Toastbrot in den Mund. Gespannt sahen die Charlotte und die Andrea ihr dabei zu in der Hoffnung, dass die Renate die karge Mahlzeit auch bei sich behalten würde.

»Sorry, Renate. Normalerweise ist unser Frühstück für Gäste etwas üppiger. Aber in deinem Zustand …«, entschuldigte sich die Charlotte. Die Renate wachelte nur mit der Hand vor ihrer Nase herum, als wollte sie eine Fliege vertreiben, und schob sich den nächsten Bissen in den Mund. Schon mit eindeutig mehr Enthusiasmus.

»Aber geh, ihr habt mir gerade das Leben gerettet. Mehr würde ich jetzt sowieso nicht runterbringen.« Dann spülte sie das Toastbrot mit einem kräftigen Schluck Kamillentee hinunter. »Witzig«, fuhr sie fort, »es gibt so viele Leute, die Kamillentee überhaupt nicht ausstehen können. Ich habe ihn schon als Kind geliebt und trinke ihn noch heute. Auch wenn es mir nicht schlecht geht«, fügte sie mit einem schwachen Lächeln hinzu.

Die Charlotte und die Andrea nahmen jetzt links und rechts von ihr Platz. Die Andrea hatte ein kleines Toilettentäschchen mitgebracht und packte ihre Utensilien aus. »Darf ich?«, fragte sie die Renate, die nach einem Blick auf die Wattepads nickte. Vorsichtig begann die Andrea, ihren Gast abzuschminken. So konnte man die Renate einfach nicht an die Öffentlichkeit lassen. Natürlich durfte eine Witwe verheult und mitgenommen aussehen. Aber nicht wie etwas, was die Katzen am frühen Morgen ins Haus geschleppt hatten.

Dankbar tätschelte die Renate Andreas Arm. »Schön habt ihr es hier«, sagte sie schließlich. Die Charlotte hatte ihr für die Nacht das letzte freie Gästezimmer auf ihrem Weingut zur Verfügung gestellt. Von den Zimmern, die das Weingut Nöhrer neuerdings vermietete, war es das kleinste, aber das mit dem spektakulärsten Ausblick. Das Weingut lag am oberen Ende von Perchtoldsdorf mitten in den Weinbergen, die sich sanft ansteigend zum Wienerwald und den Föhrenbergen zogen. Das Fenster der Renate erlaubte den Blick von oben auf eine Wiese, hinter der sich Reihen von Weinreben erstreckten, ehe sich mehrere hundert Meter weiter unten die ersten Villen in den Hang schmiegten. Darunter breitete sich der Ortskern von Perchtoldsdorf aus und dahinter schließlich ganz Wien. An einem klaren Tag wie diesem konnte man vom Weingut bis ans andere Ende der Stadt sehen. Links waren die Ausläufer des Wienerwalds und etwas weiter der Kahlenberg; ein Stück rechts davon lag das Marchfeld, dahinter schon die Slowakei. Wien war nicht umsonst seit Jahren das Tor des Westens in den Osten. Böse Zungen behaupteten, dass der Balkan überhaupt in Wien anfing. In den Siebzigern ein durchaus schwer zu widerlegendes Statement, heute war es nicht mehr so angebracht.

Allerdings hatte die idyllische Lage des Weinguts Nöhrer am südwestlichen Rand von Perchtoldsdorf nahe Tirolerhof und Gießhübl einen großen Nachteil. Anders als fast alle anderen Heurigen, die im oder um das Zentrum der Marktgemeinde situiert waren, hatte die Charlotte das Problem, dass sie kaum mit Laufkundschaft rechnen durfte. Ein paar Spaziergänger am Nachmittag, aber das war's auch schon. Zum »Nöhrer« musste man gezielt gehen beziehungsweise fahren. Und da der Herr Papa in den letzten Jahren kein Geld in die Werbung gesteckt hatte, war der Heurige zurzeit ein sehr geheimer Geheimtipp.

Aber man lebte gut vom Großmengenverkauf des Weins an den Zwischenhandel und die Gastronomie. Da war der Heurigenbetrieb ein kleines Zubrot. So sah es der Herr Papa.

Die Charlotte sah das ganz anders. Sie wollte, sie brauchte Action. Und sie war fest entschlossen, ihre Ideen in die Tat umzusetzen. Die Einrichtung der Gästezimmer war dabei nur der erste Schritt gewesen. Das hatte aber schon gereicht, um sich mit dem Chef des örtlichen Weinbauvereins anzulegen. Dem Zaitler war einfach alles zuwider, was seines Erachtens gegen das herkömmliche Weinhauertum »verstieß«.

Das Haupthaus des Weinguts war ein jahrhundertealter Vierkanthof. Im großen Innenhof standen zu Aussteckzeiten rund siebzig Tische, und drinnen konnte man bei schlechtem Wetter und im Winter mit nochmals der gleichen Anzahl aufwarten. Seit die Charlotte in den Betrieb eingestiegen war, hatte sich die Möblierung komplett geändert, und die Innenräume waren großteils modernisiert worden. Nach einem gewaltigen Streit zwischen Vater und Tochter hatte sich die Omama auf Charlottes Seite geschlagen. »Jetzt hab dich halt nicht so, Bub«, hatte die Omama den Papa gerügt. »Du wolltest doch unbedingt, dass die Charlotte den Betrieb übernimmt. Dann musst ihr aber auch die Entscheidungen überlassen.« Die Omama betonte das »e« bei Charlotte extra. Sie war aber wirklich die Einzige, die ihren Namen ungestraft so aussprechen durfte.

Widerwillig brummend hatte sich der Papa schließlich gefügt. Allerdings hatte ihm die Charlotte – quasi als Friedensangebot – zugestanden, dass er eines der Stüberl so weiterführen konnte wie bisher. Für die alteingesessenen Stammkunden. Anders gesagt: für die Spezis vom Herrn Papa, die verlässlich wie die Maurer an jedem Ausstecktag angetanzt kamen, um ein paar Stunden später unsicher nach Hause zu wanken.

Den Rest des Heurigen hatte die Charlotte dann nach ihren Vorstellungen umgemodelt. Vor allem der Innenhof erstrahlte in gänzlich neuem Glanz. Statt der alten Heurigenbänke und -tische zierte nun eine Mischung aus alten und neuen wetterfesten Möbeln den Hof: Lounge-Gartenmöbel, Hollywoodschaukeln, gemütliche Polstermöbel und so weiter. Nicht alles neu, vieles bei verschiedenen Auktionen und Altwarenhändlern zusammengekauft. Ein Teil des Hofs war begrünt, der Rest war mit Terrakottafliesen ausgelegt. Und im ganzen Hof verstreut war eine Handvoll Obstbäume eingesetzt worden.

Der größte Hingucker aber war der hundertfünfzig Jahre alte Kastanienbaum, der genau in der Mitte des Geländes zig Meter in die Höhe ragte und selbst an unerträglich heißen Sommertagen ausreichend Schatten spendete. Am Fuß der Kastanie befand sich der Eingang zu einem alten Weinkeller, wie man ihn ansonsten nur in den Kellergassen des Weinviertels nördlich von Wien zu sehen bekam, nicht im modernen Perchtoldsdorf. Ein fünfundzwanzig Meter langer Gang führte unter der Kastanie tief in die Erde.

Noch war der historische Weinkeller allerdings verschlossen. Er war seit zwei Generationen nicht mehr benutzt worden und war dementsprechend baufällig. Die Charlotte hatte vor, dem alten Weinkeller in absehbarer Zeit neues Leben einzuhauchen. Derzeit fehlte es für dieses Projekt an Zeit und Geld, aber sie wollte die Sache unbedingt noch heuer angehen. Sie stellte sich einen Show-Weinkeller vor, mit Führungen, exklusiven Weinverkostungen und allem Schnickschnack.

Mit weißem Schotter ausgelegte Wege mäanderten durch den neu belebten Hof. Tische und Sitzgruppen waren bunt dazwischen verstreut. Die Charlotte wollte alles auch nur im Mindesten Symmetrische unbedingt vermeiden. Der Kiesweg war von Ölfackeln gesäumt, die den Innenhof abends in ein romantisch flackerndes orangefarbenes Licht tauchten. Und so skeptisch der Herr Papa zu Beginn des Umbaus auch gewesen war, mittlerweile musste er doch eingestehen, dass die Charlotte dem alten Betrieb auf geschickte Weise neues Leben eingehaucht hatte. Nachdem auch die Spezis vom Papa mittlerweile ihre Achterl und Viertel lieber in Charlottes Teil des Heurigen tranken, blieb ihm nichts anderes mehr übrig, als seiner Tochter zähneknirschend zu gratulieren.

Wer jetzt aber glaubt, die Charlotte würde genussvoll erwidern: »Ich hab's dir ja gleich gesagt!«, hat sich geschnitten.

Sie liebte ihren Herrn Papa, und nichts lag ihr ferner, als sich mit einem Sieg über ihn zu brüsten. »Gemeinsam. Alles gemeinsam!«, hatte sie ihm gesagt. Daraufhin hatte ihr der Herr Papa einen Kuss auf die Stirn gegeben und sie fest an sich gedrückt. Dann machte er sich auf seine regelmäßige Runde durch den Hof.

Im Ort war er bekannt dafür, dass er jeden Gast seines Heurigen im Lauf eines Besuchs auch persönlich begrüßte. Die Charlotte musste ob dieser Schrulligkeit immer lächeln, ließ dem Papa aber sein Vergnügen. Sie wusste einen Schuss Tradition sehr wohl zu schätzen. Außerdem kam der würdige Herr mit der stattlichen Gestalt bei den älteren weiblichen Gästen gut an. Er war groß, trug einen grau melierten Schnauzbart, und das volle Haar sah aus, als könnte es durchaus wieder einmal einen Besuch beim Friseur vertragen. Aber irgendwie verlieh ihm das wilde Wuschelhaar, das die Charlotte von ihm geerbt hatte, eine jugendliche Aura. Und seine von der vielen Arbeit in der Sonne braun gegerbte Haut ließ an einen verwegenen, in die Jahre gekommenen Bergsteiger denken.

Die Neuausrichtung des Heurigen hatte bereits nach wenigen Wochen erste Früchte getragen. Inzwischen parkte jeden Tag mindestens ein Touristenbus auf dem großzügig angelegten Parkplatz vor dem Weingut ein und brachte Dutzende neuer Gäste. Am Wochenende waren es oft sogar drei oder vier Busse. Nachmittags fand sich die Dorfjugend ein, und an den Abenden von Freitag bis Sonntag hatte die Charlotte einen eigenen Shuttledienst vom Heurigen bis zum nächsten Bahnhof in Liesing organisiert. Von neunzehn Uhr bis Mitternacht brachte immer zur vollen Stunde ein umgebauter Kleintransporter die neuen Gäste und holte sie später wieder ab. Der eher symbolische Euro, der für die Fahrt verrechnet wurde, wurde von den Gästen gerne bezahlt. Das Geschäft brummte, und die Charlotte hatte noch ganz andere Ideen, wie man den Betrieb weiter ankurbeln könnte.

Es war kurz vor Mittag, als die Charlotte mit der Renate

in den um diesen Zeitpunkt leeren Innenhof trat. Die Renate war, nicht zuletzt dank der Hilfe der Andrea, wieder halbwegs hergestellt. Eine kalte Dusche hatte den Rest erledigt.

»Willst du eine kurze Tour durch das Weingut?«, fragte die Charlotte.

Die Renate sah sich erstaunt im Hof um. »Das erinnert ein bisschen an die Toskana«, sagte sie bewundernd.

»Warte, bis du den Rest gesehen hast«, erwiderte die Charlotte mit stolzgeschwellter Brust. Sie führte die Renate zu einem Tor an der Rückseite des Hofs, durch das gut und gerne ein Mähdrescher passte. Mit einem lauten Quietschen öffneten sich die Flügeltüren nach außen und gaben einen unvergleichlichen Ausblick preis. Als ob man auf einer Bergspitze stünde, senkte sich vor ihnen der Hang zum Wiener Becken hin ab. Es war ein ähnlicher Ausblick wie der durch das Fenster von Renates Zimmer – diesmal aber nicht durch Fensterrahmen und Glasscheiben gestört.

»Das ist einer unserer Weingärten«, erklärte die Charlotte. »Hier wachsen in erster Linie die Trauben für unsere Rotweine. Ein paar ältere Sorten vom Weißen finden sich hier aber auch.«

»Ihr habt mehr Weingärten?«

»Ja, klar. Die anderen Heurigen auch. Das ist alles ein wenig zersplittert, die Flächen der Winzer sind über das ganze Ortsgebiet verstreut. Jede Lage ist eben für einen anderen Wein geeignet. Der Großteil unserer Weißen wächst dort drüben an der Grenze zu Wien.« Dabei zeigte die Charlotte in nördliche Richtung, wo Perchtoldsdorf direkt in Rodaun – einen Teil des dreiundzwanzigsten Wiener Gemeindebezirks – überging.

Ein Hügel erhob sich aus der Ebene bis hin zum sogenannten Kaisersteig. Hunderte Meter zog er sich entlang, immer leicht in Richtung Wien abfallend und durchgehend mit Weinreben bewachsen. Oben am Kamm des Hügels hörten die Weingärten abrupt auf und wurden von Ein- oder Mehrfamilienhäusern verdrängt.

Am Fuß des Hügels schlängelten sich einspurige Schienen auf Kaltenleutgeben zu. »Das«, sagte die Charlotte, »ist übrigens die ehemalige Kaltenleutgebner-Bahn. Dort hat es früher ein Zementwerk gegeben, und der Zement wurde mit dieser Bahn zum großen Bahnhof in Liesing verfrachtet. Na ja, ich möchte mich allerdings in Zukunft mehr auf die Rotweine konzentrieren. Mit denen kann man mehr machen, und sie lassen sich auch international besser verkaufen. Wenn wir ehrlich sind«, und da musste die Charlotte süffisant grinsen, »waren die meisten Weißen bei uns früher nicht zum Trinken. Oder wenn, dann nur gespritzt. Es hat schon seinen Grund, wieso selbst wir unsere Weißen meistens Heckenklescher nennen.«

»Das ist jetzt aber eine Lüge«, mischte sich die Andrea ein. »Das mag früher so gewesen sein. Heute sind auch die Weißen durchaus brauchbar.«

Die Renate sagte dazu nichts, sie blickte verträumt in die Ferne. »Es ist hier einfach wunderschön«, bemerkte sie nur. Da zerstörte ein Klingeln ihre Andacht. Es war – natürlich – ihr Handy. Sie blickte kurz darauf. »Nur ein paar meiner Klienten, die mir ihre Beileids-SMS schicken. Muss wohl so sein.« Ohne die Nachrichten zu öffnen, steckte sie das Handy wieder weg.

Die Charlotte fuhr fort: »Du müsstest das mal bei Nacht sehen. Am Himmel nur die Sterne, und unten liegt ganz Wien erleuchtet vor dir. Diese Lage ist schlicht einmalig, und das will ich in Zukunft auch nützen.«

»Große Pläne?«

»Schauen wir mal. Nächste Woche möchte ich hier heraußen jedenfalls ein Public Viewing veranstalten.«

Die Renate sah die Charlotte gespannt an. »Was sollen sich die Leute denn anschauen?«

»Natürlich das Finale der Fußball-EM!«, erwiderte die Charlotte grinsend. »Ich habe bereits eine große Leinwand bestellt, die wird da unten vor der ersten Weinrebenreihe aufgebaut. Der Hang vor uns ist wie ein von der Natur geschaffener Kinosaal. Da stelle ich ein paar Reihen von den alten Heurigenbänken auf – et voilà!«

Die Renate warf der Charlotte einen anerkennenden Blick zu. »Nicht schlecht. Ich habe ja ein bisschen Erfahrung mit Veranstaltungen, aber …«

»… aber so etwas hättest du mir nicht zugetraut«, vollendete die Charlotte keineswegs beleidigt den Satz.

Die Renate nickte.

»Ich hatte viel Zeit, mir Gedanken zu machen, was ich im Fall des Falles aus dem Weingut machen würde«, erklärte die Charlotte. »Lange wollte ich ja eigentlich gar nichts damit zu tun haben. Aber überlegt habe ich mir das trotzdem. Und jetzt kann ich meine Vorstellungen in die Tat umsetzen.«

»Und was sagen die anderen Winzer dazu?«, fragte die Renate. Der Blick von Charlotte wurde ernster.

»Einige motzen, einigen ist es egal, und ein paar andere finden es super. Das größte Problem ist der Zaitler, der Vorsitzende des Weinbauvereins. Der hat klarerweise viel Einfluss hier im Ort und macht mir Probleme. Seit ihm vor ein paar Jahren seine Frau abgehauen ist, ist er überhaupt nicht mehr auszuhalten. Die Jungen sind da ganz anders. Wir kennen einander teilweise noch aus der Schule, und viele von denen sind gerade selbst dabei, den Eltern das Geschäft aus der Hand zu nehmen. Da gibt es wenig Neid untereinander. Wir wissen genau, dass es für alle wichtig ist, frischen Wind in das verstaubte Geschäft zu bringen. Aber natürlich muss das alles noch viel weiter gehen. Wir müssten den Wein gemeinsam vermarkten, aus unserem Ort eine Trademark machen. Bis dorthin ist es natürlich ein weiter Weg. Die Alten haben immer schon lieber jeder für sich gekämpft, und sie haben halt noch viel zu sagen. Den Weinbauverein haben sie sogar komplett in der Hand.«

Die Renate hakte sich bei der Charlotte ein. »Nicht den Mut verlieren. Solche Revolutionen gehen nicht von einem Tag auf den anderen. Ich glaube, du bist auf einem guten Weg. Soweit ich das einschätzen kann. Ein Fußball-Public-Viewing mitten in einem Weingarten, so etwas habe ich überhaupt noch nie gehört. Das klingt nach einer richtig spannenden Sache.«

»Charly, Charly!«, klang es aus dem Hof. Die Charlotte drehte sich um und sah, dass die Flora ganz aufgeregt auf sie zulief.

»Was gibt es denn?«, fragte sie, als die Flora vor ihnen einbremste.

»Sind die Zimmer schon hergerichtet? Was soll ich anziehen? Was ist fürs Abendessen geplant?«, sprudelte es aus ihrer kleinen Schwester heraus.

»Langsam, langsam. Wieso willst du das alles wissen?«

Empört blickte die Flora sie an. »Na, heute kommt doch der Luca mit seinen Eltern an!«

Oh shit! Darauf hatte die Charlotte komplett vergessen. Der Jung-Gigolo aus Schladming hatte sich samt Eltern für den Anfang der Sommerferien angesagt. Nie im Leben hätte die Charlotte geglaubt, dass die italienische Skiurlaubsbekanntschaft ihrer kleinen Schwester im Sommer noch aktuell sein würde. Aber da – wie in so vielem anderen – hatte sie die Flora ordentlich unterschätzt.

»Wird sofort erledigt«, versprach die Charlotte schuldbewusst. »Wenn ich mich nicht täusche, hat die Mama deinem Gigolo eh schon lange zwei Zimmer reserviert, die werden also fertig sein. Am Abend können wir ja mit ihnen zum Italiener runter in den Ort gehen«, fügte sie noch hinzu.

»Blöde Kuh!«, spuckte die Flora, drehte am Absatz um und stürmte davon.

Die Renate prustete vor Lachen, was ihr einen bitterbösen Blick ihrer Gastgeberin eintrug. »Schon gut«, sagte die Renate, »ich werde mich jetzt mal auf den Heimweg machen, um ein paar Sachen zu erledigen. Beziehungsweise an meine Mannschaft zu delegieren. Ich weiß nicht, ob ich momentan in einem Zustand bin, in dem ich vernünftig arbeiten kann.«

»Ich bringe dich noch runter zum Marktplatz. Dort gibt

es genug Taxis«, bot die Charlotte an, was die Renate gerne annahm.

5

Fünf Minuten später parkte die Charlotte mit ihrem neuen VW am Marktplatz direkt hinter dem einzigen Taxistandplatz der Marktgemeinde. Ihren Uralt-Mazda hatte sie im Frühling verschrotten müssen, an seiner Stelle hatte sie sich einen Passat Kombi zugelegt. Mit dem konnte man, wenn es schnell gehen musste, auch ein paar Kartons Wein bei einem Kunden vorbeibringen.

»He, Hubert!«, rief sie und winkte den Fahrer des ersten Taxis zu sich. Der Angesprochene trat eine eben erst angefangene Zigarette am Gehsteig aus und schlenderte zur Charlotte. »Das ist die Renate, sie braucht eine Fahrt nach Wien.«

»In den ersten Bezirk, bitte«, fügte die Renate hinzu.

Der vielleicht zwanzig Jahre alte Taxler musterte die Renate von oben bis unten. »Fuffzig Euro, geht ja über die Stadtgrenz'n«, bellte er dann wenig begeistert. Eine »Fuhr« nach Wien brachte zwar einmalig relativ viel Geld, die Rückfahrt wurde aber zumeist durch einen langwierigen Stau aufgehalten, sodass es sich zumindest tagsüber selten wirklich rechnete. In der Nacht war das eine andere Geschichte. Da konnte man auch viel besser bescheißen. Ein komplett betüddelter Heurigengast legte da schon gerne mal einen satten Hunderter ab.

»Hubert«, fauchte die Charlotte, »pass auf! Das ist eine Freundin. Mach einen gescheiten Preis.«

»Ach, komm schon. Das ist der normale Fahrpreis, brauchst dich nicht so aufregen. Außerdem sieht deine Freundin nicht so aus, als würde sie am Hungertuch nagen.« Womit er nicht unrecht hatte. Allein die Perlenkette, die den Hals der Renate umschmeichelte, war wohl mehr wert, als der Hubert in einem ganzen Monat verdiente.

»Darum geht's jetzt aber gar nicht«, konterte die Charlotte. »Aber gut, wenn du willst, kann ich ja mal den Leo fragen, ob er sich deinen Rosthaufen vielleicht etwas genauer ansehen will. Bist du sicher, dass der überhaupt ein Pickerl hat?«

Der Hubert kochte innerlich, musste aber klein beigeben: »Vierzig Euro, und damit ist's gut.«

»Dreißig Euro«, erwiderte die Charlotte und spielte dabei aufreizend mit ihrem Handy. »Der Leo hat heute eh Dienst, der kann im Nullkommanix hier sein.«

»Ja, ja, ist schon gut.«

»Na, geht doch!«, strahlte die Charlotte, fasste die Renate am Ellbogen und zog sie zum Taxi. Der Renate war das Handeln wie in einem türkischen Basar offensichtlich unangenehm. »Die fünfzig Euro wären schon okay, ich kann's mir ja wirklich leisten«, zischte sie der Charlotte leise ins Ohr. Die erwiderte aus dem Mundwinkel: »Den Hubert muss man so behandeln, der braucht das. Sonst nimmt er alle aus, die nicht von hier sind. Kannst ihm ja mehr Trinkgeld geben, wenn dir unbedingt danach ist.«

Als die Renate bereits im Fond des Neunziger-Jahre-Mercedes saß, bedeutete sie der Charlotte, sich nochmals zu ihr runterzubeugen. Der Hubert war inzwischen ebenfalls eingestiegen und wartete ungeduldig, dass er endlich losfahren konnte. »Dank dir nochmals, Charlotte ohne ›e‹. Du warst mir eine große Hilfe. Ich weiß nicht, wie ich die Nacht ohne dich überstanden hätte.«

Die Charlotte schüttelte abwehrend den Kopf. Die Renate ließ aber nicht locker, zog die Charlotte zu sich und drückte ihr zwei Küsse auf die Wangen. Für rein freundschaftliche Küsse dauerten sie eine Spur zu lang, und als die Renate ihr auch noch ein Kusshändchen durch die Rückscheibe zuwarf, war die Charlotte schließlich komplett verwirrt.

Nachdem das Taxi um die Ecke gebogen und aus ihrem Blick verschwunden war, musste sich die Charlotte erst mal kneifen, um wieder zu Sinnen zu kommen. Langsam schlenderte sie zurück zu ihrem Auto, entschied sich im letzten Moment aber anders. Wenn sie schon herunten im Ort war, konnte sie eigentlich auch gleich den Leo besuchen. Vielleicht hatten die Ermittlungen im Fall Obermayer ja bereits etwas ans Licht gebracht.

Zur Polizeiinspektion, die dem Bezirkspolizeikommando der Bezirkshauptstadt Mödling unterstellt war, waren es zu Fuß nur zwei Minuten. An der gläsernen Sicherheitstür musste sie läuten, um eingelassen zu werden. Der Diensthabende erkannte die Charlotte, öffnete die Tür und winkte sie gleich zum Büro des Chefinspektors durch. Als die Charlotte eintrat, brütete der Leo über einer Akte. Er sah nur einen Moment auf, brummte etwas, das sich wie »Hallo« anhörte, und vertiefte sich dann wieder in seine Mappe.

»Auch hallo, mein Bester!«, sagte die Charlotte extrafröhlich. »Gibt's schon was Neues?«

»Hm?«

»Na, im Fall Obermayer.«

»Im Fall Obermayer, soso ...« Der Leo richtete seinen Blick nun doch auf seine gleichaltrige Cousine. »Ich bin mir nicht ganz sicher, was dich das eigentlich angeht«, sagte er.

Die Charlotte musterte ihren Cousin. Er war, wie man in der Gegend sagte, ein g'standenes Mannsbild. Eins neunzig groß, kurze dunkelblonde Haare, muskulös, ohne dabei wie ein Bodybuilder auszusehen, zwei Grübchen, die auf eine durchaus fröhliche Natur schließen ließen, und ein Blitzen in den Augen, das schon in der Jugend so manches Mädchenherz gebrochen hatte. Er war der Sohn ihrer Tante väterlicherseits, und sie waren praktisch gemeinsam aufgewachsen. Die Tante war kurz nach ihrer Volljährigkeit von Charlottes Großvater ausgezahlt worden, damit das Weingut auf ihren Vater übergehen konnte. Die Tante hatte, was den Weinbau anging, ohnehin nie große Ambitionen gezeigt, und auch der Leo hatte andere Interessen gehabt. Als Spielplatz war das Weingut aber immer äußerst beliebt gewesen, und im Endeffekt hatte der Leo, bis er die Schule abgeschlossen hatte, fast jedes Wochenende bei und mit der Charlotte verbracht. Er war also mehr Bruder als Cousin.

Langsam, aber sicher wurde dem Leo Charlottes eindringlicher Blick unangenehm. »Na gut«, schnaufte er schließlich, »wir haben tatsächlich schon etwas gefunden. Nämlich jede Menge Geld.«

Die Charlotte war erstaunt. Damit hatte sie nicht gerechnet. »Wie, Geld?«, fragte sie deshalb.

»Der Obermayer hatte zwanzigtausend Euro in bar in seiner Garderobe gebunkert.«

»Wer macht denn so was?«

Der Leo nickte. »Gute Frage, denn eigentlich gibt es backstage einen Tresor, in dem die Schauspieler während der Vorstellung ihre Wertsachen verstauen können. Wäre ja nicht das erste Mal, dass ein Einbrecher während einer Vorstellung zuschlägt. Das Geld war aber in der Schublade seines Schminktisches. In einem Kuvert. Nur große Scheine.«

»Klingt so, als hätte er nicht gewollt, dass jemand etwas davon weiß«, meinte die Charlotte.

Der Leo stimmte ihr zu. »Das war auch mein erster Gedanke. Jetzt gibt es zwei Möglichkeiten: Entweder er hat das Geld an diesem Abend bekommen, oder …«

»… oder er wollte es jemandem geben.«

»Wollte oder musste?«, fragte der Leo mit einem süffisanten Lächeln.

»Erpressung?«

»Durchaus möglich«, sagte der Leo. »Aber für solche Mutmaßungen ist es noch zu früh. Wir schauen uns zuerst mal seine Bankkonten an, vielleicht erfahren wir da ja etwas.«

»Hat die Renate Obermayer nicht gemeint, dass der Norbert ziemliche Schulden hatte?«

»Ja, interessant, nicht? Da sind zwanzigtausend Euro in bar eine ganze Menge.«

Die Charlotte sah ihn nachdenklich an. »Vielleicht hat die Obermayer gelogen, was die Schulden ihres Mannes angeht?« Der Leo zuckte mit den Achseln. »Werden wir sehen, wenn wir seine Konten geöffnet haben.«

»Und die Todesursache?«, bohrte die Charlotte weiter. »Die Obduktion soll heute Nachmittag oder morgen früh durchgeführt werden, dann wissen wir es. Aber alles deutet auf Gift hin. Das Blumenrequisit, das du mir gestern gegeben hast, wird auch schon untersucht. Ich denke, das wolltest du mir damit doch andeuten, oder?«

»Bist halt ein helles Köpfchen!« Die Charlotte lachte, worauf der Leo ein »Liegt wohl in der Familie« zurückgab.

»Ja«, sagte die Charlotte, »nach dem, was uns der Puck gestern erzählt hat, muss die Blume irgendwie präpariert gewesen sein. Ich glaube nicht an Zufälle, und es wäre schon ein unglaublicher Zufall, wenn der Obermayer just in diesem Augenblick einen Herzinfarkt oder Schlaganfall erlitten hätte.«

»Mhm.« Damit erhob sich der Leo aus seinem Bürostuhl zum Zeichen, dass es für die Charlotte auch Zeit war, zu gehen. »Nicht böse sein, Cousinchen, aber ich habe echt einen Arsch voll Arbeit. Außerdem sehen wir uns heute Abend ja eh wieder.«

»Ach, tun wir das?«, fragte die Charlotte überrascht.

»Deine Mutter hat doch zum großen Familienessen eingeladen. Ich glaube, weil der Freund von der Flora kommt.«

Jetzt fiel die Charlotte wirklich aus allen Wolken. Anscheinend hatten sich alle anderen gemerkt, dass heute der mögliche Familienzuwachs aus Italien antanzte. Insgeheim musste sie sich selbst schelten. Hatte sie nicht erst vorhin die Flora beruhigt und gemeint, dass für den Luca und seine Eltern Zimmer vorbereitet waren? Aber irgendwie war sie mit den Gedanken ganz woanders, denn das hatte sie schon wieder verdrängt gehabt.

Und ihre Mutter veranstaltete für den italienischen Besuch sogar ein großes Festessen, zu dem offenbar die ganze Verwandtschaft eingeladen war. Davon hatte sie ihr nichts erzählt. Na, da würde sich die Familie Bianchi aber freuen, wenn sie gleich am ersten Tag die gesamte Mischpoche kennenlernte. Andererseits: Das waren ja Italiener, und die hielten bekanntermaßen viel auf die Familie.

Aber bitte – die Flora und der Luca waren gerade mal fünfzehn! Da dachte man doch noch nicht ans Heiraten. Es war nicht einmal zu erwarten, dass die Geschichte länger als ein Jahr halten würde – wenn überhaupt so lang.

Freundlich, aber bestimmt schob der Leo seine Cousine aus dem Büro, und kurz darauf stand die Charlotte auf der Straße. Die Mittagssonne knallte erbarmungslos vom strahlend blauen Himmel. Sie war noch immer ganz baff, dass es heute Abend eine österreichisch-italienische Familienzusammenführung geben sollte.

Apropos italienisch: Gleich neben der Polizeiinspektion war ein Eisgeschäft. Dort gönnte sich die Charlotte einen riesigen Becher (dunkle Schokolade, Zwetschke, Nougat, Minze mit Schokostückchen und Kokos), womit das Mittagessen schon mal erledigt war.

Dann fuhr sie zur Burg und stockte mit Hilfe der Andrea die Getränkevorräte in ihrer Hütte bei den Festspielen auf. Dort würde das Leben an diesem Abend weitergehen, als wäre nichts geschehen. Für den Oberon gab es für den Fall der Fälle ja eine Zweitbesetzung, die ab sofort die Erstbesetzung war.

Wie sie von der Kassenfrau erfuhr, hatte es einen mörderischen Ansturm auf die letzten Restkarten für die restlichen Vorstellungen gegeben. Eh klar, auch schlechte PR war PR, und die Leute waren ja sowieso Ratten. Der Mord am Obermayer hatte einen sagenhaften Verkaufsboost gegeben, jeder wollte das »Mörderstück« sehen. Der Charlotte sollte es recht sein. Erstens konnte sie es eh nicht ändern, zweitens würde es auch ihren eigenen Verkauf ankurbeln.

Auf der Bühne herrschte gerade reges Treiben, als sie ihren VW in der Burgeinfahrt einparkte. Die wichtigsten Szenen von Oberon wurden mit dem neuen Darsteller im Schnelldurchlauf durchgegangen. Ein Glück, dass der Oberon zwar eine wichtige Rolle war, aber im Vergleich zu Zettel, Puck, Lysander und Co nicht so viele Auftritte hatte. Hätte es am Vorabend den Puck erwischt, dann hätten sie einpacken können. Der war praktisch nicht zu ersetzen.

Der neue Oberon war sicher zehn, fünfzehn Jahre jünger als der Obermayer und musste sich gleich eine Standpauke von Regisseur Lobinger anhören. Der übergewichtige Mittsechziger schwitzte in der Nachmittagssonne, tobte, brüllte, und die Schauspieler hatten keine andere Wahl, als die ganze Tirade über sich ergehen zu lassen.

Lobinger war eine lebende Legende der Theaterszene, auch wenn er in die Jahre gekommen war und sein Ruf langsam verblasste. Nach seinen internationalen Riesenerfolgen in den Achtzigern und Neunzigern war er im neuen Jahrtausend mit eingezogenem Schwanz wieder nach Wien zurückgekehrt. Wie es zu dem dramatischen Absturz kam, war bis heute sein Geheimnis geblieben, der Lobinger verweigerte dazu konsequent jeden Kommentar. Und weil der Neid ein Hund ist, wurde der Lobinger bei seiner Heimkehr nach Wien natürlich nicht mit offenen Armen empfangen.

Ein wenig hatte sich das der Lobinger natürlich auch selbst zuzuschreiben. Denn während seines Höhenflugs hatte er nur verächtlich auf die heimische Theaterwelt herabgesehen. Er hatte die lukrativsten Rollenangebote ausgeschlagen und den Machern an den großen Wiener Theatern erklärt, dass sie ihn doch – bitte schön – am Arsch lecken könnten. Er sei aus der kleingeistigen deutschsprachigen Welt ausgebrochen und wolle damit nichts mehr zu tun haben. Wenn schon, dann wolle er am Burgtheater ausschließlich inszenieren. Spielen war inzwischen unter seiner Würde. Oder einfach nur zu anstrengend, wie böse Zungen behaupteten.

Nach seinem Absturz ließ man ihn dann spüren, dass er in der Heimat nur mehr bedingt willkommen war. Ganz verzichten wollte man auf das Theatergenie natürlich nicht, und so warf man ihm immer wieder ein paar Brotkrumen hin. Wie erniedrigend für den Lobinger, wenn er, um finanziell zu überleben, adaptierte Shakespeare-Versionen für ein Kindertheater erarbeiten sollte. Eine Lektion in Demut war eben selten schmerzlos.

Doch der Lobinger biss sich durch, arbeitete sich wieder hoch und hatte es in den letzten Jahren als Regisseur sogar ans Burgtheater geschafft. Allerdings ließ man ihn nun – Strafe musste nach wie vor sein – keine Shakespeare-Stücke mehr inszenieren. Die Intendanz der Perchtoldsdorfer Sommerfestspiele war nun endlich die Chance, sich wieder professionell seiner großen Passion zu widmen. Aus Liebe zum englischen Barden machte er den Job fast gratis. Zudem sah der Lobinger darin die Möglichkeit, seinen ramponierten Ruf endgültig wiederherzustellen. Umso mehr ärgerte es ihn, wenn er – aus seiner Sicht – mit Dilettanten arbeiten musste, die den tieferen Sinn von Shakespeares Stücken nicht einmal im Ansatz erkennen, geschweige denn sich erarbeiten konnten. So wie eben die Zweitbesetzung des Oberon.

»Mit dem Obermayer war das ganz anders«, erklärte er der Charlotte, als er sich in einer kurzen Probenpause ein Glas Wein bei ihr gönnte. »Der hat jede Nuance gespürt. Der lebte Shakespeare. Der Raab, der jetzt übernehmen muss, ist in dieser Hinsicht ein Zwerg! Nein, noch viel kleiner!« Der Lobinger echauffierte sich richtig.

Derweil schlichtete die Charlotte einen Karton Schüttelwein in die Holzregale unter dem Tresen, hörte dem Regisseur aber pflichtbewusst, wenn auch etwas unaufmerksam, zu. Schließlich schenkte sie sich auch ein Glas ein und widmete sich ganz dem redseligen Gast.

»Hat es nicht genug Proben mit dem Raab gegeben?«

»Doch, doch. Aber er ist halt noch so jung. Mein Gott, wir

reden hier von gerade mal zwanzig Vorstellungen im Juli. Da sollte man doch annehmen, dass der Obermayer das durchhält. Nie im Leben hätte ich damit gerechnet, dass wir auf die Zweitbesetzung zurückgreifen müssen. Den Raab hatte ich nur für den äußersten Notfall angelernt. Vielleicht mal für einen Abend, aber doch nicht für den ganzen Monat! Ich habe ja sogar schon überlegt, selbst einzuspringen. Aber den Oberon nimmt man mir nicht ab. Nicht mehr, wenigstens. Vor zwanzig Jahren wäre das noch etwas ganz anderes gewesen. Jetzt kann ich vielleicht noch Richard III. spielen«, schloss er mit einem wehmütigen Lächeln.

Die Charlotte heuchelte Mitgefühl: »Auch nicht die schlechteste Rolle.« In Wirklichkeit störte es sie, dass der Lobinger ausschließlich Gedanken für sein Stück hatte und nicht einen einzigen an seinen verstorbenen Schauspieler verschwendete. Er beschwerte sich bloß, dass er wegen Obermayers unzeitgemäßem Abtreten jetzt mit einem Amateur arbeiten musste. Ganz so, als hätte sich der Obermayer ausgesucht, dass man ihn auf offener Bühne umbringt. »Haben Sie eigentlich öfter mit dem Obermayer zusammengearbeitet?«, fragte sie.

Der Lobinger ließ seinen Blick ins Leere schweifen, dachte kurz nach und sagte: »Ein paarmal. Aber er war nicht mein Lieblingsschauspieler. Andererseits hatte ich in den letzten Jahren nicht so oft die Möglichkeit, Shakespeare zu inszenieren, und dafür war er einfach perfekt. Ich war heilfroh, dass ich ihn überreden konnte, hier im Sommer zu spielen. Der Obermayer war ja eine Diva, und Sommerfestspiele hat er früher nie gemacht. Sogar den Jedermann in Salzburg hat er mir vor ein paar Jahren ausgeschlagen. Das muss man sich mal vorstellen!«

»Ja, tatsächlich«, antwortete die Charlotte süffisant.

Der Lobinger musste schmunzeln. »Stimmt schon, ist nicht die herausforderndste Rolle, aber wenn die Salzburger bei dir anklopfen, sagt man nicht Nein. Der Jedermann mag zwar künstlerisch unter meiner Würde sein, aber für den Ruf ist er natürlich großartig.«

Die Charlotte zuckte mit den Schultern. »Noch ein Glas?«
Der Lobinger blickte auf die Uhr und nickte zustimmend.
»Fünfzehn Minuten gebe ich der Bagage noch, vielleicht kriegen sie's dann ja hin.«

Das erlebte die Charlotte aber nicht mehr. Nachdem sich der Regisseur wieder in Richtung Bühne verabschiedet hatte, machte sie ihren Laden dicht und fuhr mit der Andrea zurück zum Weingut.

Die Andrea sah nachdenklich aus.

»Was ist los?«, wollte die Charlotte wissen.

»Ich weiß nicht genau, aber der Lobinger kommt mir irgendwie bekannt vor. Den habe ich schon ein paarmal gesehen.«

»Im Fernsehen wahrscheinlich«, schlug die Charlotte vor.

»Nein, nein. Nicht im Fernsehen. Dem bin ich schon begegnet. So im echten Leben halt.« Sosehr sich die Andrea auch bemühte, es wollte ihr einfach nicht einfallen, wo sie den Lobinger getroffen hatte.

Es ging mittlerweile auf sechzehn Uhr zu, und lang konnte es nicht mehr dauern, bis die Italiener einfallen würden. Im Auto gab ihr die Andrea einen zarten Kuss auf den Mundwinkel. »Sei nicht so angespannt, Charly. Wird schon alles gut gehen. Wirst sehen, das wird heute sicher lustig.«

»Ja, eh«, erwiderte die Charlotte knapp und startete den Motor.

2. Aufzug

6

Als die beiden am Weingut ankamen, wollte die Charlotte ihren Augen nicht trauen. Die ganze Familie, inklusive der eigens für den heutigen Abend angeheuerten Bedienungskräfte, stand wie aufgefädelt links und rechts vor der großen Einfahrt. Allesamt in Tracht, gekampelt und geföhnt. Die Mama von der Charlotte hielt eine österreichische Flagge in der Hand, der Herr Papa eine italienische. Hektisch begannen die beiden, mit ihren Fahnen zu wacheln, als die Charlotte um die Ecke bog. Das Gewedel wurde allerdings jäh abgebrochen, nachdem sie erkannten, dass es sich um das falsche Auto handelte. Enttäuschung war in den Gesichtern der Eltern zu lesen, und die Flora stampfte sogar wütend mit dem Fuß auf den Boden.

Die Charlotte fuhr durchs Ehrenspalier und ließ ihr Fenster runter. »Schon gut, ich freu mich auch, euch zu sehen. Aber was soll das hier bitte? Ist ja ärger als wie beim Almabtrieb. Und wieso habts ihr euch alle verkleidet?«

»Schau, dass du den Wagen irgendwo anders hinparkst«, wurde sie von ihrer kleinen Schwester angeschnauzt. »Der Luca und seine Eltern kommen jeden Moment an, und wir wollen ihnen einen ordentlichen Empfang bereiten.«

»Ja, geht's noch?«, keifte die Charlotte zurück. »Ist das ein Staatsbesuch, und ich weiß davon nix? Der Luca kommt, eh schön, aber doch kein Grund, sich so aufzuführen!«

»Mach weiter«, mischte sich die Frau Mama ein. Sie war vor Aufregung ganz rot im Gesicht. »Das ist heute was ganz Besonderes. Du hast uns ja nie einen potenziellen Schwiegersohn vorgestellt. Sonst hätten wir für dich den gleichen Aufwand betrieben.«

Das saß. Und noch dazu mit der Andrea auf dem Beifahrersitz. Wütend ließ die Charlotte das Fenster wieder rauf und stieg aufs Gas. Kies spritzte in alle Richtungen, die Familie fluchte, aber das war der Charlotte jetzt egal. Sie parkte das

Auto im Innenhof und verschwand mit Tränen in den Augen und der Andrea an der Hand in ihrem Wohnbereich.

Minutenlang lagen sich die beiden wortlos in den Armen. Noch nie zuvor hatte ihre Mutter jemals ein schlechtes Wort wegen ihrer sexuellen Orientierung verloren. War sie deswegen unglücklich gewesen? Die Charlotte wusste es nicht, hatte sich auch nie Gedanken darüber gemacht. Wichtig war ihr nur, dass die Mama ihr wegen ihrer Homosexualität nie einen Baum aufgestellt hatte. Und nun das! Vor versammelter Mannschaft. Und vor ihrer Freundin!

Da klopfte es an der Tür.

»Bleibts bitte alle draußen!«, rief die Charlotte, aber es klopfte beharrlich weiter.

»Jetzt stell dich halt nicht so an, Charlotte«, hörte sie die Stimme ihrer Omama durch die Tür. »Lass mich rein.«

Mühsam schleppte sich die Charlotte zur Tür und öffnete. Auch die Omama war in Tracht, aber bei ihr war das wenigstens normal. Eine andere Generation eben. Sie drängte sich an der Charlotte vorbei und setzte sich zur Andrea auf die Couch.

»Armes Ding«, sagte sie beruhigend zur Andrea, deren rot unterlaufene Augen ihren Gemütszustand verrieten. Dabei tätschelte sie ihr die Hand. Die Charlotte nahm neben ihrer Omama Platz, und ihr wurde die gleiche Zuwendung zuteil.

»Die Mama hat das nicht so gemeint«, sagte die Omama. »Du kennst sie doch. Aber sie wünscht sich halt so sehr ein Enkelkind. Ist ja nicht mehr die Jüngste.« Und das aus dem Mund einer fast Achtzigjährigen.

»Und?«, konterte die Charlotte trotzig. »Das können wir auch. Ist heutzutage ja kein Problem mehr. Außerdem ist die Flora wohl noch ein bissl jung dafür, oder?«

»Charlotte«, stöhnte die Omama, »das ist halt nicht das Gleiche. Ich verstehe euch ja, und die Mama hat mit deinem Privatleben kein Problem. Aber sie ist halt ein bissl … konservativ. Und natürlich weiß sie, dass es für die Flora noch zu früh ist. Aber es geht doch nur um die theoretische Möglichkeit. Außerdem ist sie trotz allem eine Bäuerin. In Niederösterreich. Hast du eine Ahnung, wie sie dich vor den anderen Weinbauern und ihren Frauen in den letzten Jahren verteidigt hat? Wie eine Löwin.«

»Aber die Zeiten haben sich geändert«, erwiderte die Charlotte trotzig.

»Und das ist auch gut so, meine Kleine«, antwortete die Omama tröstend. »Du darfst dir nur nicht erwarten, dass sich die Welt wegen dir von einem Tag auf den anderen um hundertachtzig Grad dreht. Du tust das Deinige dazu, dass es passiert. Langsam, aber doch. Was du in den letzten Monaten mit dem Weingut gemacht hast, ist bewundernswert. Wirklich. Ich weiß, wovon ich rede. Ich habe das hier mit deinem Großvater einst aufgebaut. Und dann hat deine Mutter, für die damaligen Verhältnisse, Großartiges geleistet.«

»Ich weiß.« Die Charlotte schluchzte leise.

»Man muss ihr halt zugestehen, dass manche Sachen für sie einfach zu schnell gehen. Sie hat ihre eigenen Träume, und die musst du ihr lassen. Was aber nichts daran ändert, dass sie sich vorhin in der Wortwahl vergriffen hat. Ich werde da noch ein ernstes Wort mit ihr reden.«

»Danke«, sagte die Charlotte und umarmte ihre Omama ganz, ganz fest.

»So«, sagte diese, »und jetzt richtets ihr zwei euch wieder ein bissl her. Dem Lärm nach zu schließen ist der Freund von der Flora eingetroffen. Du bist die letzten Monate eh genug im Mittelpunkt gestanden. Gönn ihr und der Mama diesen Tag. Es wird sich alles wieder legen.« Sie drückte die Charlotte und die Andrea ganz fest und schlurfte dann in kleinen Schritten wieder hinaus.

Zehn Minuten später waren die Charlotte und die Andrea wieder halbwegs herzeigbar. Hand in Hand gingen sie in den Hof, wo bereits ein riesiges Remmidemmi herrschte. Das Personal huschte mit Tabletts durch die Menschenmenge und bot Rot- und Weißwein und Mineralwasser an. Die Nöhrer-

Familie war nicht gerade klein. Mit Onkeln, Tanten, Neffen, Nichten, Cousins, Cousinen und sämtlichem Anhang tummelten sich gut fünfzig Leute zur Begrüßung der Italiener im Hof. Und eines musste man der Mama schon zugutehalten: Die Eltern von der Andrea waren eigentlich ebenfalls eingeladen gewesen, hatten es aber vorgezogen, ihren Spanienurlaub nicht wegen der Familie Bianchi zu unterbrechen. Wenn man es sich genau überlegte, hatten die Eltern von der Andrea bis jetzt eigentlich immer eine Ausrede gefunden, um eine Einladung der Frau Mama auszuschlagen.

Natürlich wurde auch Charlottes Schüttelwein gereicht. Immerhin sparte man sich diesmal eine Erklärung für den doofen Namen. Familienintern war alles schon längst geklärt, und die Italiener fragten erst gar nicht groß nach. Die Charlotte schnaufte nochmals durch und stürzte sich dann mit der Andrea in die Menge. Ein »Hallo« hier, ein »Servus« da – die Charlotte hielt sich nirgends lange auf. Sie ging zielstrebig auf das Auge des Sturms zu, wo sich ihre Eltern gerade mit denen vom Luca unterhielten.

»Na schau, da hat ja wer sein Englisch poliert«, flüsterte die Charlotte ihrer Mama ins Ohr.

»Sei nicht so garstig«, zischte die aus dem Mundwinkel zurück. »Dein Papa gibt sein Bestes. Außerdem ist das Englisch von Lucas Eltern ebenfalls nicht überragend.«

Die Charlotte gesellte sich zu ihrem Papa und stellte sich selbst vor, in erster Linie auf Englisch. Ein paar Brocken Italienisch warf sie natürlich auch ein, Überreste diverser Sommerurlaube an der Adria aus Kindertagen. Der Papa schien die Szene zuvor bereits vergessen zu haben. Er schlang ihr den Arm um die Hüfte und erzählte in einem Kauderwelsch aus Deutsch, Englisch und Italienisch (untermalt mit wilden Handbewegungen und Grimassen), wie stolz er auf sie sei und wie sie den Betrieb innerhalb weniger Monate auf den Kopf gestellt und auf Vordermann gebracht habe.

Die mit Lob Überschüttete wurde knallrot – so viel Lob war

die Charlotte von ihrem Herrn Papa gar nicht gewohnt. Nicht, dass er immer zu streng mit ihr gewesen wäre (Betonung auf »zu«), aber ein ausdrückliches Lob war ihm eben doch schwer über die Lippen gekommen. Von der Frau Mama war da ebenfalls nicht zu viel zu erwarten gewesen. Sie war ihr Leben lang damit beschäftigt gewesen, den Betrieb am Laufen zu halten, weil sich der Herr Papa meist um seine geliebten Weinberge gekümmert und den Heurigen nur nebenbei betrieben hatte.

»Weißt du«, sagte der Herr Papa zu ihr, »Signore Bianchi ist der Besitzer einer großen Supermarktkette in Italien. Er will sich unseren Betrieb genauer ansehen.« Dabei hob er bedeutungsschwanger seine linke Augenbraue. Aha, daher wehte der Wind also. Zumindest bei ihrem Papa. Er roch ein lukratives Geschäft, deshalb der Familienauftrieb und der Staatsakt bei der Begrüßung. Das hätte man ihr doch früher sagen können, aber wirklich! Andererseits war die Charlotte in den letzten Wochen so mit anderen Dingen beschäftigt gewesen – vielleicht hatte man es ihr gesagt, und sie hatte es einfach nur verschwitzt?

»Autsch!«, hörte sie ihre Mutter leise fluchen. Im nächsten Moment schob sie sich auch schon mit der Andrea an der Hand an ihr vorbei und stellte sie den italienischen Gästen vor. Die Omama grinste hämisch und machte mit ihrem rechten Fuß eine tretende Bewegung. Sie zwinkerte der Charlotte zu, und damit wusste sie, was sich gerade hinter ihrem Rücken zugetragen hatte.

Nachdem die Begrüßungen erledigt waren, konnte die Charlotte weder die Flora noch den Luca entdecken. »Die haben sich so lange nicht gesehen, die wollen sicher etwas Zeit für sich haben«, meinte die Andrea und drückte ihrer Freundin ein Glas vom Schüttelwein in die Hand. Beim Gedanken an etwas Zeit zu zweit in Verbindung mit ihrer minderjährigen Schwester wurde der Charlotte ganz anders. Die Andrea schüttelte den Kopf, als sie die verbissene Miene der Charlotte sah, sagte aber: »Ich habe sie vorhin beim hinteren Tor rausgehen gesehen.«

Bevor die Charlotte losstarten konnte, wurde sie von der

Andrea zurückgehalten: »Versprich mir, dass du ihr jetzt nicht blöd dazwischenfunkst. Es ist noch helllichter Tag, da werden sie schon keinen großen Blödsinn anstellen.« Die Charlotte nickte ernst, es reichte schon, wenn sie einen kleinen Blödsinn anstellten. Dann stürmte sie hektisch zum Tor. Es war nur angelehnt. Sie schob das schwere Teil auf und schlüpfte hinaus. Für einen Moment war sie wieder von dem phantastischen Ausblick gefangen, den sie in der Früh schon der Renate gezeigt hatte. Dann sah sie ihre Schwester, die etwas abseits mit dem Luca Arm in Arm auf der Wiese saß. Mit der freien Hand deutete sie auf diverse Punkte am Horizont. Was die Charlotte an Wortfetzen auffing, machte ihr klar, dass die Flora ihrem italienischen Gigolo den Ausblick erklärte.

Den Luca hätte die Charlotte fast nicht wiedererkannt. Seitdem sie ihn im Jänner das letzte Mal gesehen hatte, war der Bursche gewaltig in die Höhe geschossen. Er war jetzt um einiges größer als die Flora, die sich glücklich und zufrieden an die Brust vom Luca schmiegte. Keiner der beiden hatte bemerkt, dass sie von der Charlotte entdeckt worden waren.

»Komm, Hübsche, lass die beiden. Du siehst ja, dass sie nix Schlimmes tun«, flüsterte die Andrea ihr ins Ohr. Sie war der Charlotte langsam gefolgt, bereit, jederzeit einzuschreiten, falls sie sich zu irgendeinem Blödsinn gegenüber der Flora hinreißen ließ.

Etwas später bezog die Familie Bianchi ihre Zimmer, und während die Flora mit dem Luca loszog (die Charlotte wollte gar nicht wissen, wohin), entschuldigten sich die Bianchi-Eltern für eine Stunde, um sich von der langen Autofahrt auszuruhen. Als die Charlotte den Porsche Panamera mit italienischem Kennzeichen vor dem Hoftor sah, wusste sie auch, dass die Familie vom Luca tatsächlich durchaus betucht war.

Unterdessen wurde der Hof umgebaut, statt der überall verstreuten Tische wurde eine lange Tafel gerichtet. Die Charlotte sah dem gar nicht hektischen Treiben gespannt zu. Zufrieden notierte sie, wie ein Rädchen ins andere griff und alle Aufgaben vom Personal professionell erledigt wurden. Sie konnte sich noch an Zeiten erinnern, wo das nicht immer so war und es jedes Mal, wenn es mehr als zwanzig Leute auf einmal zu bedienen galt, ein heilloses Durcheinander gab. Lange vor achtzehn Uhr war der Hof komplett umgestaltet. Die Tafel nahm jetzt den zentralen Bereich ein. Verschiedenste Weinflaschen waren gekühlt und eingestellt, Teller, Besteck und Servietten kunstvoll drapiert. Die Flora hatte gemeinsam mit dem Luca eine mächtige Stereoanlage aufgebaut, aus der bereits Musik plärrte.

Die Charlotte schlenderte überrascht zu ihrer Schwester. »Hallo! Schon wieder zurück?« Die Flora schaute ihre Schwester an und unterbrach ihre Arbeit am Kabelsalat der Musikanlage. »Na hallo, du sprichst wieder mit mir?«, meinte sie noch etwas bockig.

»Du warst ja verschwunden, als ich runterkam.«

»Wir hatten … Sachen zu besprechen«, erwiderte die Flora.

Die Charlotte nickte und sah ihre Schwester von oben bis unten an. Dann umspielte der Anflug eines Lächelns ihre Mund- und Augenwinkel, und sie wandte sich dem Luca zu. Der überragte mit seinen sechzehn Jahren auch die Charlotte und hatte dem Wortwechsel der beiden Schwestern mit sichtbarer Skepsis gelauscht. Er hatte Charlottes Beschützerinstinkt schon in Schladming zu spüren bekommen.

»Ciao, Luca!«, begrüßte ihn die Charlotte fröhlich und umarmte ihn.

»Grüß Gott«, antwortete der Luca verdutzt. »Wie geht es Ihnen?«

»Der Luca hat im letzten halben Jahr Deutschunterricht genommen«, erklärte die Flora mit hörbarem Stolz.

»Soso«, sagte die Charlotte und nickte dem jungen Italiener anerkennend zu. Das überraschte sie etwas. Meinte es der gar nicht mehr so kleine Gigolo etwa ernst? Sie versuchte, sich daran zurückzuerinnern, wie es war, als sie im Alter ihrer Schwester gewesen war. Mit Burschen war damals schon nichts gelaufen. Die Gefahr, ihre Jungfräulichkeit im herkömmlichen Sinn zu verlieren, war also gering gewesen. Das redete sich die Charlotte wenigstens ein. Man legte an sich selbst halt immer andere Maßstäbe an und war *natürlich* viel vernünftiger gewesen, als es die kleine Schwester jemals sein konnte. »Zufrieden mit der Anlage?«, fragte sie schließlich prüfend.

»Ja, die sollte auch fürs Public Viewing reichen, hat der Luca gesagt«, meinte die Flora fachmännisch. »Er macht am Wochenende immer wieder mal den DJ bei Partys und versteht ein bisschen was davon.«

»Na, da bin ich ja froh, wenn die Anlage euer Gütesiegel bekommt.« Die Charlotte lächelte und drückte die Flora an sich. Die sträubte sich kurz, ließ sich dann aber herzen. Die Spannungen zwischen den beiden Schwestern verflüchtigten sich in den roten Abendhimmel, und auch der Luca atmete gut hörbar tief und erleichtert aus.

Dann wandte sich die Charlotte endlich den anderen Gästen zu. Nach kurzer Zeit fand sie, wen sie gesucht hatte – Cousin Leo. Er war erst vor ein paar Minuten gekommen. Nach Küsschen links und Küsschen rechts schallte aber schon der Ruf ihrer Mutter durch den Hof: »Zu Tisch, zu Tisch, angerichtet ist!« Nach einer kurzen Pause fügte sie noch »Mangiare! Mangiare!« hinzu. Nur für den Fall, dass es der Familie Bianchi entgangen war.

Der Leo sah die Charlotte entschuldigend an, rieb sich den Bauch und meinte: »Sorry, Charlotte, lass mich erst etwas futtern. Ich habe heute noch nichts gegessen und könnte einen ganzen ›Mäci‹ leer fressen.« Der Charlotte blieb nichts anderes übrig, als dem Wunsch ihres Cousins nachzukommen. Sicherheitshalber platzierte sie sich an der großen Tafel aber direkt neben ihm. So leicht würde er ihr nicht entkommen.

Sie ließ dem Leo immerhin so lange Zeit, um sich am reichhaltigen Buffet mit allen möglichen Köstlichkeiten einzudecken: Wachauer-Weckerl, Liptauer, Saunaschinken, ein Gupf Ziegenkäse mit Kernöl und ein kaltes Wiener Schnitzel vom

Heurigen-Buffet; getrocknete Tomaten, Prosciutto, Salami und diverse Antipasti von der extra für die Gäste vorbereiteten italienischen Speisenauswahl. Die Mama von der Charlotte wollte auf Nummer sicher gehen – man konnte ja nie wissen, ob das österreichische Essen den Gästen auch schmecken würde. Da hätte sich die Gute aber keine Gedanken machen müssen. Nachdem der Leo die Hälfte seiner Buffetbeute verschlungen hatte, fand die Charlotte, dass sie ihm jetzt genug Zeit gelassen hatte. »Also, mein Bester, jetzt rück mal raus. Was habt ihr herausgefunden?«, drängte sie ihn und nahm einen Schluck von ihrem spritzigen Schüttelwein.

Der Leo sah sie leicht genervt an, wischte sich den Mund mit einer Serviette ab und sagte: »Lass mich das kurz runterspülen, okay? Dann erzähl ich's dir.«

Die Charlotte schenkte ihm noch ein weiteres Glas vom Schüttelwein ein, das der Leo auf einen Satz leerte. Er hielt ihr das leere Glas hin: »Geh, sei so gut und lass da mal die Luft raus.« Grinsend schenkte die Charlotte nach, dann nahm der Leo sie am Arm und schlenderte mit ihr zum rückwärtigen Tor hinaus. Auch er liebte den Ausblick über die kleine Wiese und die weitläufigen Weinhügel hinunter auf Perchtoldsdorf und die große Stadt dahinter.

Mit dem vollen Glas in der Hand sank er ins Gras, rauchte sich eine Zigarette an und bedeutete der Charlotte, sich zu ihm zu setzen. Sie folgte seiner Aufforderung und stibitzte ihm gleich eine Zigarette. »Sorry, hab meine drinnen vergessen.« Der Leo schnaufte, rauchte sich noch eine an und begann dann zu erzählen.

»Der Obermayer hat ziemlich hohe Schulden gehabt. Wir reden da von Schulden in sechsstelliger Höhe. Davon hat uns seine Frau nichts erzählt. Also, dass die Schulden so hoch waren. So wie sie es erzählt hat, haben wir mit ein paar zehntausend Euro gerechnet, aber nicht mit so einer Summe.«

»Vielleicht wusste sie nichts davon?«, warf die Charlotte ein.

»Möglich. Aber wir werden sie zu diesem Thema nochmals befragen müssen. So ein Detail sollte sie uns nicht verschweigen, falls sie davon wusste. Wie auch immer, das erklärt nicht die große Menge an Bargeld in seiner Garderobe. Wollte er das Geld auf die Bank bringen? Hatte er woanders Schulden? Andererseits sind die zwanzigtausend im Vergleich zu seinen Schulden ein Fliegenschiss. Nicht mehr als ein Tropfen auf den heißen Stein.«

»Oder wurde er vielleicht doch erpresst?«

Der Leo zuckte mit den Schultern. »Alles möglich. Wir werden auch mit dem Regisseur, diesem Lobinger, noch mal reden müssen. Vielleicht kann er uns ja was zu dem Geld sagen. Kann ja sein, dass der Obermayer seine Gage vor der Premiere ausgezahlt bekam.«

»In bar?«

Leo nickte. »Schwarz und ohne Steuerabzüge. Wenn ich so hohe Schulden hätte, würde ich es auch so machen.«

»Das wird sicher ein interessantes Gespräch mit dem Lobinger.« Die Charlotte grinste. »Hast du schon mal mit ihm geredet?«

»Ja, gleich nach dem Mord. Aber wir haben ihn nur kurz einvernommen. Das hat mir, ehrlich gesagt, auch schon gereicht. Der hat ja einen an der Waffel. Labert die ganze Zeit nur von Kunst und Theater und von was für Idioten und unfähigen Arschlöchern er umgeben ist.«

»Mhm.« Die Charlotte konnte dieser Einschätzung nur zustimmen. Sie nahm noch einen Schluck von ihrem Glas. »Sonst noch was?«

»Nix Großartiges. Einen Fünfzig-Euro-Jeton aus dem Casino Baden haben wir in einer seiner Jacken in der Garderobe gefunden. Mal schauen, ob der zu irgendwas führt.«

»Darf ich ihn mal sehen?«

Der Leo nickte und zog ein kleines Plastiksackerl aus einer Tasche. »Ich dachte mir, dass dich das interessiert«, erklärte er und streckte es seiner Cousine hin.

Die Charlotte langte nach dem Säckchen. »Darf ich?« Wieder nickte der Leo. »Die Spurensicherung hat den Jeton bereits untersucht. Da sind nur Fingerabdrücke vom Obermayer drauf. Du kannst ihn also ruhig rausnehmen und angreifen.« Die Charlotte fischte den roten Plastikjeton aus dem Säckchen. Sie hielt ihn hoch, drehte und wendete das Plastikteil, um im Zwielicht der Dämmerung besser die Details zu erkennen. »Sieht ganz schön abgegriffen aus«, meinte sie schließlich. »Ich hab da nicht so viel Erfahrung, aber werden solche Jetons von den Casinos nicht rasch aus dem Verkehr gezogen?«

»Im Normalfall ja«, bestätigte der Leo. »Soll ja alles schön, neu und glänzend aussehen. Wenigstens in den ›offiziellen‹ Casinos, wenn du verstehst, was ich meine.«

»Und das hier ist eindeutig ein offizieller Jeton«, sagte die Charlotte.

»Und trotzdem abgegriffen. Sieht aus, als wäre er mindestens ein paar Jährchen alt.«

Die Charlotte schüttelte den Kopf. »Noch so ein Mysterium. Vielleicht kann die Renate da ja etwas Licht ins Dunkel bringen.«

»Die Renate?«, fragte der Leo verschmitzt lächelnd. »Ihr seid schon per Du?«

»Wieso nicht?«, antwortete die Charlotte. »Sie ist gestern Abend noch bei mir hängen geblieben und hat am Ende bei uns übernachtet. Ich wollte sie in ihrem Zustand nicht mehr heimfahren lassen.«

»Wie passend! Dann kann ich ja gleich hier noch mal mit ihr sprechen!«, freute sich der Leo in der Hoffnung, sich wenigstens einen Dienstweg ersparen zu können. Vorladung, Einvernahme und so weiter.

»Nein, da muss ich dich enttäuschen«, sagte die Charlotte. »Ich habe sie heute Vormittag ins Taxi gesetzt und heimgeschickt. Kurz bevor ich bei dir reingeschneit bin. Wirst also doch den Dienstweg beschreiten müssen.«

Ein Hupkonzert unterbrach jäh das Gespräch.

»Das kommt von vorne!«, sagte der Leo und schaute die Charlotte fragend an.

»Keine Ahnung, ich erwarte niemanden mehr. Und offiziell öffnen wir erst nächste Woche wieder.«

Kurz darauf kam auch schon die Andrea angehetzt. »Komm, Charly, du glaubst nicht, wer da gerade angerauscht gekommen ist.«

7

Als sich die Charlotte vor der Einfahrt zum Weingut einbremste, glaubte sie zum zweiten Mal innerhalb nur weniger Stunden, ihren Augen nicht zu trauen. Da stand doch in voller Pracht die frischgebackene Obermayer-Witwe. Wie aus dem Ei gepellt, sorgfältig frisiert und luxuriösest gekleidet. Eine noch ganz neue Witwe stellte man sich eigentlich ein wenig anders vor. Vielleicht nicht ganz so dramatisch wie in den Filmen – also ganz in Schwarz, mit Schleier und so –, aber auch nicht so, als wäre sie schon wieder auf der Pirsch.

»Was … was machst du denn hier?«, stotterte die Charlotte.

»Ich miete mich bei euch ein, bis der Mörder meines Mannes gefunden ist«, antwortete die Renate, schnappte sich ihr Louis-Vuitton-Köfferchen und stakste auf Zwölf-Zentimeter-High-Heels über die Schottereinfahrt. Durchaus gekonnt, wie die Charlotte nicht ganz neidlos feststellte. Sie selbst hatte es nie gelernt, in solchen Killer-Stilettos auch nur halbwegs gerade zu gehen, ganz zu schweigen davon, darin noch aufreizend zu wirken.

»Renate!«, rief ihr die Charlotte nach. »Wir haben heute eine geschlossene Gesellschaft. Eine Familienfeier. Du kannst nicht einfach –«

»Kann sie schon«, mischte sich plötzlich die Frau Mama ein. Die Andrea hatte sie in der Zwischenzeit über den ungebetenen Gast aufgeklärt, und da war für sie sofort klar gewesen: Hier muss geholfen werden! »Wir lassen die arme Frau Obermayer in dieser schweren Zeit sicher nicht allein. Kommen Sie!« Damit hakte sich die Mama bei der alles andere als trauernd wirkenden (von arm wollen wir gar nicht reden) Witwe ein und führte sie durch den Hof in den Hoteltrakt.

Unter der Gästeschar war derweil wieder Ruhe eingekehrt. Der unangekündigte Gast war kurz gemustert und dann gleich wieder ignoriert worden. Essen, trinken und den neuesten Tratsch austauschen waren im Moment wichtiger.

Die Charlotte war fassungslos. Machte hier denn jeder, was er wollte? Der Leo hingegen konnte sich nicht mehr halten und lachte seine Cousine lautstark aus. »Das passt ja perfekt. Du kannst morgen gleich mit ihr bei mir vorbeikommen.« Damit kehrte er ihr den Rücken zu und gesellte sich wieder zum Rest der Familie, die das kurze Schauspiel mit mäßigem Interesse verfolgt hatte. Selbst nachdem die Flora ihnen die Hintergründe kurz umrissen hatte, wirkte die Familie Bianchi von den Vorfällen nicht sonderlich beeindruckt. Dass sie da direkt in eine sprichwörtliche Mordsgeschichte hineingeraten waren, schien die Bianchis nicht im Mindesten zu stören. Gut, vielleicht war man solche Sachen in Italien eher gewohnt.

Der Charlotte blieb nichts anderes übrig, als sich mit den vollendeten Tatsachen abzufinden. Sie entschuldigte sich bei der Verwandtschaft und folgte ihrer Mutter und der Renate in den Hoteltrakt. Nach kurzem Suchen fand sie die beiden im selben Zimmer, in dem die Renate bereits die vergangene Nacht verbracht hatte. Sie scheuchte Muttern zur Tür hinaus und setzte sich dann zur Renate aufs Bett.

»So, jetzt sag mir bitte mal, was das soll?«, schnauzte sie den unerwarteten Gast an.

Die Renate blieb völlig unbeeindruckt. »Wie gesagt, ich möchte bei euch wohnen, bis der Fall gelöst ist. Ihr habt doch Gästezimmer, oder?«

»Ja eh, natürlich. Auch. Aber du wohnst doch in Wien. Ist

ja nur ein Katzensprung hier heraus. Und musst du dich nicht um deine Firma kümmern?«

»Ich wäre trotzdem lieber vor Ort. Die Firma ist bei meinen Angestellten in guten Händen. Du glaubst doch nicht wirklich, dass ich mit dem Tagesgeschäft viel zu tun habe? Meine Firma ist inzwischen so gewachsen, dass ich mehr als Aushängeschild fungiere. Ich geh zu Empfängen und größeren Anlässen und flirte ein bisschen mit Aufsichtsräten, um Sponsorengelder für meine Kunden rauszuschlagen, aber das war's schon. Das Leben ist viel zu kurz, um es nicht zu genießen. Außerdem wollte ich dir ein Angebot machen.« Sie rutschte ein Stück näher an die Charlotte ran.

»Mir?«, fragte die Charlotte verdattert. Sie musste an die Verabschiedungsszene vor ein paar Stunden denken, woraufhin sie sofort ein unangenehmes Gefühl beschlich. Sie rutschte ein Stück von der Renate weg.

Die grinste schelmisch und meinte: »Nein, nein, keine Angst. Ich bin straight, ich will nichts von dir. Manchmal …«, und da machte die Renate eine dramatische Pause, »manchmal spiele ich nur gerne mit den Leuten. Verunsichere sie. Das ist einfach in mir drin.«

»Habt ihr Künstler eigentlich alle ein bisschen einen Huscher?«, empörte sich die Charlotte. Zugleich wurde ihr aber doch leichter ums Herz.

»Ja, wahrscheinlich«, bestätigte die Renate entwaffnend ehrlich, »aber ich bin keine Künstlerin. Ich vertrete diese Bande nur. Und organisiere Events. Beziehungsweise lasse sie organisieren. Egal, ich habe dir ein geschäftliches Angebot zu machen.«

»Erzähl«, forderte die Charlotte sie auf.

»Ich will, dass du den Mörder meines Mannes findest.«

»Ich?«, fragte die Charlotte ärgerlich. »Wie kommst du auf so eine Schnapsidee? Sehe ich aus wie ein Privatdetektiv?«

Die Renate musterte sie von oben nach unten. »Du bist doch *die* Charlotte Nöhrer, oder?«

»Welche?«

»Na die, die vor ein paar Monaten in Schladming eine Mordserie gelöst hat.«

»Ja, schon. Aber das war eher Zufall.«

»Mir egal. Soweit ich das aus den Medien nachvollziehen konnte, warst du der Polizei immer ein paar Schritte voraus.«

»Und wäre dabei beinahe ums Leben gekommen.«

Diesen Einwurf wischte die Renate als Nebensächlichkeit weg.

»Hör zu, Charlotte. Wenn du mir den Mörder meines Mannes bringst, bekommst du im Gegenzug die exklusive Schanklizenz für alle von mir veranstalteten Events. Wir reden hier von Staatsoper, Stadthalle und so weiter. Also, für alle Events, die du organisatorisch schaffst.«

Der Mund der Charlotte formte ein großes, ungläubiges O. Das war ein beinahe unanständiges Angebot. Nur überschlagsmäßig gerechnet könnte sie mit solchen Veranstaltungen ihren Umsatz sicher um gut zwanzig bis fünfundzwanzig Prozent steigern. Und die Werbung, die sie dadurch bekäme … Auf der anderen Seite würde das natürlich auch bedeuten, neues Personal einzustellen. Oder überhaupt gleich eine eigene Catering-Abteilung zu gründen. Alles in allem war das Angebot aber keinesfalls auszuschlagen.

»Ich muss das noch mit meinem Vater besprechen«, antwortete die Charlotte ausweichend, obwohl sie innerlich bereits zugestimmt hatte. Außerdem hatte sie ja ungefragt ohnehin bereits zu ermitteln begonnen. Wenn es jetzt noch einen Bonus dafür gab, war das natürlich umso besser. Ihr Versprechen an die Andrea, sich diesmal nicht einzumischen, hatte sie da längst über Bord geworfen.

Die Augen der Renate blitzten. »Komm schon, Charlotte. Ich durchschau dich. Mach jetzt nicht auf zickig. Das Angebot ist wirklich äußerst großzügig.«

Ja, war es tatsächlich. Vielleicht sogar etwas zu großzügig?

»Komm mit«, sagte die Charlotte und zerrte die Renate

an ihrem Chanel- oder Gucci- oder Was-auch-immer-Jackerl hoch. Modetechnisch hatte die Charlotte so was von überhaupt keinen Durchblick. Hatte sie bisher aber auch noch nie nötig gehabt. Sie schleppte die widerwillige Witwe zurück in den Hof. Nach kurzem Suchen fand sie den Leo, der es sich unter der alten Kastanie mit einem Glas Wein gemütlich gemacht hatte.

»So, mein Lieber. Weil du mich vorhin so ausgelacht hast, kannst du jetzt gleich einmal was arbeiten. Hier ist die Renate. Und ich will dabei sein.«

Der Leo verschluckte sich, spuckte Wein aus und schaute die Charlotte ungläubig an. »Ja, spinnst denn? Ich bin doch gar nicht im Dienst. Kannst du mir heute vielleicht ein bisschen Ruhe geben?«

»Nein«, antwortete die Charlotte bestimmt. »Vorhin warst du noch ganz scharf darauf, die Renate einzuvernehmen. Jetzt willst du deine Ruhe, nur weil du schon was getrunken hast? Rück doch gleich mal den Jeton rüber!«

Die Renate hatte dem Wortwechsel amüsiert zugesehen. Sie stand mit verschränkten Armen vor dem Leo, der seinen Blick über die wohlgeformten und im kurzen Kostümchen perfekt zur Geltung gebrachten Beine gleiten ließ. Sein Blick wurde weicher, und die Charlotte wusste, dass sie gewonnen hatte.

Männer halt. Noch dazu Singlemänner.

Der Leo fischte das Säckchen mit dem Jeton aus seiner Hosentasche und überreichte es der Witwe. »Das haben wir bei Ihrem verstorbenen Mann gefunden. Haben Sie eine Ahnung, was es damit auf sich hat?«

Die Renate kniff die Augen zusammen, wackelte ein wenig mit dem Hinterteil und schnappte sich dann das Plastiksäckchen. »Darf ich?«, fragte sie wie vorhin schon die Charlotte.

»Nur zu«, antwortete der Leo. »Er gehört Ihnen, die Spurensicherung hat den Jeton bereits freigegeben.«

»Danke«, sagte die Renate und fischte den Jeton vorsichtig,

fast zärtlich aus dem Säckchen. Die Charlotte meinte, sogar eine Träne im Auge der Renate zu erkennen.

Irgendwie war die Renate für die Charlotte schwer zu fassen. Mal schimmerte die anscheinend doch vorhandene Trauer bei ihr durch, aber schon im nächsten Moment gab sie wieder die toughe Geschäftsfrau, die sich durch nichts erschüttern ließ. An ihr war wirklich eine Schauspielerin verloren gegangen. Aber vielleicht färbte auch nur der ständige Umgang mit Künstlern ab.

Die Renate drehte und wendete den Jeton und schloss die Augen. »Das war sein Glücksjeton. Den hatte er seit Jahren immer in der Tasche.«

»Hat er viel gespielt?«, wollte der Leo wissen.

Die Renate schüttelte den Kopf. »Nicht dass ich wüsste. Er hatte ihn bei Premieren oder wichtigen Aufführungen dabei. Im Casino waren wir nur einmal pro Jahr. Zu meinem Geburtstag führte er mich regelmäßig ins Casino nach Baden aus. Fein Essen, ein bisschen Roulette und Blackjack spielen, aber nie um hohe Summen.«

»Ist das nicht ein bisschen ... spießig?«, warf die Charlotte etwas unverschämt ein.

»Meinst du, zu billig, oder wie?«, fragte die Renate, keineswegs empört. »Weißt du, wir waren nicht immer sogenannte Stars. Beziehungsweise der Norbert war nicht immer ein Star. Mich kennt man ja ohnehin nur in Künstlerkreisen. Im Rampenlicht bin ich nie gestanden. Dieses Casino-Ding haben wir über die Jahre beibehalten. Es war eines der wenigen Rituale, die in unserer Beziehung überlebt haben. Entschuldigung, überlebt hatten natürlich. Es musste nicht jedes Mal ein Haubenlokal sein. Abgesehen davon kann man im Casino auch ziemlich gut essen.« Dabei huschte ein verträumtes Lächeln über ihre Lippen.

»Du kannst also ausschließen, dass der Norbert Spielschulden hatte?«, hakte die Charlotte nach.

Die Renate sah sie lange an, dann sagte sie: »Ausschließen

kann ich nichts. Ich habe dir ja erzählt, wie unsere Beziehung zuletzt war. Keine Ahnung, was der Norbert in seiner Freizeit getrieben hat. Vielleicht ist er ins Casino gegangen, vielleicht ins Puff. Vielleicht war er mit einem seiner unzähligen Flittchen zugange. Oder vielleicht auch einfach nur am Golf- oder Tennisplatz mit irgendwelchen Freunden. Was weiß ich?«

»Frau Obermayer«, mischte sich der Leo ein, »wir haben herausgefunden, dass Ihr Mann hohe Schulden hatte. Sehr hohe Schulden sogar.«

Die Renate sah ihn fassungslos an. »Wie hoch?«

Der Leo zückte einen Notizblock, blätterte darin herum und sagte dann: »Etwas über hundertzwanzigtausend Euro. Wussten Sie davon?«

Sie schüttelte den Kopf, ihre Augen wurden weit. »Nein, woher denn? Also, ja. Ich wusste, dass er Schulden hatte. Aber nicht, dass es sich um solche Summen handelt. Wir hatten getrennte Konten und haben uns finanziell nie gegenseitig Rechenschaft abgelegt. Das meiste hat sowieso mir gehört. Für seine privaten Späßchen musste der Norbert selbst aufkommen.«

»Haben Sie eine Ahnung, wie Ihr Mann so hohe Schulden anhäufen konnte?«

»Nein, wirklich nicht! Wie gesagt, wir haben kaum noch etwas gemeinsam gemacht. Ich wüsste jetzt aber von keinem teuren Auto oder anderem Schnickschnack, den er sich vielleicht auf Pump gekauft hätte. So etwas wäre mir ja doch aufgefallen.«

Enttäuscht schnaufte der Leo durch. »Na gut, ich glaub, das war's fürs Erste. Nachdem Sie sich jetzt bei meiner Cousine einquartiert haben, kann ich Sie ja ohnehin jederzeit aufsuchen, falls wir noch mehr Fragen haben.«

Die Renate nickte, und damit erhob sich der Leo und mischte sich wieder unter die Verwandtschaft. Die Renate hingegen verlor ihre offenbar nur gespielte Stärke und musste von der Charlotte gestützt werden. Die Andrea, die das Ganze aus ein paar Metern Entfernung verfolgt hatte, eilte ihrer Freundin zu Hilfe, und gemeinsam führten sie die Renate zu einem freien Platz.

»So hohe Schulden? Wie hat er das nur angestellt?«, jammerte die Renate in ihre Hände, die sie vors Gesicht geschlagen hatte. Die Charlotte verdrehte die Augen – von einem Extrem ins andere. Ein bisschen sehr theatralisch.

»Das werden wir schon herausfinden«, sagte die Charlotte beruhigend zu der Witwe. »Das ist vielleicht der Schlüssel, um den Mörder zu finden.«

»Was soll ich nur tun?«, flüsterte die Renate. »Hafte ich jetzt für den Schuldenberg? So viel Geld habe ich doch auch nicht. Da müsste ich meine Firma verkaufen.«

»Nein, nein«, mischte sich die Andrea ein. »Aus juristischer Sicht sollest du da eigentlich aus dem Schneider sein. Zur Not trittst du das Erbe nicht an, wenn es außer Schulden eh nichts gibt.«

»Und das weißt du, weil …?«, fragte die Renate mit tränenden Augen.

»Weil ich kurz davor bin, mein Jus-Studium zu beenden«, antwortete die Andrea grinsend. »Ich weiß, ich weiß – ich sehe aus wie ein blondes Püppchen. Aber deshalb kann ich ja trotzdem was im Köpfchen haben. Abgesehen davon«, fuhr sie fort, »hatte der Norbert vielleicht die eine oder andere Lebensversicherung laufen. Seine Schulden sollten wirklich nicht dein größtes Problem sein.«

Dankbar schniefte die Renate in eine Papierserviette, die ihr die Charlotte vors Gesicht gehalten hatte. Mittlerweile war es Nacht geworden, und die Charlotte beschloss, dass es für die Renate wohl am besten war, diesen Tag möglichst schnell zu beenden. Sie schickte die Witwe in Begleitung der Andrea aufs Zimmer. Die Renate gehorchte ohne Protest.

Die Charlotte schaute suchend in das Getümmel im Hof und fand schließlich denjenigen, den sie gesucht hatte. Onkel Wolfgang war genau der richtige Mann für diese Situation.

Sie fasste den Mittfünfziger am Ellbogen. »Kannst du bitte kurz mitkommen?«, fragte sie eindringlich. Der Onkel sah sie erstaunt an, nickte dann aber und folgte seiner Nichte.

»Hast du deine Arzttasche dabei?«

»Ja, natürlich. Die ist draußen im Auto, ich muss ja für alle Notfälle gerüstet sein.«

»Schon gut, wenn man einen Arzt in der Familie hat.« Die Charlotte setzte ihr charmantestes Lächeln auf. »Die Obermayer-Witwe, du weißt schon, deren Mann gestern bei den Festspielen umgebracht wurde, bräuchte, glaub ich, deine Hilfe. Sie ist ziemlich fertig, und es könnte wohl nicht schaden, wenn sie etwas zum Einschlafen bekäme.«

»Alles klar«, antwortete der Onkel. Gemeinsam gingen sie zum Parkplatz, holten die Arzttasche aus dem Auto, dann führte die Charlotte ihren Onkel aufs Zimmer der Renate. Dort hatte sich die Andrea bereits um die Witwe gekümmert – ihr beim Abschminken geholfen, den Koffer ausgeräumt und die Sachen im Kasten verstaut und der Renate eine Tasse Tee gemacht.

»Gestatten, Oberhofer!«, stellte sich der Onkel Wolfgang bei der Renate vor. »Ich bin praktischer Arzt hier im Ort, und die Charlotte hat mich gebeten, dass ich mal ein Auge auf Sie werfe.«

»Gerne auch zwei.« Unfassbar, aber selbst in diesem Zustand konnte die Witwe das Flirten nicht lassen.

»Na dann!«, sagte der Arzt vergnügt und nahm am Bett neben der Obermayer Platz. Die ließ sich bereitwillig abhören und den üblichen Schnickschnack über sich ergehen. Am Ende gab Charlottes Onkel ihr ein Schlafmittel aus dem Notvorrat in seiner Arzttasche. »Im Grunde genommen ist alles in Ordnung«, erklärte er, »aber Sie sollten einfach mal ein, zwei Nächte richtig durchschlafen und sich auch sonst ein wenig schonen. Danach schaut die Welt schon wieder ganz anders aus.«

»Heißt das, ich darf heute nicht mehr ausgehen?«, fragte

die Renate kokett. So schlecht kann's ihr dann doch wieder nicht gehen, schoss es der Charlotte dabei durch den Kopf. »Seien Sie ein braves Mädchen und schlafen Sie sich aus«, entgegnete der Arzt und hob dabei streng den Zeigefinger. Zur Charlotte meinte er: »Und du passt mir auf, dass die Patientin sich an meine Vorgaben hält. Heute kein Alkohol und nach Möglichkeit morgen ebenso. Sie soll sich die nächsten Tage wirklich ausruhen und schonen.« Die Charlotte nickte artig, dann führte die Andrea den Onkel Wolfgang aus dem Zimmer. »So, meine Liebe. Du hast gehört, was der Onkel Doktor gesagt hat.« In Charlottes Fall war diese Bezeichnung keine Redewendung, sondern entsprach nur den Tatsachen. »Husch, husch ins Bettchen.« Die Renate gab sich geschlagen und verschwand im Badezimmer. Nach einer kurzen Katzenwäsche erschien sie wieder in einem Nachtkleid, das der Phantasie wenig übrig ließ.

»Du bist echt arg, weißt du das?«, meinte die Charlotte kopfschüttelnd. »Wie soll ich dir denn so überhaupt abnehmen, dass du dem Norbert wirklich nachtrauerst?«

Die Renate kicherte wie ein kleines Mädchen, strich der Charlotte im Vorbeigehen über die Wange und sagte: »Ich habe es dir doch vorhin schon erklärt. Ich provoziere gerne, so bin ich eben. Damit muss man leben. Oder mich einfach meiden.«

Die Charlotte reichte ihr die Schlaftablette, und die Witwe spülte sie mit einem Schluck Tee hinunter. Dann zog die Charlotte ihr die Decke bis unters Kinn, und kurz darauf befand sich die Renate schon in Morpheus' Armen. Leise verließ die Charlotte das Zimmer und gesellte sich zur Feier im Innenhof. Die Fenster von Renates Zimmer gingen allesamt auf die andere Seite, es bestand also keine Gefahr, dass die Witwe durch den Lärm geweckt wurde.

In kurzen Worten erklärte die Charlotte der Andrea, wie sie die Renate zu Bett gebracht hatte. Darauf musste die Andrea dreckig grinsen. »Ist mir neu, dass du bei einem neckischen

Nachtkleid gleich so wuschig wirst. Ich darf mir ja nicht einmal einen Slip anziehen.«

Die Charlotte sah ihrer Freundin tief in die Augen. »Ich werde halt langsam älter, Schätzchen, vielleicht finde ich es ja inzwischen interessanter, wenn ich nicht alles wie am Präsentierteller vorgesetzt bekomme.« Die Andrea hauchte ihr einen zarten Kuss ans Ohrläppchen und flüsterte: »Dann komm mal mit rauf. Vielleicht habe ich ja eine Überraschung für dich.« Und damit war die Feier für die beiden beendet.

8

In den nächsten Tagen war an Ermittlungen nicht zu denken, weil sich die Charlotte um ihren ungebetenen Gast kümmern musste und die abendliche Ausschank bei den Sommerfestspielen den Rest ihrer Zeit beanspruchte. Und dann war da ja auch noch Floras italienischer Gigolo inklusive Anhang, der ebenfalls bespaßt werden wollte. So konnte sie nur darauf vertrauen, dass der Leo brav seiner Arbeit nachging und sie später alle relevanten Informationen aus ihm herauskitzeln konnte. Ein wenig hatte sie die Hoffnung, an einem der Abende im Burghof noch einmal mit dem Lobinger plaudern zu können, aber der ließ sich kaum blicken. Er erschien immer erst kurz vor Vorstellungsbeginn und verschwand danach ebenso schnell wieder.

Die Renate ließ es sich bei den Nöhrers tatsächlich gut gehen. Aber ganz abgesehen davon erwies sie sich als ein Geschenk Gottes, denn sie sprach fließend Italienisch und konnte so hervorragend zwischen den beiden Schwiegerelternpaaren in spe vermitteln. Damit wuchs sie der Nöhrer-Mama gleich noch mehr ans Herz. Klar, dass die Renate als Dolmetsch auch bei den diversen Familienausflügen nicht fehlen durfte. Das hatte für die Witwe den Vorteil, dass sie auf andere Gedanken kam. Sie war nämlich weitgehend unbeschäftigt, da sie das Begräbnis für ihren verstorbenen Mann nicht selbst organisieren musste. Die Stadt Wien hatte ein Ehrengrab am Wiener Zentralfriedhof angeboten, und die Renate hatte dankend angenommen. Einen Leichenschmaus wollte die Renate ohnehin nicht veranstalten, wenigstens keinen offiziellen. Was die verschiedenen Trauergruppen wie etwa Theaterleute oder Golf- und Tennisfreunde nach dem Begräbnis auf eigene Faust veranstalteten, war der Renate egal. Sie hatte es schon immer für pervers gehalten, dass man nach einem Begräbnis gesellig zusammensaß und die Stimmung mit fortgesetztem Alkoholgenuss Stunde für Stunde ausgelassener wurde. Außerdem hatte sie mit der eingebildeten Künstlerbande ja eh tagtäglich zu tun. Ein Sack Flöhe war leichter zu betreuen als diese Schauspieler. Da wollte sie wenigstens abseits des Geschäfts ihre Ruhe haben.

Verwandtschaft hatte der Norbert keine mehr gehabt, die Eltern waren bereits vor ein paar Jahren gestorben, und Geschwister hatte es nie gegeben.

Die viele frische Luft und der ausreichende Schlaf führten schließlich dazu, dass die Renate am dritten Tag ihres Aufenthalts bei den Nöhrers wieder vollständig hergestellt war. Die Schlafmittel kassierte die Charlotte sicherheitshalber wieder ein. Nicht dass die Renate am Ende davon abhängig wurde.

Bereitwillig händigte die Witwe ihr die Tabletten aus und nahm der Charlotte im Gegenzug das Versprechen ab, ihr am Abend noch das Nachtleben von Perchtoldsdorf zu zeigen. Was von der Charlotte ob des überschaubaren Angebots mit einem prustenden Lachen beantwortet wurde. Schließlich willigte sie aber doch ein – die Renate ist ja kein Kind, und ich kann sie hier nicht ewig einsperren, dachte sie –, allerdings mit dem Hinweis, dass es erst nach der abendlichen Vorstellung losgehen könne.

»Kein Problem, vielleicht komme ich mit und schaue mir das Ganze mal in Ruhe an«, erwiderte die Renate.

Keine fünfzehn Minuten später stand die Flora bei der Charlotte. »Duhuuu?«, flötete sie.

»Wahaaas?«, fragte die Charlotte einigermaßen ungehalten, denn diesen Tonfall kannte sie bei ihrer Schwester nur zu gut. Er bedeutete, dass die Kleine etwas Größeres von ihr wollte. »Glaubst du, dass wir noch Theaterkarten für die Bianchis bekommen könnten? Die würden sich das Mörderstück nämlich auch gerne ansehen.«

»Mörderstück? Ja, verstehen die überhaupt ein Wort Deutsch?«

»So what? Shakespeare is international!«, kläffte die Flora weltmännisch, machte am Absatz kehrt und legte einen Abgang hin, der einer Hollywood-Diva zur Ehre gereicht hätte.

»Ist ja gut«, rief ihr die Charlotte nach. »Ich schau mal, was sich machen lässt.«

Das gemeinsame Mittagessen ließ die Charlotte ausfallen. Stattdessen fuhr sie in den Ort hinunter zur Burg, um ihren Stand für den Abend herzurichten. Im Kartenbüro präsentierte sie ihr Anliegen, und nach einem Rückruf bei Regisseur Lobinger (der zur Überraschung aller den Anruf sogar annahm) bekam sie tatsächlich Karten für den gesamten austro-italienischen Familienclan, inklusive der Renate Obermayer.

Mit der guten Nachricht im Gepäck machte sich die Charlotte eine Stunde später wieder auf den Heimweg. Sie fand ihre Familie auf der Wiese hinter dem Hof, wo die Frau Mama ein Picknick für die neu gegründete Großfamilie veranstaltete. Also gut, dann esse ich halt auch noch was, dachte die Charlotte und gesellte sich zur Verwandtschaft. Die ohnehin gute Stimmung – an der Wein nicht gerade wenig Schuld trug – wurde durch die Nachricht, dass es am Abend einen Großfamilienausflug ins Sommertheater geben werde, nochmals gehörig gehoben. So grummelig die Charlotte diesen Tag angegangen war, so unerwartet entspannt und unterhaltsam gestaltete sich nun der Nachmittag. Einzig die Andrea ging der Charlotte ab, aber die hatte sich in ihre kleine, inzwischen nur mehr äußerst selten genutzte Mietwohnung in Wien verzogen, um für ihre letzte Semesterprüfung zu lernen.

Die Charlotte unterhielt sich sogar erstmals länger mit den Eltern vom Luca und bekam dabei einmal mehr eine alte Weisheit bestätigt: Je höher der Grad der Alkoholisierung, umso besser fand man sich auch in Fremdsprachen zurecht. So unterhielten sich die beiden hoffnungsvollen Schwiegermütter und -väter in spe blendend in einem wilden Gemisch aus Deutsch, Italienisch und Englisch, das von allen möglichen Hand- und Fußgesten untermalt wurde.

Beim Herrichten für den Abend gab es dann natürlich ein großes Hallo, denn die Familie Bianchi war gewandtechnisch nur bedingt auf einen Theaterbesuch vorbereitet. Zum Glück handelte es sich nur um ein Sommertheater, und die Nöhrer-Mama konnte der Bianchi-Mama mit einem Dirndl aushelfen, das hier allemal als passende Abendbekleidung durchging. Für den Bianchi-Papa fand man einen Trachten-Janker, der in Kombination mit seinen Boss-Jeans und den genagelten Schuhen ebenfalls für ein stimmiges Erscheinungsbild sorgte. Anscheinend durften Geschäftsmänner nicht einmal superleger in den Urlaub fahren.

Im Firmenlieferwagen, der kurzerhand zu einem normalen Großraum-Van umgebaut wurde, ging es um neunzehn Uhr hinunter in den Ort. Fünf Minuten später parkte die Charlotte den Wagen nahe dem Burghofeingang auf einem abgesperrten Parkplatz für Mitarbeiter. Die austro-italienische Melange quoll aus dem Van und folgte der Charlotte zielstrebig zu ihrem Weinstand, wo ihre zwei Mitarbeiterinnen bereits seit gut einer Stunde beim Ausschenken waren. Mit Genugtuung vernahm die Charlotte, dass heute vor allem ihr doof benamster, aber halt hervorragend schmeckender Schüttelwein wieder der totale Renner war. Ob sie nicht noch ein oder zwei Kartons mitgebracht habe? Hatte sie in weiser Voraussicht tatsächlich. Sie warf einem der beiden Mädels den Autoschlüssel zu, und es verschwand damit Richtung Parkplatz.

Ein Abendessen war sich in der Vorbereitungshektik nicht mehr ausgegangen. Deshalb schnappte sich die Charlotte zwei Flaschen des teuren Roten und klopfte beim Nachbarstand an. Im Gegenzug bekam sie vom Fleischhauer dafür ein paar panierte Schnitzerl sowie ein paar Frankfurter mit Senf, Kren und Semmeln. Damit wollte sie bei den Bianchis und ihrer eigenen Familie das Schlimmste verhindern. Die Altvorderen sprachen nämlich jetzt schon dem Alkohol so ungebremst zu, als gäbe es kein Morgen. Auf nahezu nüchternen Magen eine ganz schlechte Idee. Was vor allem den beiden Familienvätern bereits anzumerken war.

Die Stärkung wurde von allen Seiten lautstark begrüßt, und als das Theaterstück endlich begann, waren beide Mamas und Papas so voll, dass sie sich am liebsten zum Schlafen hingelegt hätten. Aber nix da: Sie hatten Karten gewollt, und jetzt wurde gefälligst geschaut, basta.

Auch die Charlotte gönnte sich an diesem Abend den Theaterbesuch. Ihre beiden Mädels am Stand kamen mit dem spärlichen Besuch während der Vorstellung gut alleine zurecht. Außerdem hatte sie das Stück noch nie vollständig und ohne Unterbrechungen gesehen.

Der Sommer verwöhnte das Wiener Umland weiter mit Bilderbuchwetter, und dieser frühe Juliabend machte keine Ausnahme. Die Temperaturen lagen bei angenehmen dreiundzwanzig Grad. Genug, dass die Zuschauer die immer in Reserve liegenden Wolldecken auf dem Stapel ließen. Am Himmel war seit über einer Woche nicht eine einzige Wolke zu sehen, und auch der Wind schien seit Tagen die Luft anzuhalten und einen auf Apnoe-Taucher zu machen. Der Mond hing fett und schwer über dem Wehrturm, er sah aus wie eine dicke Christbaumkugel, die unerwartet an der Spitze des Weihnachtsbaums gelandet war.

Die Aufführung selbst war durchaus ansprechend. Gut, Showeinlagen wie das affengleiche Von-Baum-zu-Baum-

Schwingen des Puck hätte es im Burgtheater natürlich nicht gegeben, aber beim Sommertheater hatte das Publikum halt doch andere Ansprüche, und immerhin verzichteten die Perchtoldsdorfer auf ein kitschiges Feuerwerk am Ende der Vorstellung. Die Ausstattung war weitgehend klassisch, die Kostüme fast schon historisch. Gerade von einem Vollblutregisseur wie dem Lobinger hatte die Charlotte eigentlich erwartet, dass er den alten Shakespeare mit aller Gewalt in die Gegenwart zerren würde. Aber unrecht war ihr das Klassische nicht. Einen Shakespeare, fand sie, schaute man sich am besten doch so an, wie er ursprünglich geplant war. Die Message kam auch so rüber, die musste man den Zuschauern nicht mit aufgezwungener Modernität auf die Nase picken.

Soweit die Charlotte das beurteilen konnte, machten die Schauspieler einen durchaus engagierten und kompetenten Eindruck. Vor allem Puck und Zettel, die das Stück ja über weite Strecken trugen, taten sich hervor. Der Tod vom Obermayer schien, wenigstens während der Vorstellung, kein Thema mehr zu sein. Sein Ersatz machte die Sache ganz gut, hatte aber selbstverständlich nicht die Gravitas seines Vorgängers. Das Schelmische, Hintertückische brachte der nun verjüngte Oberon jedoch gut rüber. Einzig die Titania schien nicht ganz bei der Sache zu sein. Zumindest nicht in den Szenen, die sie gemeinsam mit Oberon hatte.

Am Ende gab es großen Applaus. Das Ensemble musste mehrmals auf die Bühne zurückkommen, und der Lobinger bekam für seine publikumsfreundliche Aufführung nochmals einen Extrabeifall. Ende gut, alles gut. Oder so ähnlich. Aber »der Rest ist Schweigen«, das konnte man hier wahrlich nicht sagen.

Aus dem Augenwinkel hatte die Charlotte während der Vorstellung immer wieder die Renate beobachtet. Sie hatte das Stück stoisch über sich ergehen lassen. Bei der ersten Oberon-Szene hatte sie ein Taschentuch aus der Handtasche gezupft und sich eine Träne aus dem Augenwinkel gewischt. Das war's dann auch schon wieder mit den Emotionen. Am Ende spendete sie freundlichen Applaus.

Die Charlotte hakte sich beim Verlassen der Plätze bei ihr ein, und nach einer letzten Kontrolle bei ihrem Stand führte sie die Renate wie versprochen in die nicht weit entfernte Turmbar. Sie wusste genau, dass sich die Renate nicht ernsthaft für das Perchtoldsdorfer Nachtleben interessierte, sondern nur den Barbesitzer Mario wiedersehen wollte. Diesmal noch in halbwegs nüchternem Zustand.

Zur Turmbar gingen sie vom Burghof ein Stückchen bergab bis zum Kirchenvorplatz, der wiederum nahtlos in den Marktplatz überging. Am Rande des Ortszentrums (ein durchaus gewagter Begriff) befand sich die Turmbar. Wie jeden Samstagabend war um kurz vor Mitternacht die Hölle los. Die meisten Heurigen hatten bereits geschlossen, aber die vielen vom Heurigen noch nicht ausreichend angefeuchteten Kehlen wollten weiter gegossen werden. Und wer sich zu diesem Zweck Cocktails leisten konnte, landete unweigerlich in der Turmbar. Wer es billiger wollte, stolperte einmal über die Straße und landete in der Motte. Dort ging es etwas – wie soll man sagen – rustikaler zu.

Die Turmbar war lediglich ein L-förmig angelegter Raum, mit der Bar quer an einem Ende. Dort war das Reich vom Mario. Vor ein paar Jahren hatte er genug davon gehabt, für die Tasche eines anderen zu arbeiten. Also hatte er seine eigene Bar eröffnet. Außerhalb von Wien, wo die Konkurrenz nicht so groß war und die Leute zwar genug Geld hatten, aber ihn – bitte schön – nicht mehr jeden Abend bis in die Puppen quälten. Hatte er gedacht. Der Ruf seiner Cocktails verbreitete sich wie ein Lauffeuer, und jetzt saß der Gute in einer viel zu kleinen und verrauchten Cocktailbar und hatte mehr Stress, als ihm eigentlich lieb war. So erklärte sich seine meist leicht säuerliche Miene, wenn die Bude wieder einmal bummvoll war. Dass dabei die Kassa ganz ordentlich klingelte, tat da nichts zur Sache.

Als der Mario die beiden neuen Gäste sah, hellte sich seine Miene sofort auf. Er verscheuchte ein paar torkelnde Nachteulen von ihren Barhockern und winkte die Renate und die Charlotte zu sich. Die beiden mussten sich durch die Menge drängen, um zu ihren Plätzen zu kommen. Der Mario war inzwischen hinter der Bar hervorgekommen und nahm der Renate galant den dünnen Seidenmantel ab. »Und was ist mit mir?«, fragte die Charlotte empört, als er sich einfach wegdrehte, um das Mäntelchen unter der Bar zu verstauen. Der Mario blickte die Charlotte an. »Hast du einen Mantel? Eben!« Die Charlotte schüttelte den Kopf und zog ihre Jacke selbst aus.

»Was darf's denn sein?«, machte sich der Mario ans Geschäftliche.

Die Renate überlegte kurz, dann bestellte sie mit einem spektakulären Augenaufschlag einmal Sex on the Beach. »Strand kann ich dir aber keinen anbieten«, erwiderte der Mario halb über die Theke gebeugt. Die Renate kicherte kindisch und schnalzte dem Barkeeper mit dem Zeigefinger über die mit Drei-Tage-Bart bewachsene Wange. Die Charlotte verdrehte die Augen und wusste, dass der Abend für sie gelaufen war.

Tatsächlich hatten der Mario und die Renate für den Rest des Abends nur noch Augen füreinander. Etwas kennengelernt hatte man sich ja bereits in der Nacht nach dem Mord am Obermayer, jetzt konnte man das Ganze endlich vertiefen.

Zum Glück für die Charlotte musste der Mario zwischendurch immer wieder mal Cocktails mixen und sich dabei auf seine Arbeit konzentrieren. Wenigstens in diesen Momenten hatte sie Ansprache. Die Renate war aber nur für oberflächlichen Small Talk zu gebrauchen. Keine Rede mehr von großer Lebensbeichte. Oder auch nur von privaten Kleinigkeiten.

Kaum dass die Charlotte ihre erste Caipirinha geleert hatte, wurde es in der Bar noch lauter. Das Festspielensemble war nämlich mit großem Hallo eingefallen, zum ersten Mal seit dem Tod des Norbert Obermayer. Willi Hofer, der Puck, führte die Polonaise an. Es folgten die Susi Midlener (Titania), Robert Neumann (Zettel), Hartwig Hammerer (Theseus, Herzog von Athen), Alex Raab (der neue Oberon), Mimi Svoboda (Helena) und noch ein paar andere Schauspieler. Nur der Lobinger fehlte wieder einmal. Dabei hatte sich der bis zum Tod vom Obermayer kaum ein Trinkgelage entgehen lassen.

Als die Susi Midlener die Renate erblickte, drängte sie sich durch die Menge und fiel ihr um den Hals. »Sie Arme!«, brüllte die Midlener über den Lärm hinweg. »Es tut mir so leid! Der Norbert war ja so ein herzensguter Mann.« Dabei drückte sie die verdutzte Witwe und vergrub ihr Gesicht am Hals von der Renate, die sich jetzt überhaupt nicht mehr auskannte. Die Charlotte war ebenso baff und konnte nicht mehr tun, als mit der Schulter zu zucken. Die Renate tätschelte der Midlener freundschaftlich den Rücken, bis sich die Titania-Darstellerin von ihrem Anfall erholt hatte.

Dann rückte die Susi etwas von der Renate ab, ließ aber nicht los. Stattdessen hielt sie die Renate an den Oberarmen fest und schaute ihr mit tränenfeuchten Augen ins Gesicht. »Er war so ein guter Lehrer«, stammelte sie. »Wissen Sie, nach dem … dem Unglück wollte ich eigentlich alles hinschmeißen und aussteigen. Aber dann dachte ich mir, dass ich meine Kollegen nicht im Stich lassen kann. Aber es ist so schwer, wenn ich eine Szene mit Norberts Ersatz spielen muss.« An dieser Stelle ließ der Raab ein belustigt-empörtes »Na hallo!« hören. »Dann sehe ich immer ihn vor mir und … und …« Wieder brach sie in Tränen aus.

Die Charlotte fand das jetzt schon ein wenig übertrieben. Klar, der Verstorbene war ihr Partner auf der Bühne gewesen. Aber inklusive Proben hatte man sich vielleicht ein paar Wochen lang gekannt. Und die Midlener führte sich auf, als wäre sie hier die Witwe und nicht die Renate. Aber vielleicht …

»Wie gut kannten Sie den Norbert eigentlich, Fräulein?«, mischte sie sich ein. Das blutjunge Ding hörte mit einem Schlag auf zu schniefen und zu triefen und wandte sich der Charlotte zu. Ihre Augen blitzten wütend, und sie zischte: »Ich wüsste nicht, was dich das eigentlich angeht.«

»Sie vielleicht nicht, aber mich schon«, sagte die Renate mit eisiger Stimme. Sie hatte sofort überrissen, worauf die Charlotte hinauswollte. »Also, Fräulein, was lief da zwischen Ihnen und meinem Mann?«

Die Midlener blickte sich panisch um, blieb aber starr stehen wie ein Reh im Scheinwerferlicht eines daherrasenden Autos. Dann lief sie im Gesicht rot an, und ihre Stimme überschlug sich. »Natürlich nichts, gar nichts! Was glauben Sie denn? Und was sollen diese Anschuldigungen überhaupt?« Die Midlener lachte ein wenig zu theatralisch und ging in die Offensive. »Nur weil Sie den Norbert nicht mehr befriedigen konnten, wollen Sie mir jetzt eine Affäre mit ihm anhängen? So nicht, Frau –«

Ein lautes Klatschen unterbrach ihren Redeschwall, gefolgt von einem »Auuu!«. Dann griff sich die Midlener an die Wange, auf der deutlich der Handabdruck der Renate zu sehen war. Die war ganz nah an ihre Widersacherin gerückt und zischte ihr ins Ohr: »Fräulein Midlener, glauben Sie mir: Sie wären nicht das erste junge Häschen, das sich über meinen Mann in höhere Schauspielsphären schlafen wollte. Und von mir aus hätten Sie ihn sogar geschenkt haben können.« Damit lehnte sich die Renate wieder ein Stück zurück und fuhr gut hörbar für alle fort: »Ich habe nur meine Zweifel, dass so ein dürres Ding wie Sie ihm lange die Stange hätte halten können. Und noch was: Vergessen Sie bitte nicht, wer Ihre Karriere wirklich in der Hand hat. Oder muss ich Sie daran erinnern, bei wessen Künstleragentur Sie unter Vertrag stehen? Passen Sie also in Zukunft ein bisschen auf, was Sie sagen.«

Die Midlener war sprachlos vor Schock. Die restlichen Ensemblemitglieder und die Gäste der Turmbar gafften die hübsche Jungschauspielerin an. Mehr war die Midlener tatsächlich noch nicht. Die Titania war die erste Hauptrolle in ihrer Karriere – abgesehen von der Desdemona in einem Schulstück in der Oberstufe.

»Soll ich sie rauswerfen lassen?«, fragte der Mario besorgt. Die Renate winkte ab. »Nein, schon gut. Ihre Getränke gehen heute auf mich. Sie soll sich ihren Frust runterspülen. Das junge Ding hat noch so viel zu lernen.«

Das war der endgültige Todesstoß. Die Midlener brach in Tränen aus und verschwand ums Eck in den hinteren Raum, um dort ihren Ärger über diese Demütigung in Tränen und Alkohol zu ertränken.

Die Charlotte nickte der Renate anerkennend zu. »Gut gelöst. Die Ohrfeige war vielleicht ein bisschen dramatisch, aber sonst ...«

Die Renate lächelte. »Ja, aber es hat richtig gutgetan. Was glaubt die Kleine denn, mit wem sie da redet?« Die beiden prosteten sich zu, dann sagte die Renate: »Glaubst du wirklich, dass sie was mit dem Norbert gehabt hat?«

»Kann ich mir gut vorstellen«, antwortete die Charlotte, »ihre Reaktion spricht auf jeden Fall dafür. So reagiert nur jemand, den man gerade erwischt hat. Dabei sollte man meinen, dass sie als Schauspielerin besser lügen kann.«

»Nennen wir es lieber verstellen, nicht lügen«, feixte die Renate, um dann ernster fortzufahren: »Ob sie etwas mit dem Mord zu tun hat?«

Die Charlotte überlegte kurz. »Ich glaube nicht. Wieso sollte sie ihn umbringen? Offenbar hat er ihr ja die große Karriere versprochen. Sie würde doch nicht die Henne schlachten, die goldene Eier legt. Andererseits: Der Zorn einer verschmähten Frau ist schlimmer als die Hölle. Vielleicht hatte der Norbert ja auch noch was mit einer anderen, und sie ist dahintergekommen?«

Die Charlotte bestellte sich noch einen Cocktail und ließ die Renate ein wenig mit dem Mario flirten. Sie selbst schaute ins Leere, während ihr Hirn arbeitete. So viele mögliche Motive: Eifersucht, Erpressung, Schulden. Wo sollte man nur anfangen? Den Norbert konnte man ja leider nicht mehr vernehmen. Außer ...

Die Renate und der Mario hatten sich über die Bar gelehnt und waren sich schon gefährlich nahegekommen. Die kennt wirklich keinen Genierer, dachte die Charlotte nicht zum ersten Mal. Deshalb fuhr sie einfach dazwischen. »Wir müssen irgendwie die Mails vom Norbert checken!«, sagte sie aufgeregt. Mit einem Seufzer und einem letzten schmachtenden Blick auf den Barkeeper ließ sich die Renate wieder auf ihren Hocker fallen. »Du hast aber auch ein Timing ... Die Mails sollten kein Problem sein. Ich kenne sein Passwort.« Ein skeptischer Blick der Charlotte. Leicht genervt meinte die Renate: »Erklär ich dir morgen. Dann können wir seine Mails durchschauen.« Damit musste sich die Charlotte zufriedengeben, denn die Renate schenkte ihre volle Aufmerksamkeit jetzt wieder dem Mario.

Die Charlotte trank aus, ließ einen Zwanziger für ihre Cocktails auf der Bar liegen und machte sich auf den Heimweg. Allein. Denn die Renate, das war ihr klar, war an diesem Abend mit dem Mario noch lange nicht fertig. Aber sie war eine erwachsene Frau und musste selbst wissen, was sie da machte.

9

Am nächsten Tag schlief sich die Charlotte einmal ordentlich aus. Es war Sonntag, ihr Betrieb würde erst Ende der nächsten Woche wieder ausstecken. Bei den Sommerfestspielen war ebenfalls spielfrei, und der Rest ihrer Familie hatte für diesen Tag einen Wienausflug mit den Bianchis geplant. Endlich einmal durchschnaufen! Und hoffen, dass sich die Andrea von ihrer Lernerei losreißen konnte. Schon witzig, wie schnell man sich an einen neuen Menschen in seinem Leben gewöhnte. Zugegeben, eine Nacht allein zu verbringen war sehr angenehm, aber viel länger mochte sie die Andrea nicht missen. Trotzdem hielt sich die Charlotte zurück und schickte der Andrea keine

WhatsApp-Nachricht. Sie wollte der Freundin ihre Freiheit lassen und ihr nicht ständig im Nacken sitzen.

Gegen zehn rollte sie sich endlich aus dem Bett. Während der Morgentoilette bimmelte das Handy, eine Nachricht von der Andrea:»Bin fast fertig, komme am Nachmittag. Kuss eilt voraus.« Und ob man es glaubt oder nicht, der ohnehin schon blitzblaue Himmel erschien der Charlotte mit einem Mal noch strahlender. Fetzblau, quasi. Fröhlich vor sich hin pfeifend schlüpfte sie in Jeans und T-Shirt. In der Küche drückte sie sich einen schnellen Nespresso runter. Volluto, natürlich. Weil: What else? Schließlich war die Charlotte auch nur ein Mensch und daher empfänglich für penetrante Werbung. Sie strich sich ein Butterbrot, holte dazu ein paar Radieschen und frische Paprika aus dem Kühlhaus und ab damit in den sonnendurch-fluteten Innenhof. Die austro-italienische Familienbagage und die Hotelgäste waren wie erwartet bereits ausgeflogen, Personal war heute ebenfalls keines da – herrlich. Die Charlotte konnte sich gar nicht erinnern, wann sie das Weingut zuletzt ein paar Stunden ganz für sich allein gehabt hatte.

Ganz für sich allein? Nun, nicht ganz. Denn angelockt vom Geruch des Butterbrots kamen die beiden Hofkatzen Puschkin und Frambi angetrabt. Die zwei bildeten ein eingespieltes Team: Während sich die eine (getigert) streicheln und liebkosen ließ, klaute die andere (dreifarbige Glückskatze mit weißem Bauch und weißer Brust) in der Zwischenzeit das Butterbrot vom Tisch und verschwand damit hinter einem Baum. Kaum war das erledigt, hatte die Komplizin auch schon genug vom Streicheln und hechelte der Schwester hinterher. Dann wurde die Beute geschwisterlich geteilt.

»Mistviecher!«, rief ihnen die Charlotte lachend nach. Sie stand auf und holte sich ein neues Brot aus der Küche.

Als sie wieder in den Hof kam, saß plötzlich die Renate an ihrem Tisch. Und delektierte sich an den Paprika und Radieschen. Schnaufend machte die Charlotte am Absatz kehrt und holte noch mehr frisches Gemüse.

»Guten Morgen«, sagte sie schließlich, als sie sich zur Renate an den Tisch setzte und ihrem Gast ebenfalls ein Häferl mit Kaffee hinstellte. »Lange Nacht gehabt?«

Die Renate war noch in der Garderobe des Vorabends, ihr Make-up sah renovierungsbedürftig aus, vom Lippenstift war gar nichts mehr übrig. Aber sie hatte ein Lächeln im Gesicht wie die Grinsekatze aus »Alice im Wunderland«. Ihr Blick hing verträumt an den Weinbergen, die hinter dem Weingut mal mehr, mal weniger steil zum Gießhübl hin anstiegen und vom Hof aus über dem Dach gut zu sehen waren.

Die Charlotte war nun wirklich nicht konservativ. Aber so eine Nacht so kurz nach dem Tod ihres Mannes? Selbst wenn sie mit ihm nicht mehr viel zu tun gehabt hatte – das war schon ein wenig eigenartig. Oder abartig. Auf jeden Fall war es nicht artig.

»Eher eine kurze Nacht«, erwiderte die Renate schließlich, ohne ihrem Gegenüber dabei in die Augen zu sehen. Sie tastete nach dem Kaffee, fand das Häferl und nippte einmal daran. »Mit Milch und Zucker?«, fragte sie. Die Charlotte nickte. »Danke, hast du gut geraten!«

Schweigend saßen sie ein paar Minuten nebeneinander und genossen einfach nur die Stille. Die Sonne knallte vom Himmel. Es versprach wieder einer dieser Tage zu werden, an denen die Dreißig-Grad-Marke noch vor der Mittagszeit überboten wurde.

Nachdem die Renate ihren Kaffee ausgetrunken hatte, kam wieder Leben in ihre verträumt-verschwommenen Augen. »Wollen wir uns dann mal in Norberts E-Mail-Account einhacken?«, fragte sie schelmisch.

»Klar«, erwiderte die Charlotte. »Ich hol meinen Laptop runter.«

Fünf Minuten später waren die beiden über den Computer gebeugt. Die Renate hatte Gmail aufgerufen, ein paar Sekunden später öffnete sich am Bildschirm der Posteingang von Norbert Obermayer.

Die Charlotte pfiff staunend durch die Zähne. »Ich war ja noch nie verheiratet, aber ist es normal, dass du das Passwort deines Mannes kennst?«

Die Renate blickte konzentriert auf den Bildschirm. »Nein, aber ich kenne meinen Mann. Meinen Ex-Mann oder wie auch immer ich ihn jetzt nennen soll. Er war ein Gewohnheitstier. Sein Passwort war immer der Name seiner aktuellen Hauptrolle.«

»Woher weißt du das denn? Ich dachte, ihr standet euch nicht mehr so nahe.«

»Ich habe es geraten. Der Norbert war ja ein technisches Nackerpatzl. Als E-Mail Ende der neunziger Jahre richtig groß wurde, habe ich ihm seinen ersten Account angelegt. In den ersten Jahren musste ich für ihn sogar immer das Passwort ändern, weil er das selbst einfach nicht gecheckt hat. Oder weil es ihn nicht interessiert hat, was weiß ich. Erst als wir immer weiter auseinandergedriftet sind, hat er sich selbst um seine Sachen gekümmert. Es war ihm zwar peinlich, aber er hat dazu mit einer Horde von Pensionisten an der Volkshochschule einen Computerkurs belegt. Wirklich nur die Basics, aber immerhin konnte er sich danach selbst um seinen E-Mail-Account kümmern. Ich war mir sicher, dass er seine Gewohnheiten nicht geändert hat. Sein Glücksjeton ist ja ein weiterer Beweis dafür. Er musste immer den gleichen Ablauf haben, sonst hatte er Angst, dass die Vorstellung in die Hose gehen könnte. Schauspieler sind unheimlich abergläubisch. Eigentlich idiotisch.«

»Hast du seine Mails regelmäßig gecheckt?«, fragte die Charlotte vorsichtig. Es gefiel ihr gar nicht, in welche Richtung sich dieses Gespräch entwickelte. Auch dass die Renate die Geheimnisse ihres Mannes so bereitwillig mit ihr teilte. Wieso hatte sie das nicht gleich dem Leo angeboten? Immerhin war er es, der offiziell die Ermittlungen führte.

»Nein, natürlich nicht!«, entgegnete die Renate empört. »Es hat mich ja auch nie interessiert.« Dabei blickte sie weiter starr auf den Bildschirm und vermied jeden Augenkontakt mit der Charlotte. Die brummte etwas Unverständliches vor sich hin und schaute dann ebenfalls auf den Bildschirm. Die Renate löschte gerade unzählige Spammails, es dauerte gut fünf Minuten, bis der Posteingang so weit gesäubert war, dass die beiden einen Überblick über die Mailkorrespondenz von Norbert Obermayer bekamen. Übrig blieben am Ende rund ein Dutzend E-Mails. Die Empfängerin beziehungsweise Absenderin war immer eine gewisse »Titania«. Die zwei Frauen sahen sich an – ihre Vermutungen waren bestätigt. Irgendwas stimmte da trotzdem nicht. Die Charlotte las sich alle Absender und Adressaten nochmals durch, kam aber zunächst nicht drauf, was genau sie störte. Es war ein Gefühl wie ein Jucken am Rücken, an einer Stelle, die man einfach nicht erreichte. Erst als sie sich etwas zurücklehnte und das Gesamtbild betrachtete, sah sie den Fehler.

»Das ist nicht nur eine Titania. Schau mal«, sie stieß die Renate mit dem Ellbogen an. »Wir haben da noch eine Tittania.« Nun fiel es auch der Renate auf.

»Alter Schwede! Renate, dein Norbert war aber keiner für subtile Wortspiele, oder?«

Die Renate zuckte mit den Schultern: »Schauen wir mal rein, dann wissen wir mehr.«

Die beiden überflogen die Mails, die allesamt eindeutig zweideutigen Inhalts waren. Auch die Namen »Susi« und »Nora« fielen immer wieder, wobei sich die Mails von/an »Titania« klar der Midlener zuordnen ließen, jene von/an »Tittania« einer gewissen Nora.

Von: Nora Tittania
An: Nobsi
Liebster nobsi! Ich vermisse dich so sehr. wie von dir gewünscht habe ich meinen mail account auf tiTTania umgestellt. wenn ich nur daran denke warum werde ich schon ganz rot. du schuft du!!! J ich weiß schon dass du auf meine brüste stehst aber du musst mir wirklich er-

klären wieso ich das sogar in meinen mail account auf-
nehmen soll???
Feuchte küsse
deine tiTTania (.)(.)

Von: Norbert_Obermayer
An: Nora tiTTania
Meine Königin der Berge! Gerne erläutere ich dir das
heute Abend etwas näher – natürlich nur unter vier Au-
gen. Allerdings hast du dir die Antwort schon selbst ge-
geben, ich stehe einfach auf deine barocken Rundungen.
In unbändiger Erwartung unserer »Textproben« heute
Abend, dein Nobsi

»Pfft!«, schnaufte die Renate. »So ein Gesülze.«
»Mit der Orthografie hat sie's auch nicht so besonders. Dafür benutzt sie reichlich Ruf- und Fragezeichen«, stellte die Charlotte fest. »Hast du eine Ahnung, wer diese Nora sein könnte?«
Die Renate nickte. »Das kann nur die Nora Gruber sein. Die war ursprünglich die Erstbesetzung der Titania für die Sommerfestspiele, ist aber kurz nach Probenbeginn abgesprungen und hat ein lukrativeres Angebot in Mariastetten angenommen. Das liegt zwar im Vergleich zu Perchtoldsdorf am Arsch der Welt, aber dort inszeniert ein total angesagter Kabarettist die Sommerfestspiele. Ist zugegebenermaßen besser fürs Renommee, und die Kassa stimmt sicher auch.«
Die Renate scrollte noch mal durch die Mails. »Wegen ihrer Brüste. Haha, mag schon sein, aber der Arsch wollte die zwei Titanias einfach nicht verwechseln. Schon gewitzt. Und die jungen Dinger sind ihm auch noch drauf reingefallen.«
»Schauen wir mal, was die Titania mit einem t zu sagen hat«, schlug die Charlotte vor.
Die Renate öffnete die chronologisch neueste Mail. Sie stammte vom Tag der Generalprobe.

Von: Susi Titania
An: Nobsi
Ich bin schon so aufgeregt. Mir schlottern die Knie. Ich
freue mich schon so auf unsere »Generalprobe« heute
Nacht. Ich hatte noch nie Sex auf einer Theaterbühne!
In den letzten Tagen hatte ich so ein schlechtes Gefühl.
So, als ob du nicht mehr mir allein gehören würdest. Ich
weiß, du sagst immer, ich sei ein kleines Dummerchen,
weil ich doch das Beste sei, was dir in den letzten Jahren
widerfahren ist. Trotzdem ist mir nicht wohl bei der Sache.
Wirst du sicher nicht mehr zu deiner Frau zurückkehren?
Ja, du hast mir versprochen, dich scheiden zu lassen. Aber
das hört man ja so oft, und am Ende ist die Liebhaberin
dann doch diejenige, die zurückbleibt. Wie auch immer:
Für heute Nacht habe ich unter meinem Kostüm noch
eine kleine Überraschung für dich. Ich weiß ja, wie sehr
du darauf stehst,»schöne Dinge« auszupacken ...
In Liebe
deine einzige (?) Titania

Von: Norbert_Obermayer
An: Susi Titania
Meine Einzige! Meine Wahre! Meine große Liebe! Deine
Knie werden heute Nacht noch viel mehr zittern. Aber
nicht vor Aufregung, das kann ich dir versprechen. Klei-
nes, du musst dich nicht sorgen. Natürlich werde ich mich
scheiden lassen. Aber zuerst muss ich noch ein paar Sachen
regeln, vorher geht es nicht. Das wird alles kein Problem
sein. Renate und ich haben erst unlängst darüber gespro-
chen. Wir sind ja vernünftige Erwachsene. Sie ist mit einer
einvernehmlichen Scheidung einverstanden. Mehr dazu
heute Nacht, ich habe noch etwas zu erledigen.
Kuss und Schluss
Nobsi

»Öhhh …«, war das Einzige, was der Charlotte zu diesem Mailwechsel einfiel. Sie schielte zur Renate hinüber, deren Augen unter Wasser standen.

»So ein Arsch!«, fluchte sie. »Was heißt, wir hätten über eine Scheidung gesprochen? Das ist doch alles gelogen. Und die blöde Trutschn hat ihm wohl alles geglaubt.«

Die Charlotte bemühte sich um etwas Heiterkeit. »Aber immerhin hat sie eine bessere Orthografie als die Tittania«, sagte sie. Ein Versuch, der nur von mäßigem Erfolg gekrönt war. Sie überflog nochmals Norberts Mail und sagte dann: »Ich glaube nicht, dass ihm so wahnsinnig viel an der Midlener gelegen ist. Wie sie selbst schreibt: Das hört sich alles nach den üblichen Versprechungen verheirateter Männer an. Ich finde es allerdings interessant, dass er angeblich noch Dinge erledigen muss. Das dürfte meiner Meinung nach das Einzige sein, was an seiner Mail wahr ist.«

»Du meinst seine Schulden?«

»Ja, was sonst? Ich glaube nicht, dass er sich scheiden lassen wollte. Gerade wegen der Schulden nicht. Du warst seine Lebensversicherung. Ohne dich wäre er vermutlich sogar auf der Straße gestanden.«

»Was, wenn die Midlener ihm wirklich nicht geglaubt und ihn aus Wut umgebracht hat?«, überlegte die Renate.

»Das kann ich mir beim besten Willen nicht vorstellen. Wenn, dann hätte sie eher dich auf der Liste gehabt. Du warst in ihren Augen die Widersacherin. Von dieser Nora scheint sie nichts zu wissen. Verdächtig wäre sie nur, wenn du umgebracht worden wärst.«

»Du hast recht«, stimmte die Renate schniefend zu. Langsam bekam sie sich wieder unter Kontrolle. »Wollen wir uns die restlichen Mails auch noch anschauen?«

Die Charlotte nickte, aber in diesem Moment erklang ein »Pling«, und am Screen erschien: »Sie wurden ausgeloggt. Ihre Sitzung wurde beendet.« Die beiden sahen sich erstaunt an. Niemand hatte auf den Log-out-Button gedrückt. Die Renate loggte sich neuerlich ein, aber bevor sie eine Mail öffnen konnte, wurde sie wieder rausgeworfen.

»Da hat noch jemand das Log-in von deinem Mann«, stellte die Charlotte fest.

»Aber wer? Wer könnte sich jetzt noch für die Mails vom Norbert interessieren?«

»Auf die Schnelle fallen mir drei ein: derjenige, bei dem er die Schulden hatte, oder eine der beiden Titanias. Wenn wir das rausfinden, sind wir dem Mörder oder der Mörderin vielleicht einen Schritt näher. Wir sollten die Sache dem Leo übergeben, Renate. Vielleicht kann die Polizei ja feststellen, wer sich da parallel zu uns eingeloggt hat.«

»Und mit der Susi sollten wir auch noch mal reden«, meinte die Renate mit einem Blitzen in den Augen. »Die hat sich ja anscheinend noch am Vorabend der Premiere mit meinem Mann vergnügt.«

»Die wird uns nach der gestrigen Begegnung aus dem Weg gehen. Vorstellung ist heute Abend auch keine, also geht das frühestens morgen. Vielleicht sollten wir uns diese Nora näher anschauen. Wenn sie dem Norbert draufgekommen ist, dass er etwas mit ihrer Nachfolgerin als Titania laufen hatte … Ich werde jetzt mal den Leo anrufen, und dann machen wir uns einen schönen Nachmittag. Ändern können wir sowieso nichts mehr, und ich hab echt keine Lust darauf, mir diesen schönen Tag vermiesen zu lassen.«

Die Renate gab ihr einen ganz und gar unverfänglichen Kuss auf die Wange, dann rief die Charlotte ihren Cousin an. Der hatte zwar heute auch frei, aber bei so einer Spur ließ er sich natürlich nicht zweimal bitten. Schon eine halbe Stunde später stand er in Freizeitkleidung, aber in Begleitung eines Kollegen in voller Montur bei der Charlotte im Hof und nahm die neuen Informationen auf.

Am Ende wies er die Renate an, sich ab sofort zu seiner Verfügung zu halten. Diese Erkenntnisse würden leider kein gutes Licht auf sie werfen. Eifersuchtsdrama und so. Den Einwurf der Renate, dass sie sich mit der Preisgabe des E-Mail-Logins ja wohl nicht wissentlich selbst in die Bredouille bringen würde, wischte der Leo einfach weg.

»Frau Obermayer, Sie glauben ja gar nicht, was man als Polizist so alles erlebt. Das wäre nicht das erste Mal, dass ein Täter sich selbst belastet, um genau das Gegenteil zu beweisen. Ich kann Sie jetzt nicht sofort mitnehmen, dafür müssen wir zuerst einmal alle Mails sichten. Der Staatsanwalt wird dann entscheiden, wie es weitergeht.« Zur Charlotte sagte er: »Ich vertraue dir da, Cousinchen. Pass bitte auf, dass die Frau Obermayer keinen Blödsinn macht.«

An der Oberfläche war die Charlotte fassungslos über das, was da geschah. Gar nicht so tief drinnen meldete sich aber die ehemalige Polizistin. Und die gab dem Leo völlig recht. Es wäre ziemlich unprofessionell, die Renate so mir nichts, dir nichts von jedem Verdacht freizusprechen, nur weil sie sich gut mit ihr verstand.

»Ich werde mich bemühen«, sagte sie, »aber ich bin kein Kindermädchen, und die Renate ist eine erwachsene Frau. Wenn ich sie also nicht in ihr Zimmer einsperren soll, garantiere ich für gar nichts.«

Der Leo nickte und machte sich dann mit seinem Kollegen vom Acker. Nachdem die beiden den Hof verlassen hatten, sackten die Charlotte und die Renate in ihre Stühle. Der Renate rannen die letzten Reste des Make-ups vom Vorabend in schwarzen Linien über die Wangen. Sie schluchzte, heulte und war alles in allem einfach komplett aufgelöst. Das erste Mal, seitdem die Charlotte sie nun kannte, schien die Obermayer-Witwe einen echten, glaubwürdigen Anfall von Trauer zu haben. Blieb nur die Frage, ob es tatsächlich die Trauer um ihren Mann war. Vielleicht war sie so fertig, weil sie plötzlich ziemlich tief in der Bredouille saß?

Die Charlotte ließ sie jedenfalls gewähren. Welche großen, tröstenden Worte sollte sie in dieser Situation schon spenden? Der Leo hatte schon recht. Die Mails beziehungsweise das Wissen der Renate um das E-Mail-Passwort vom Norbert belastete die Witwe schwer. Da gab es überhaupt nichts zu beschönigen. Die Mails von den beiden Tit(t)anias reichten allemal als Motiv, um die Renate in Untersuchungshaft zu nehmen.

Ihr Gefühl sagte der Charlotte zwar, dass die Renate nicht gelogen hatte, als sie beteuerte, nichts mit dem Mord zu tun zu haben, aber ein Gefühl galt vor Gericht nun mal wenig bis gar nichts. Zudem musste sie sich eingestehen, dass auch früher als Polizistin ihre Aufklärungsrate nicht bei hundert Prozent gelegen hatte. Schon damals hatte sie ihr Gefühl immer wieder mal getäuscht.

Erneut schimpfte sie sich selbst, dass sie manchmal gar so naiv war. Die Renate mochte keine Schauspielerin sein, aber das Talent dazu hatte sie allemal.

Schließlich reichte die Charlotte der Renate ein paar Servietten, damit sie sich die Nase putzte und die Wangen trocknete.

»Und weiter?«, fragte die Renate schluchzend.

»Keine Ahnung«, antwortete die Charlotte. »Am besten bleibst du wirklich erst mal hier bei mir. Wenn du jetzt in Panik irgendwohin flüchtest, machst du dich nur noch verdächtiger.«

»Das habe ich doch nicht gemeint«, sagte die Renate. »Ich meinte, wie ermitteln wir jetzt weiter?«

»Ach so! Na ja, *du* machst gar nichts. *Du* gibst erst mal Ruhe und schaust, dass du keinen Blödsinn anstellst. *Ich* werde zusehen, dass ich morgen endlich den Lobinger erwische und vielleicht auch die Susi. Und irgendwie muss ich auch an diese Nora rankommen. Ich habe aber keinen Bock und keine Zeit, um einen Tagesausflug nach Mariastetten zu machen. Nach dem freien Tag sollte der Lobinger morgen Vormittag ja vor Ort sein, um zu checken, dass für die Vorstellung am Abend alles bereit ist.«

»Wenn du meinst …«

»Ja, ich meine! Und weiters meine ich, dass ich mich jetzt auf die Wiese schmeiße. Mit einer Flasche Schüttelwein und einem Glas.«

»Zwei Gläsern«, sagte die Renate und erhob sich, um voranzugehen.

Die Charlotte stöhnte fast unhörbar, ging dann zur Schank und holte eine Flasche vom Schüttelwein und zwei Gläser. Wieder nix mit ein bisschen Ruhe. Sie dachte an die Andrea und deren baldige Ankunft, und flugs war die schlechte Stimmung wie weggeblasen. Vielleicht hatte die Renate ja so viel Anstand, sie wenigstens dann in Ruhe zu lassen, wenn die Andrea hier anrauschte.

Ein richtig anrührender Gedanke, bloß die Renate spielte da nicht mit. Als die Andrea eintraf, hatte sie quasi im Alleingang zwei Flaschen vom Schüttelwein geleert und war mit dem Restalkohol des Vorabends richtig gut abgefüllt. Und gesprächig. Und anhänglich. Keine Spur von ein bisschen Anstand oder Abstand. Stattdessen klebte sie auf der Charlotte und der Andrea, schob sich sogar immer wieder zwischen die beiden. Wie ein lästiges Kind, das es nicht ausstehen kann, wenn sich Mama und Papa umarmen.

Endlich gewannen Alkohol und Erschöpfung die Oberhand, und die Renate schlief von einer Sekunde auf die andere ein. Fast wie Comic-Kater Garfield bei einem Schlafanfall. Gerade war sie noch mitten in einem Satz, im nächsten Moment fiel ihr der Kopf ins Gras, und sie begann zu schnarchen, dass man fürchtete, die nur ein paar Meter entfernten Weinstöcke würden umgesägt.

»Endlich«, schnaufte die Charlotte.

»Ja«, sagte auch die Andrea und lächelte. »Ich bin inzwischen übrigens draufgekommen, woher ich den Lobinger kenne. Aus dem U4. Hätte ich mir eigentlich denken können.«

»Wie ist dir das denn wieder eingefallen?«

»Mir hat das einfach keine Ruhe gelassen. Deshalb hab ich ein paar Kolleginnen, die mit mir dort die Bar machen, ein Foto vom Lobinger geschickt. Die haben ihn erkannt. Ist schwul. Aber einer von der unangenehmen Sorte.«

»Na ja, die gibt es dort und da«, sagte die Charlotte.

»Kann uns ja auch egal sein, was der in seiner Freizeit so treibt«, erklärte die Andrea. »Jetzt haben wir endlich Zeit für uns.«

Irrtum! Just in diesem Moment kam die restliche Familie von ihrem Wienausflug nach Hause. Gerade als sich die Lippen der beiden trafen, knirschten die Autoreifen auf der Kieseinfahrt. »Shit!«, fauchte die Charlotte. Die Andi leckte ihr noch kurz mit der Zunge über die Lippen. »Dann halt später.« Sie ließen die schnarchende Renate im Gras liegen und gingen zurück in den Hof. Dort kam ihnen die Flora bereits entgegengestürmt. Und, eh klar, die Charlotte konnte sich nichts Spannenderes vorstellen, als in der nächsten Stunde alle Einzelheiten des Wienausflugs erzählt zu bekommen. Wirklich! Am Ende hatten die Charlotte und die Andi den Hof am Abend dann doch noch für sich, die Großfamilie speiste nämlich nicht daheim. Nein, Signore Bianchi ließ es sich nicht nehmen, die versammelte Familie in ein Haubenlokal im Wienerwald einzuladen, das er noch in Italien über das Internet herausgesucht hatte. Die Flora und der Luca halfen der Charlotte, die Renate auf ihr Zimmer zu tragen, wo sie nicht zum ersten Mal die Nacht in ihren Kleidern verbringen würde. Dann richteten sich alle schön für das Luxusabendessen her.

Nur die Charlotte und die Andrea entschuldigten sich – was der Charlotte einen bösen Blick ihrer Mutter eintrug. Die Omama zwinkerte ihr wissend zu, und dem Herrn Papa war es ziemlich egal, um nicht zu sagen, wurscht. Der hatte offensichtlich im Signore Bianchi einen neuen besten Freund gefunden. Der Charlotte war klar, dass es nur eine Frage der Zeit war, bis er den Signore Bianchi in die Stammtischstube zu seinen Spezis einlud. Sie fand es faszinierend, wie sich die beiden mit Händen und Füßen, aber nur recht wenigen Worten so blendend unterhielten.

Bei Einbruch der Dämmerung hatten die Charlotte und

die Andrea also das Weingut endlich wieder für sich allein. Sie schnappten sich eine Picknickdecke, eine Kerze und – sicherheitshalber – noch eine Flasche Schüttelwein, dann machten sie es sich auf der Wiese hinter dem Hof gemütlich. Da sie in Richtung Nordosten blickten, bekamen sie vom feurigen Sonnenuntergang zwar nichts mit, aber das war den beiden sowieso egal. Sie hatten nur Augen füreinander. Und weil es noch so schön warm war …

Aber jetzt lassen wir die beiden allein. Haben sich ja gut vierundzwanzig Stunden nicht gesehen! Und wer weiß schon, was der nächste Tag in petto hat? Ja, gut, ich weiß es. Dafür müssen Sie bitte umblättern und weiterlesen.

10

Am nächsten Morgen erwachte die Charlotte zwar nicht mit einem Lächeln im Gesicht, aber das erschien nur Momente später, als sie einen Blick auf die noch schlafende Andrea neben ihr warf. Was für eine Nacht! Und das ganz ohne Alkohol! Na gut, fast ohne Alkohol. Zu zweit eine Flasche vom Schüttelwein, und von der hatten sie, als die Sache etwas heftiger wurde, sicher gut die Hälfte verschüttet.

Leise stieg die Charlotte aus dem Bett und erledigte rasch ihre Morgenwäsche inklusive Dusche. Dazu war sie am Vorabend nicht mehr gekommen. Dann warf sie einen Blick zum Fenster hinaus und sah die Familien Nöhrer und Bianchi im Hof beim Frühstück sitzen. Sie überlegte kurz, ob sie die Andrea wecken sollte, ließ sie dann aber doch weiterschlafen.

»Guten Morgen!«, rief sie im Hof fröhlich und setzte sich an den Frühstückstisch. »Wie war's gestern noch? Ich habe euch gar nicht heimkommen gehört.«

»Cool war's«, sprudelte es aus der Flora heraus. »Das Essen war sensationell. Der Rehbraten – ein Gedicht!«

»Aha.« Die Charlotte schälte sich ein Ei ab. »Seit wann isst du denn Wild? Ist ja ganz neu.«

»Pfft!«

»Was steht heute auf dem Programm?«

»Ich mache heute eine Runde durch unsere Weingärten. Würde nicht schaden, wenn du dich dort auch wieder mal blicken lassen würdest«, bemerkte der Herr Papa mit einem unüberhörbaren Vorwurf in der Stimme.

»Wir gehen, wir gehen ...« Der Luca bemühte sich um einen deutschen Satz, fand aber das Ende nicht. »... schwimmen!«, half ihm die Flora schließlich aus.

»Aurora und Emanuele wollen heute am Weingut bleiben. Emanuele muss ein paar Sachen für sein Geschäft erledigen«, warf Muttern ein.

Nach dem Frühstück begleitete die Charlotte ihren Herrn Papa pflichtschuldig in die über ganz Perchtoldsdorf verstreuten Weingärten. Die Riede direkt beim Heurigen wollte man sich bis zum Schluss aufheben und die Inspektion gleich mit einer Führung für Signore Bianchi verbinden. Immerhin stand ja auch noch ein Geschäft mit der Schwiegerfamilie in spe im Raum.

Die Rundgänge verliefen unspektakulär. Die Reben gediehen dank des Jahrhundertsommers grandios. Der fehlende Regen war kein Problem, solange es nicht zu Wasserknappheit kam und dadurch die Dauer der künstlichen Bewässerung eingeschränkt werden musste.

»Weißt du, Mädel«, sagte der Herr Papa, als sie den Weingarten in der Oberen Sossen, knapp an der Grenze zu Wien, inspizierten, »ich bin wirklich froh, dass du dich jetzt endlich in den Betrieb einbringst. Zu Beginn bist du mir zwar etwas zu harsch reingefahren«, dabei lächelte er die Charlotte verschmitzt an, »aber inzwischen muss sogar ein sturer Hund wie ich einsehen, dass man mit der Zeit gehen muss, wie es so schön heißt.«

Die Charlotte nahm die raue Riesenpranke ihres Papas,

konnte ihm dabei aber nicht in die Augen sehen, weil sie selbst eine Träne verdrücken musste. Wie lange war es her gewesen, dass ihr Herr Papa sie mal so richtig gelobt hatte? Wirklich so richtig und nicht irgendwie nur so nebenbei oder überhaupt nur halb?

»Deshalb habe ich beschlossen, dass wir den traditionellen Teil des Heurigen ebenfalls umbauen werden.«

»Nein!«, fuhr ihn die Charlotte ein bisschen zu heftig an. »Auf gar keinen Fall! Der gehört dazu, so wie er ist. Außerdem, wo willst denn dann mit deinen Spezis sitzen? Die halten doch nix von dem ganzen – ich zitiere – modernen Schmus.«

»Jo mei, den alten Deppen werde ich schon die Wadln viererrichten. Schließlich kommen die ja, um mich zu besuchen, und nicht wegen der alten Tische. Deine Bedenken in Ehren, aber du hast doch selbst gesehen, dass sich die alten Deppen immer öfter in die neu gestalteten Räume setzen.«

»Trotzdem, Papa, ich will das nicht. Das Stammtischstüberl gehört genauso dazu wie das Toskana-Feeling im Hof. Ich will, dass unser Heurige für alle Arten von Publikum etwas zu bieten hat.«

Der Papa sah seine Tochter erstaunt an. »Wenn du meinst …«, sagte er schließlich zögerlich.

»Tu ich!«, versicherte die Charlotte, stellte sich auf die Zehenspitzen und gab ihm einen Kuss auf die Wange. »Komm, lass uns hier fertig werden. Ich hab Hunger, und die Omama wartet sicher schon mit dem Mittagessen. Den Weingarten daheim kannst du dem Signore am Nachmittag noch zeigen. Ich muss dann runter in den Burghof.« Dass sie auch den Lobinger und die Midlener abpassen wollte, erwähnte sie nicht. Der Papa sollte sich keine Sorgen machen, weil sie schon wieder ungebeten in einem Mordfall ermittelte.

Punkt zwölf Uhr ritten die beiden daheim ein, und die Omama hatte sich wieder mal selbst übertroffen. Sie hatte für die ganze Sippschaft Schweinsbraten gezaubert, dazu Semmel- und Erdäpfelknödel und Sauerkraut. Der herrliche

Duft reichte bis hinaus zur Hofeinfahrt. Der Charlotte lief schon beim Aussteigen das Wasser im Mund zusammen. Im Hof wurde sie von der Andrea mit einem Kuss empfangen, und da hörte die Charlotte vor lauter Glück tatsächlich die Glocken läuten. Vielleicht waren es aber einfach auch nur die Mittagsglocken der Pfarrkirche unten im Ort, die genau im selben Moment ebenfalls einsetzten.

Nach dem Essen, das von der Familie Bianchi in überschwänglichen Tönen gelobt wurde, entschuldigten sich die Charlotte und die Andrea. Es sei an der Zeit, sich wieder um ihren Stand bei den Festspielen zu kümmern. Die beiden machten noch einen kurzen Umweg und holten sich ein Eis vom Gelato-Laden am Marktplatz. Dem Geschäft gegenüber befand sich der Leonhardi-Brunnen, der mit seinen hochgezogenen Mauern im Sommer eine beliebte Sitzgelegenheit bot. Die beiden drängelten sich hinein in die Menge Jugendlicher, die ihr Ferieneis genossen. Wenigstens für ein paar Minuten konnte man so den lieben Gott einen guten Mann sein lassen.

Letztlich rief aber doch die Pflicht, und so machten sie sich auf den Weg zum Burghof. Der Stand war schnell aufgesperrt. Die Kellnerinnen, die abends das Geschäft betreuen würden, waren noch nicht da. Sie traten erst circa zwei Stunden vor Vorstellungsbeginn ihren Dienst an. Abwechselnd marschierten die Charlotte und die Andrea vom Auto zum Stand, jeweils zwei Kartons verschiedenster Weine unterm Arm.

Von der Bühne, die zum größten Teil hinter den großen Stahlrohrtribünen versteckt war, konnte man eifriges Klopfen und Hämmern vernehmen. Nur von den Schauspielern war noch nichts zu sehen. Auch die würden erst später am Nachmittag eintrudeln. Dafür baute sich plötzlich der Lobinger vor der Charlotte auf.

»Herr Lobinger, was für eine Überraschung!«, flötete die Charlotte fröhlich. Sie hatte ja unbedingt mit dem Regisseur sprechen wollen. Dass der ganz von allein auftauchte, nachdem er sich in den letzten Tagen gar so rar gemacht hatte, damit hatte sie wirklich nicht gerechnet. »Sie haben uns ja schon länger nicht mehr beehrt. Was darf ich Ihnen denn geben?« Der wie üblich ganz in Schwarz gekleidete Lobinger grummelte etwas Unverständliches vor sich hin, richtete sich seine Brille, überflog die Getränkekarte, die außen am Stand angebracht war, und bestellte dann einen Schüttelwein. »Seien S' mir nicht böse, Frau Nöhrer. Wenn der nicht so gut wäre … weil der Name ist wirklich ein Schmarrn!«

»Ich weiß, ich weiß. Sie sind nicht der Erste, der mir das sagt. Aber …«, dabei beugte sie sich verschwörerisch über die Schank und präsentierte ihr mageres Dekolleté, »getrunken wird er von allen ganz fleißig. Besser ein schlechter Name, über den alle reden, als einer, den man sofort wieder vergisst.« Der Lobinger brummte, einen Blick aufs Dekolleté warf er dabei nicht.

Ernüchtert ging die Charlotte wieder auf Abstand. So brachte sie den Regisseur nicht zum Reden. War er wirklich schwul, wovon die Andrea überzeugt war, oder sie einfach nicht sein Fall? Der Lobinger bemerkte den beleidigten Blick der Charlotte, und erstmals, seit sie ihn vor ein paar Wochen kennengelernt hatte, zeigte sein Mund so etwas wie einen Anflug eines Lächelns.

»Frau Nöhrer, Ihre Brüste können S' gerne eingepackt lassen. Sie sind so was von überhaupt nicht mein Fall. Also, nicht Sie persönlich. Frauen allgemein. Prost!« Bei der prompten Bestätigung musste sogar die Charlotte lächeln. Betreten schenkte sie sich ebenfalls ein Glas ein und prostete zurück. »Dann passt's ja. Sie sind nämlich eigentlich auch nicht meiner.«

Das Gesicht vom Lobinger brach in ein breites Grinsen aus, und plötzlich wurde er ganz zutraulich. »Valentin, wenn's recht ist«, bot er ihr das Du an. »Ist es!«, antwortete die Charlotte. »Charlotte – ohne ›e‹, wenn's recht ist. Mehr so die französische Aussprache. Das vergessen die Leute so schnell, und ich hasse es, wenn mein Name mit ›e‹ ausgesprochen wird.« Man prostete sich nochmals zu, und just in dem Moment kam die Andrea mit Weinkartons bepackt retour.

»Und das ist meine Freundin Andrea«, erklärte die Charlotte, während sie der verdutzten Andrea ebenfalls ein Glas Schüttelwein in die Hand drückte. Der Lobinger bot auch ihr das Du an. Nach minutenlangem belanglosen Small Talk konnte die Charlotte das Gespräch endlich auf den toten Obermayer lenken. Der Lobinger selbst bot ihr dafür den perfekten Einstieg, indem er wissen wollte, wie viel Umsatz so ein Weinstand einbrachte. »Ich bin schon länger am Überlegen, ob ich nicht irgendwo in die Gastronomie investieren soll. Wie man sieht«, dabei zeigte er auf den Bauchwulst, der über seinen Gürtel hing, »bin ich den lukullischen Genüssen nicht abgeneigt. Vielleicht könnte ich so mit meiner Leidenschaft etwas Geld verdienen.«

Die Charlotte überlegte kurz, bevor sie antwortete: »Das ist witzig, ich frage mich nämlich auch schon die ganze Zeit, wie viel Geld die Schauspieler hier verdienen.«

»Das ist völlig unterschiedlich«, verriet der Lobinger, dessen Zunge nach dem mittlerweile dritten Glas Frizzante gelockert war. »Der Norbert war der große Star und bekam dementsprechend die größte Gage. Die konnte sich durchaus sehen lassen. Ich rede da von einer fünfstelligen Summe.«

»Und die anderen?«, hakte die Charlotte nach.

»Weniger, viel weniger. Die meisten sind ja noch sehr jung und dürfen hier das erste Mal größere Rollen übernehmen. Die meisten Sommertheater funktionieren nach dem Prinzip, dass man ein oder zwei namhafte Schauspieler verpflichtet und dann mit billigem und willigem Nachwuchs auffüllt. Die Stars können so im Sommer etwas abcashen, und die Jungen haben was für ihren Lebenslauf getan. So gewinnen alle.«

»Und wie läuft die Bezahlung ab? Pro Vorstellung? Für den ganzen Sommer?«

»Auch das variiert. Normalerweise gibt es einen Teil als Vorschuss, und der Rest wird mit Ende des Engagements ausbezahlt. Das hängt natürlich auch davon ab, um wen es geht.«

»Das heißt, der Obermayer hätte sich alles im Voraus auszahlen lassen können?«

Der Lobinger wurde still. »Der Norbert hatte Schulden, das wusste im Business jeder. Er hat mich gebeten, ihm einen größeren Vorschuss auszubezahlen. Er wollte das Geld schon während der Proben. Dem Wunsch bin ich nachgekommen. Um auf Nummer sicher zu gehen, hat er das Geld aber erst am Tag der Generalprobe bekommen. Nicht dass er mir mit der Kohle schon Wochen vor der Premiere abspringt. Blöd gelaufen. Die Versicherung wird mir davon nur einen Teil ersetzen.«

»Wieso?«

Diesmal war es der Lobinger, der näher rückte. »Unter uns, so ein Sommertheater ist natürlich eine großartige Gelegenheit, um schwarz Geld zu verdienen. Das ist völlig normal. Was steuerlich abgerechnet wird und was die Leute tatsächlich ausgezahlt bekommen, sind zwei völlig verschiedene Paar Schuhe.«

Die Charlotte schüttelte den Kopf. Auch das noch. Mord, Betrug, Erpressung, Schwarzgeld, Eifersuchtsszenen. Schön langsam kam sie sich selbst vor wie in einem Shakespeare-Drama und nicht wie im sonst so beschaulichen Leben einer Weinhauerin.

»Du hast gerade gemeint, dass jeder von Norberts Schulden wusste. Komisch, die Renate wusste nichts davon. Und die hätte es als Ehefrau und Managerin doch wohl wissen müssen«, bemerkte die Charlotte zweifelnd.

Der Lobinger lachte laut auf. »Die Renate! Wenn du wüsstest, was die alles nicht weiß. Die hat sich doch um den Norbert nie wirklich gekümmert. Die Ehe war schon lange vorbei. Vielleicht merkt sie ja jetzt, was sie an ihm gehabt hat.«

»Der Norbert ist ihr aber auch nichts schuldig geblieben.

Er hat am Vorabend der Premiere noch mit der Susi Midlener geschlafen – wie's scheint, sogar hier auf der Bühne. Und davor hatte er eine Affäre mit einer gewissen Nora. Klingelt's?«Jetzt war der Lobinger an der Reihe, verdutzt dreinzuschauen.»Woher weißt du das denn alles?«Die Charlotte und die Andrea wechselten einen kurzen Blick. Sollte sie jetzt schon ihr Trumpf-Ass ausspielen? Drauf gepfiffen, warum nicht? Von den Mails musste der Lobinger ja nichts wissen.»Wir haben die Midlener nach der letzten Vorstellung noch in einer Bar getroffen. Da ist es zum Streit zwischen ihr und der Renate gekommen, und dabei hat sich die Midlener verplappert«, bog die Charlotte die Wahrheit ein wenig zurecht. Die E-Mails unterschlug sie lieber, schließlich wollte sie ihre wahre Quelle nicht verraten.

Der Lobinger hob beiläufig die Schultern.»Dann hat er halt mit ihr geschlafen«, schnaufte er.»Das geht – oder ging – letztlich nur die beiden was an. Und was die Nora betrifft: Das muss schon länger her sein. Die ist mir ja nach Mariastetten abgepascht. Da hätte der Norbert einen ganz schönen Weg gehabt, um zu seinem Schäferstündchen zu kommen. Und wieso in die Ferne schweifen, wenn das Gute liegt so nah?«

Wohl eher die Gute, dachte die Charlotte.

Der Lobinger leerte sein Glas.»Vielen Dank noch mal, ich muss mich jetzt wieder an die Arbeit machen. Ihr zwei habt sicher noch genug zu tun.«

Hatten sie eigentlich nicht, aber wozu sollten sie den Lobinger weiter aufhalten? Sie hatten erfahren, was sie wissen wollten. Nämlich, dass der Obermayer einen Großteil seiner Gage schon im Voraus ausbezahlt bekommen hatte. Dass das Geld noch in seiner Garderobe gewesen war, musste nicht zwangsläufig bedeuten, dass er damit einen Erpresser zahlen wollte. Er hatte die Kohle ja erst am Vortag bekommen. Gut möglich, dass er bei dem Proben- und Damenstress einfach nicht dazu gekommen war, das Geld zur Bank zu tragen. Die

Charlotte seufzte und ließ sich von der Andrea in den Arm nehmen.

»Ich werde einfach nicht schlau aus der Geschichte. Wer hatte denn Gründe, den Obermayer umzubringen? Und wieso so theatralisch auf der Bühne?« Die Andrea wusste darauf auch keine Antwort.

»Pass bitte ein bisschen auf den Stand auf«, bat die Charlotte. »Ich schau kurz zum Leo runter, vielleicht weiß der schon mehr.«

Zehn Minuten später saß die Charlotte im Büro ihres Cousins und berichtete von ihrem Gespräch mit dem Lobinger. Der Leo hörte aufmerksam zu, nickte an einigen Stellen, an anderen – vor allem jenen mit dem Schwarzgeld – schüttelte er den Kopf.

»Viel konnten wir aus dem Lobinger bisher nicht herausbekommen. Das mit dem Vorschuss für den Obermayer hat er uns bereits erzählt. Die Summe stimmt übrigens mit jener überein, die wir in Obermayers Garderobe gefunden haben.«

»Irgendwelche anderen Neuigkeiten?«

Der Leo sah sie lange an, dann sagte er: »Was soll's? Du schnüffelst ja sowieso herum, egal, ob ich es dir verbiete oder nicht. Wir haben jetzt das Ergebnis der Autopsie. Der Obermayer wurde mit Zyanid vergiftet. Zyanidrückstände wurden auch auf der Blume gefunden, die du damals gleich einkassiert hast. Danke dafür übrigens.«

»Die Blume war also mit Gift präpariert?«

»Sieht ganz so aus.«

»Fingerabdrücke?«

»Unzählige, die meisten verwischt und unbrauchbar. Es war ja ein Bühnenrequisit. Das führt also nirgendwohin. Und an Zyanid kommt man relativ leicht ran. Damit passieren leider auch immer wieder Giftunfälle in Betrieben. Ist also nicht so ausgefallen, dass man damit irgendwie den Täterkreis einengen könnte.«

»Blöd.«

»Du sagst es, Cousinchen. Allerdings war das Zeug so hoch konzentriert, dass der Obermayer wenigstens schnell weg war. Bei einer schleichenden Zyanidvergiftung hätte er gelitten wie ein Hund.«

»Schwacher Trost.«

Der Leo zuckte die Achseln und deutete damit an, dass das nicht in seinem Ermessen lag. »Schau nicht so drein, Charlotte. Es ist ja nicht deine Schuld, dass der Obermayer gestorben ist.«

»Aber die Renate …«

»Für die Renate trägst du im Endeffekt auch keine Verantwortung. Außerdem ist die noch lange nicht aus dem Schneider. Für mich ist sie eine der Hauptverdächtigen. Ich warte nur noch auf Rückmeldung vom Staatsanwalt. Vergiss das bitte nicht.«

»Habt ihr schon rausbekommen, wer sich gestern in den E-Mail-Account vom Obermayer eingeloggt hat?«

»Da sind unsere Spezialisten dran. Bis morgen sollte das erledigt sein, vielleicht sogar schon heute Abend. Ist nicht so einfach, von den Providern die notwendigen Informationen einzuholen.«

Die Charlotte bedankte sich, verabschiedete sich von ihrem Cousin und machte sich auf den Weg zurück zum Burghof.

3. Aufzug

11

Am Abend war die Charlotte mit ihren Kellnerinnen allein für den Stand zuständig. Die Andrea hatte sich mit Kopfschmerzen zurück aufs Weingut verabschiedet. Das war okay, Ansprache hatte die Charlotte auch so genug. Eigentlich sogar zu viel. Das Geschnatter ihrer Kellnerinnen während der Vorstellung ging ihr derart auf die Nerven, dass sie beschloss, sich lieber nochmals das Stück anzusehen.

Optisch war die Aufführung ja wirklich gelungen, das musste man dem Lobinger schon lassen. Er hatte aus dem Sommernachtstraum einen opulenten Augenschmaus gemacht.

Die Charlotte kam gerade rechtzeitig zum Beginn des vierten Aufzugs, in dem sich die vom Liebestrank verzauberte Titania am eselsköpfigen Zettel zu schaffen machte. Das war zugleich eines der artistischen oder vielmehr technischen Highlights, denn diese Szene war vom Lobinger kurzerhand hoch über die Köpfe der Zuschauer verlegt worden.

»Komm, lass uns hier auf Blumenbetten kosen«, hauchte die weggetretene Titania ins Eselsohr des Zettel. Daraufhin ließen sich die beiden in ein Bett sinken, das mit Blumen und Laub so umgestaltet worden war, dass es einem überdimensionalen Vogelnest glich. Und jetzt kam der große Hingucker: An vier dünnen Seilen wurde das Bett in die Baumkronen hochgezogen. Hier sollte die Elfenkönigin ihren tierischen Liebhaber vernaschen. Ein »Oh« und »Ah« ging durch das Publikum, das mit so einem Special Effect nicht gerechnet hatte. Einige hielten den Atem an, denn die Darsteller waren – zwecks schauspielerischer Bewegungsfreiheit – nicht gesichert. Die Bettkanten waren zwar etwas erhöht worden, bei Weitem aber nicht so hoch, dass sie ausreichend Schutz gegen einen Ausrutscher geboten hätten. Weil sonst die Zuseher ja nichts von der Action hoch über ihren Köpfen mitbekämen, hatte der Regisseur räsoniert. Wie der Lobinger dieses Konstrukt bei der Versicherung durchgepeitscht hatte, wusste die Charlotte nicht.

War Wind aufgekommen? Der Charlotte kam es vor, als würde das Bett leicht schaukeln, dabei bewegten sich weder Titania noch Zettel. Musste wohl eine Sinnestäuschung gewesen sein. Noch mehr »Ohs« und »Ahs«, als die Elfen Bohnenblüte, Spinnweb und Senfsamen an nahezu unsichtbaren Seilen ebenfalls dem Boden entschwebten, um Titania und Zettel zu bedienen. Im Elfenreich war man laut Shakespeare offenbar nicht gerne allein beim Liebesakt. War da nicht wieder so ein Schwanken? Egal. Während die liebestrunkene Titania versuchte, ihren Esel zu verführen, hatte der nichts Besseres im Sinn, als sich von den Elfendienern mit Essen versorgen zu lassen. Die Charlotte musste schmunzeln, als die Titania wild wurde und sich den dummen Esel im wahrsten Sinne des Wortes zur Brust nahm.

Im nächsten Moment ein Schrei – aus dem Mund der Titania und zugleich aus fünfhundert Kehlen im Publikum. Mit einem Schnalzer waren zwei Seile gerissen. Titania und Zettel stürzten aus gut sechs Metern Höhe in die Tiefe. Es waren die Seile auf Titanias Bettseite gewesen. Deshalb fiel die Elfenkönigin zuerst, kurz darauf folgte der überraschte Zettel. Hätte er noch Zeit genug gehabt, sich irgendwo festzuhalten? Wahrscheinlich, wenn er nicht den doofen Eselskopf getragen hätte. Mit der Requisite am Schädel hatte aber auch der Zettel keine Chance. Im Sekundenabstand schlugen beide auf der harten Bühne auf. Zuerst die Susi »Titania« Midlener, dann der Robert »Zettel« Neumann. Letzterer landete genau auf der Midlener, die reglos liegen blieb. Der Lichttechniker reagierte sofort, das zuvor gedämpfte Licht, das eine Vollmondnacht simulieren sollte, wandelte sich in grellweißes Licht auf voller Stärke. Es war kein schöner Anblick, der sich da offenbarte.

Die Midlener rührte sich noch immer nicht. Auf ihr stöhnte der Neumann, der den Sturz wenigstens überlebt zu haben schien. Langsam rollte er von der Titania.

Die Charlotte hatte schnell reagiert, sie war bereits, als die Seile gerissen waren, in Richtung Bühne gestartet. Als eine der Ersten kniete sie sich neben den beiden Verunglückten nieder. Die Midlener war offenbar mit dem Kopf voraus auf den Bühnenboden gekracht. Eine dunkle Blutlache hatte sich unter ihrem Haar ausgebreitet. Der Kopf lag in einem unnatürlichen Winkel zum Hals, sodass die Charlotte keinen Notarzt brauchte, um festzustellen, dass die Midlener dem Obermayer ins Jenseits gefolgt war.

Sie fühlte sich wie in einem Déjà-vu, es wiederholten sich die Szenen vom Premierenabend. Die vor Ort anwesenden Sanitäter drängten sie zur Seite. Aus der Ferne konnte sie bereits die Sirenen der umgehend alarmierten Rettung und der Polizeiautos hören. Aus dem Publikum regnete ein Blitzlichtgewitter auf sie herunter, einige ganz Verwegene waren von ihren Sitzen aufgesprungen und drängten sich mit ihren Handykameras nahe an den Bühnenrand.

Die Sanitäter hatten den Neumann inzwischen in eine stabile Seitenlage gebracht. Er hatte Glück gehabt, dass er direkt auf der Midlener gelandet war, sie hatte seinen Aufprall entscheidend abgefedert. Bis auf eine ausgerenkte Schulter und einen gebrochenen Arm war er mit dem Schrecken davongekommen.

Ein schwacher Trost für die Midlener, für die jede Rettung zu spät kam. Genick gebrochen, dazu noch das Gewicht vom Neumann, der aus sechs Metern direkt auf sie draufgeknallt war – das hatte der filigrane Körper der Midlener schlicht nicht überstanden.

Die Charlotte fühlte sich wie in einem Alptraum. Wie viele Menschen mussten hier denn noch sterben? Ihre Intuition sagte ihr, dass dies kein Unfall war. Aber vielleicht täuschte sie sich auch, weil sie einfach zu tief in den Fall verstrickt war und überall nur mehr Spuren und Verdächtige sah?

»Alles gut?«, hörte sie nach einer gefühlten Ewigkeit eine vertraute Stimme hinter sich. Es war der Leo, der sie jetzt sanft an den Schultern fasste und wegdrehte. Das war der Moment, in dem endlich, endlich alles aus ihr herausbrach. Sie vergrub das Gesicht an der Brust ihres Cousins und heulte drauflos. Der Leo führte sie an den Bühnenrand und übergab sie dort einer Kollegin, damit sie die Charlotte zurück zu ihrem Stand brachte.

Wenig später rauschte auch schon die Andrea ein, die umgehend verständigt worden war. Sie war sofort zu ihrer Freundin gerast, scheiß auf die Kopfschmerzen und scheiß auf den Schlaf. Nun schnappte sie sich die Charlotte und verfrachtete sie ins Auto. Die Kellnerinnen wies sie an, den Stand offen zu halten, bis die Polizei die letzten Gäste aus dem Burghof getrieben hatte. Hey, Geschäft war Geschäft, und die Midlener wurde nicht plötzlich wieder lebendig, nur weil man aus Pietätsgründen für den Abend dichtmachte.

Am Weingut angekommen, steckte sie die Charlotte mit einem Beruhigungspulver, das sie vor wenigen Tagen der Renate abgenommen hatten, ins Bett, löffelte sich an sie, und wenig später war die Charlotte im Land der Träume. Stille lag über dem Weingut, auch alle anderen hatten sich schon längst ins Traumland begeben, und so sank der Vorhang über diesen unglückseligen Tag.

Der nächste Morgen begann schon wieder mit drückender Hitze. Schön langsam wurde es der Charlotte zu viel. Jeden Tag über dreißig Grad? Nicht lustig, wirklich nicht. Sie war schweißgebadet aufgewacht – einerseits wegen der Alpträume von abstürzenden Betten, andererseits wegen der tropischen Temperaturen. Selbst in der Nacht war das Thermometer nicht unter fünfundzwanzig Grad gefallen. Ein wenig Aufmunterung verschaffte ihr nur das Gefühl, die schlafende Andrea an ihrem Rücken zu spüren. Eine dünne, klebrige Schweißschicht hatte sich zwischen ihrem Rücken und dem Bauch der Andrea gebildet. Die Andrea legte ihren Arm um die Charlotte und presste sich noch enger an ihre Liebhaberin. Da klopfte es an der Tür, die Flora brüllte: »Früüüüühstüüüück!«, und damit war auch das erledigt. Beim gemeinsamen Frühstück war der Tod der Midlener natürlich das einzige Gesprächsthema. Alle wollten von der Charlotte wissen, was genau passiert war. Auch die Renate saß mit am Tisch, sie strich sich sanft lächelnd ein Marmeladebrot. Man sah ihr an, dass sich die Trauer über den Tod der Liebhaberin ihres verblichenen Manns in Grenzen hielt.

»Wisst ihr«, sagte die Charlotte schließlich, während sie genüsslich an einem Stück Buttersemmel kaute, »ich bin ja nur froh, dass die Renate damit wohl jetzt aus dem Schneider ist. Wenn sich wirklich jemand an den Seilen zu schaffen gemacht hat, kann das nicht die Renate gewesen sein. Du warst ja gestern den ganzen Tag hier am Hof, wie es der Leo verlangt hat«, wandte sie sich an ihren Gast. »Und damit wäre auch klar, dass du für den ersten Mord nicht verantwortlich sein kannst.«

Die Renate verschluckte sich, hustete und konnte zunächst gar nichts sagen. Dafür sprang die Mama der Charlotte ein.

»Na ja … Eigentlich war die Renate gestern nicht die ganze Zeit hier am Hof.« Schuldbewusst schaute Muttern zur Renate und fuhr fort: »Eigentlich ist sie kurz nach euch weggefahren. Mit dem Taxi.«

Der Charlotte stiegen wieder Tränen in die Augen, diesmal allerdings vor Wut. »Ja, spinnst du?«, schrie sie die Renate an. »Was hast du dir dabei gedacht? Wie soll ich dir denn noch vertrauen, wenn du nie das tust, was man dir sagt?«

Wie ein kleines Kind, das man bei einem Blödsinn ertappt hatte, vermied die Renate jeden Blickkontakt. Als sie schließlich sprach, hatte sie aber Stahl in ihrer Stimme. »Ich wusste nicht, dass ich unter Hausarrest stehe. Ich wollte mir die Zeit vertreiben und bin shoppen gegangen. So what?«

»So what? Wenn du nicht im Minutentakt deine Kredit- oder Bankomatkarte benutzt hast, ist das kein Alibi! Was hast du überhaupt gekauft? Was konnte so wichtig sein?«

»Ach, dies und das. Nichts Aufregendes.«

»Was. Hast. Du. Gekauft?«

Die Renate schnaufte theatralisch, bevor sie mit beleidigter Stimme antwortete: »Unterwäsche, okay?«

»Unterwäsche?« Die Charlotte war fassungslos.

Die Renate senkte ihren Blick und flüsterte etwas Unverständliches. Erst nach mehrmaliger Aufforderung, lauter zu reden, sagte sie: »Reizwäsche.«

Die Charlotte griff sich an die Stirn. Hatte sich die Renate tatsächlich wegen ihrer wieder erwachten Libido um ein astreines Alibi für den Tod der Midlener gebracht? Sie konnte es jetzt nicht mehr ändern, aber sie hoffte inständig, dass der Leo und sein Team Anzeichen für einen Unfall fanden. Denn würde es in Richtung Mord gehen, konnte der Leo wohl gar nicht mehr anders, als an die Renate zu denken. Nicht nach der Geschichte mit den E-Mails und dem öffentlichen Streit der Renate mit der Midlener in der Turmbar.

Seufzend sagte sie deshalb zur Renate: »Jetzt ist es eh schon passiert. Für den Fall der Fälle und damit du es nicht noch schlimmer machst, bitte ich dich, ab jetzt hier am Weingut zu bleiben. Das heißt auch keine amourösen Ausflüge in die Turmbar oder wo auch immer du es mit dem Mario treiben willst. Bäh, ich komme mir ja vor, als würde ich mit einem Kind reden.« Damit schenkte sie sich noch eine Tasse Kaffee ein. Die Renate hingegen schlich sich unter den Blicken der versammelten Nöhrers und Bianchis zurück auf ihr Zimmer. Alle schwiegen, die Stimmung war, wie man so schön sagt, im Arsch.

Zu Mittag bewahrheiteten sich dann die schlimmsten Befürchtungen der Charlotte. Der Leo kam mit einem Kollegen aufs Weingut gerast, um die Renate zu befragen und gleich mitzunehmen. Wie im Fernsehen spritzte links und rechts der Schotter hoch, als der Polizeiwagen am Parkplatz vor dem großen Tor zum Stillstand kam.

Die Charlotte rannte sofort hinaus und keifte: »Geht's noch? Ist so ein Theater wirklich notwendig?«

»Sorry«, antwortete der Cousin schuldbewusst und warf seinem jungen und noch etwas ungestümen Kollegen am Steuer einen strafenden Blick zu. »Der Junior und ich, wir müssen dringend mit der Frau Obermayer reden.«
»Dachte ich mir schon«, sagte die Charlotte. Dann flüsterte sie verschwörerisch: »Aber zuerst verrätst du mir mal, was ihr über den Midlener-Tod herausgefunden habt.«
Der Leo versuchte, sich rauszuwinden, und drehte sich suchend nach seinem Kollegen um. Den hatte aber bereits die Andrea in Arbeit. Offenbar wusste der Junior nicht, dass die Andrea mit der Charlotte zusammen war, oder es war ihm einfach egal. Er ließ sich jedenfalls recht widerstandslos von der Andrea am Arm durch den Hof führen. Sein Blick, das konnte man auch aus der Entfernung sehen, hing ausschließlich am Ausschnitt der Blondine. Die Charlotte schüttelte den Kopf, war aber froh, dass das Ablenkungsmanöver funktionierte.
»Gehen wir in die Küche, dort haben wir mehr Ruhe«, forderte sie den Leo auf. Der ließ sich ähnlich widerstandslos abschleppen wie der Junior. Wenn sich die Charlotte mal etwas in den Kopf gesetzt hatte, war er chancenlos – und das wusste er auch.
In der Küche drückte sie ihm einen großen Espresso runter. Dann setzte sie sich auf den Tisch, ließ die Beine baumeln und sah den Leo auffordernd an. Der rührte ein paarmal im Kaffee herum, ehe er dann doch mit der Geschichte rausrückte.

12

»Soweit die Spurensicherung feststellen konnte, dürfte es sich auch bei der Midlener um Mord handeln«, begann der Leo seinen Bericht. »An den beiden Seilen hat sich zuvor eindeutig jemand zu schaffen gemacht. Es war ein Wunder, dass die Konstruktion überhaupt noch hochgehievt werden konnte und die Seile nicht schon vorher gerissen sind. Das hätte der Midlener wohl das Leben gerettet.«

»Und es kann nicht sein, dass die Seile einfach alt und abgewetzt waren?«

»Nein, die sind aus Polypropylen und waren quasi neu. Es war allerdings keine professionelle Arbeit. Wer immer sich an den Seilen zu schaffen gemacht hat, hat das in größter Eile getan. Und auf gut Glück. Wie gesagt, die Seile hätten auch früher reißen können. Aber es hat ja funktioniert. Das ist am Ende alles, was zählt. Messer oder Schere? Das lässt sich kaum feststellen. Die Spurensicherer tippen eher auf ein altes Messer. Die Schnitte in den Fasern deuten auf einen nicht allzu scharfen Gegenstand hin. Da hat jemand das Erstbeste genommen, was ihm oder ihr in die Hände gefallen ist.«

Nachdenklich schenkte sich nun die Charlotte ebenfalls ein Häferl Kaffee ein. »Werden die Seile denn nicht vor jeder Vorstellung überprüft?«

Der Leo nickte. »Schon, aber nicht gestern. Erstens: Die Seile werden aus sicherheitstechnischen Gründen einmal pro Woche getauscht. Das ist gestern früh der Fall gewesen. Wir haben mit den Bühnenarbeitern gesprochen. Sie hatten am Vormittag die Liebesschaukel mit neuen Seilen ausgestattet. Zwar wollten sie vor der Vorstellung noch mal einen Blick darauf werfen – sicher ist sicher –, aber der Regisseur hat dann kurzfristig noch ein Meeting für alle Beteiligten einberufen. Das ging bis kurz vor Vorstellungsbeginn, und so blieb keine Zeit mehr. In der Pause dachte niemand mehr daran, die Seile nochmals zu kontrollieren. Waren ja sowieso brandneu.«

»Aber das heißt, der Mörder …«

»… oder die Mörderin«, warf der Leo ein.

»… oder die Mörderin«, sagte die Charlotte genervt, »muss gestern am Gelände gewesen sein, um die Seile anzuschneiden.«

Der Leo senkte frustriert den Kopf. »Wenn es nur so einfach wäre«, seufzte er. »Du kennst doch den Burghof. Wenn jemand da unbedingt reinwill, dann schafft er das auch. Das Einfahrtstor war gestern den ganzen Tag offen.«

»Aber einen Großteil der Zeit war ich bei meinem Stand. Ich hätte gesehen, wenn jemand reingekommen wäre«, widersprach die Charlotte.

»Den Großteil der Zeit, ja, aber eben nicht ständig«, erwiderte der Leo geduldig. »Lass mich mal ausreden. Es gibt ja noch die Möglichkeit, über die Burgmauer zu klettern. Das schließe ich persönlich eher aus, weil es einfach zu auffällig ist. Die Gasse vom Marktplatz herauf zur Burg ist nicht sehr stark frequentiert, aber vom Kirchenplatz aus gut einsehbar. Es wäre schon sehr auffällig, wenn da jemand über die Mauer klettern würde.«

»Sehe ich genauso.«

»Danke, Watson«, erwiderte der Leo sarkastisch. »Aber seit dem Umbau der Burg kommt man ja jetzt auch von unten rein.«

»Der Zugang zu den Kassen und zum Festsaal …«, dämmerte es der Charlotte.

»Ja, und vor allem der Zugang zu den öffentlichen Toiletten. Deshalb ist dieser Eingang den ganzen Tag offen. Burg und Burghof sind in den Hügel hineingebaut. Der Zugang zu den Innenräumen der Burg liegt nun praktisch im Keller, unterhalb des Parkplatzes …«

»… wo die Festspielbühne aufgebaut ist.«

»Exakt! Wenn man aus der Burg zum Parkplatz – oder im Sommer auf die Bühne – hinauswill, muss man nur noch in den ersten Stock hinauf.«

»Und du glaubst, dass sich jemand so Zugang verschafft hat?«

»Glauben, glauben … Es ist eine Möglichkeit. Und keine, die so weit hergeholt ist. Wir haben uns das genau angesehen und ausprobiert. Mit ein wenig Geschick und gutem Timing kommst du über diesen Weg ziemlich einfach bis zur Bühne, ohne gesehen zu werden.«

»Die Bühne wird ja tagsüber kaum frequentiert.«

»Richtig, genauso wenig wie die Burg selbst. Von der Einfahrt her oder selbst von deinem Stand aus ist die Bühne so gut wie nicht einsehbar, weil die Tribünen im Weg sind. Natürlich ist es riskant, so eine Aktion am hellen Tag durchzuziehen, aber kein Verbrechen ist ohne Risiko. Abgesehen davon könnte der Täter auch einer von der Belegschaft sein, ein Bühnenarbeiter oder ein anderer Schauspieler. Der oder die hätte jedes Recht gehabt, sich dort aufzuhalten, und wäre nicht aufgefallen. Ein Motiv haben wir aber bei diesem Personenkreis bisher keines gefunden.«

»Shit«, fluchte die Charlotte, der inzwischen kaum mehr ein Argument pro Renate einfiel. Abgesehen natürlich von ihrem Gefühl, das ihr sagte, dass die Obermayer-Witwe nicht die Mörderin sein konnte. Allerdings war sie noch immer Profi genug, um zu wissen, dass da vielleicht einfach nur ihre Gefühle sprachen. Durch den tagelangen intensiven Kontakt mit der Renate hatte sich zwischen den beiden so etwas wie Freundschaft entwickelt. Und da schloss man schon gerne mal die Augen vor der Wirklichkeit.

»Können wir jetzt?«, fragte der Leo schließlich.

»Einen Moment noch. Habt ihr inzwischen herausgefunden, wer sich in die Mails vom Obermayer eingehackt hat?«

Der Leo sah seiner Cousine lange in die Augen, schließlich meinte er: »Ja, es dürfte die Midlener gewesen sein. Zumindest stimmt die IP-Adresse mit dem Anschluss ihrer Wohnadresse überein. Woher sie den Zugang hatte – keine Ahnung. Wahrscheinlich hat der Obermayer ihr ein paar Geheimnisse verraten, und sie hat die gleichen Schlüsse gezogen wie seine Witwe. Befragen können wir sie jetzt jedenfalls nicht mehr.«

Fassungslos schüttelte die Charlotte den Kopf. »Nein, außer ihr habt am Kommissariat ein Medium, das mit Toten kommunizieren kann.«

»Ich werde mich mal umhören«, antwortete der Leo mit einem verschmitzten Grinsen, das die Charlotte aber nicht aufheiterte. »Im Ernst: Wer weiß schon, was der Obermayer ihr vor seinem Tod alles verraten hat? Leider wissen wir so gut wie nichts über ihr Verhältnis. Wäre aber nicht das erste Mal, dass einer volltrunken vor Liebe und Alkohol ein paar Geheimnisse preisgibt. Natürlich macht das die Midlener verdächtig, was den Mord am Obermayer angeht.«

»Oder es war einfach ein Glückstreffer«, überlegte die Charlotte. »So kompliziert war das Passwort ja nicht, und wenn man den Obermayer ein bisschen gekannt hat ...«

»Auch das ist möglich. Ob sie wirklich die Mörderin war? Immerhin hat sie am Vorabend noch mit ihm gevögelt. Das spricht eher dagegen«, mutmaßte der Leo.

»Und wenn er danach mit ihr Schluss gemacht hat?«

Der Leo zuckte mit den Schultern. »Da passt so vieles nicht zusammen. Vergiss nicht, es gibt ja noch diese Nora aus den E-Mails. Wenn ich Geld wetten müsste, würde ich aber sagen, dass es weder die Midlener noch diese Nora war. Wir haben die Midlener ja ein paarmal einvernommen. Dabei wurde sie sogar von einer Psychologin beobachtet. Für die Frau Doktor waren die Trauer und der Schock der Midlener echt.«

»Und was ist mit dieser Nora?«

»Um die haben sich die Kollegen aus Baden gekümmert. Laut Protokoll gab es da nichts Auffälliges. Sie hat ihre Affäre mit dem Obermayer gestanden und zu Protokoll gegeben, dass sie mit ihm Schluss gemacht habe, als sie das Angebot aus Mariastetten angenommen hat. Die Renate ist und bleibt unsere beste Spur. Ansonsten tappen wir im Dunkeln.«

»Auch, was das Geld in seiner Garderobe angeht?«

Der Leo nickte. »Ja. Da gibt es ebenfalls überhaupt keine Anhaltspunkte. Ich bin geneigt anzunehmen, dass er sich das Geld schwarz auszahlen ließ, um das Minus auf seinem Konto zu verringern. Es ist zwar komisch, dass er mit der Kohle nicht sofort auf seine Bank gegangen ist, wo doch eine Filiale praktisch gleich ums Eck ist, aber wer weiß schon, womit der Obermayer gerade beschäftigt war? Das ist mein erster

Mord an einem Künstler. Je mehr ich mich mit diesen Leuten beschäftige, umso mehr bin ich froh, dass ich von so was bislang verschont wurde. Die haben ja alle ein bisschen einen Huscher.« Damit stellte er sein leeres Kaffeehäferl auf den Tisch.

Die Charlotte führte ihn zum Zimmer der Renate.

Nach einem kurzen Klopfen öffnete die Renate die Tür. Neben ihr stand ein kleiner Trolley. Sie selbst war komplett angezogen und hielt dem Leo theatralisch die ausgestreckten Hände entgegen. »Walten Sie Ihres Amtes, Herr Inspektor.«

Der Leo fuhr sich mit der Hand an die Stirn. »Was soll dieses Theater –«

»Schttt!«, unterbrach ihn die Charlotte. »Renate, was soll das?«

Die Obermayer-Witwe sah die Charlotte an. »Charlotte, Charlotte … Ich bin ja nicht auf der Nudelsuppe dahergeschwommen. Die Ankunft der Polizei konnte man bis hierher aufs Zimmer hören. Und wieso sollten die mit so einem Affentempo herkommen, wenn es nicht um mich ginge? Es ist sowieso egal, was ich jetzt sage, Sie werden mich mitnehmen.« Dabei warf sie dem Leo einen eiskalten Blick zu. »Also habe ich meine wichtigsten Sachen gepackt. Den Rest lasse ich inzwischen hier bei dir. Bitte vermiete das Zimmer nicht. Ich habe vor, zurückzukommen, sobald das alles erledigt ist. Und keine Angst, selbstverständlich zahle ich für die volle Zeit.«

Die Charlotte war sprachlos. Die Renate hielt noch immer die Hände ausgestreckt. »Also, Herr Inspektor. Legen Sie mir doch bitte endlich die Handschellen an. Wissen Sie, mir fehlt das Gefühl des kalten Metalls. Ist schon wieder zwei Tage her, dass ich welche umhatte.«

Der Leo schaute die Renate völlig verständnislos an. Die Charlotte schnallte die Anspielung schneller. »Renate, bitte, ich glaube nicht, dass den Leo interessiert, was du mit dem Mario so aufführst. Und mach die Sache nicht schlimmer, als sie ohnehin schon ist.«

»Wieso noch schlimmer? Der Inspektor ist hier, um mich festzunehmen. Ich bin nur behilflich.«

»Ob Ihre Haltung wirklich hilfreich ist, will ich jetzt mal nicht kommentieren«, sagte der Leo und drückte die Hände der Renate möglichst sanft von sich weg. »Frau Obermayer, wo waren Sie gestern Nachmittag?«

»Shoppen«, antwortete die Renate kühl.

»Haben Sie dafür Zeugen? Waren Sie vielleicht gemeinsam mit jemandem shoppen?«

»Nein, ich war ganz allein. Ich habe in der Shoppingmall auch niemanden getroffen, den ich kenne.«

»Das werden wir überprüfen müssen. Frau Obermayer, ich muss Sie jetzt mitnehmen. Sie werden wegen dringenden Verdachts auf Mord an ihrem Mann und der Frau Midlener in Untersuchungshaft genommen. Sie dürfen natürlich noch Ihren Anwalt …«

»… bla, bla, bla«, feixte die Renate süffisant, »mein Anwalt ist bereits verständigt. Ich hatte ja etwas Zeit, mich vorzubereiten. Gehen wir!« Damit drängte sie sich an der staunenden Charlotte und dem Leo vorbei und schritt wie eine Hollywood-Diva die Treppen hinunter.

»Alter Schwede«, murmelte der Leo. »Will sie nicht mal den Haftbefehl sehen?« Dann hetzte er der Verhafteten nach. Die Charlotte konnte sich ein Grinsen nicht verkneifen, als sie den beiden folgte.

Muttern und der Herr Papa standen gemeinsam mit der Andrea im Hof und bestaunten das Schauspiel. Die Renate marschierte immer noch ein paar Meter vor dem Leo und seinem Junior her. Am Polizeiauto wartete bereits die Omama.

»Pass mir gut auf die Renate auf, hörst, Leo?«

»Jaja«, brummte der. »Jetzt hörts mir mal zu. Ihr tut ja alle so, als wäre ich hier der Böse. Ich mache nur meinen Job. Also geht's mir nicht am —«

»Leo!«, keifte ihn die Omama an. »Nöhrer junior! Ich hab dich mit großgezogen. Hier am Hof sparst du dir gefälligst die

Kraftausdrücke. So groß kannst du gar nicht werden, dass ich nicht raufkomm, um dir eine zu schmieren!«

»Schon gut, Oma«, sagte der Leo eingeschüchtert. Nachdem er die Renate auf dem Rücksitz des Polizei-Touran verstaut hatte, umarmte er die Omama und flüsterte ihr ins Ohr: »Ich geb schon gut auf sie acht. Das bin ich auch der Charlotte schuldig. Aber wenn sie wirklich die Mörderin ist …« Die Omama kniff ihm in die eine Wange, drückte ihm einen Schmatz auf die andere und wackelte zurück in den Hof.

Währenddessen war die Charlotte zum Polizeiauto gekommen und hatte nochmals die Tür zum Fond geöffnet. »Kann ich noch irgendwas für dich tun?«, fragte sie die Renate. Die stierte aber nur kühl nach vorne. »Ja, meine Liebe. Du kannst den wirklichen Mörder finden. Ich war's nicht. Beim Norbert nicht und schon gar nicht bei der Midlener. Nur weil es mir um das Flittchen nicht leidtut, heißt das noch lange nicht, dass ich sie umgebracht habe.«

»Willst du mir vielleicht sonst noch irgendwas sagen? Hast du mir was verschwiegen?«

Die Renate sah ihr nun endlich in die Augen. Es war offensichtlich, dass die toughe Theateragentin mit den Tränen kämpfte. Statt einer Antwort schüttelte sie den Kopf.

Die Charlotte beugte sich in den Wagen und drückte ihr einen Kuss auf die Wange. »Wir machen das schon.« Dann wurde sie vom Leo sanft zurückgezogen und konnte nur mehr zusehen, wie die Obermayer-Witwe im Polizeiauto weggefahren wurde.

13

Als das Polizeiauto hinter der ersten Kurve verschwunden war, drehte sich die Charlotte um und ging zurück in den Hof. Sie kam allerdings nicht weit, denn da kündigte sich bereits der nächste Besuch an.

»Wer ist denn das jetzt schon wieder?«, fragte überrascht der Herr Papa, der den Wagen über die Schulter seiner Tochter hinweg erspäht hatte. Die drehte sich um und erschrak ein wenig. Ein Wagen mit langer, offener Lieferfläche kam die Schottereinfahrt herauf. Er musste sich ganz knapp am Dienstwagen vom Leo vorbeigepresst haben, denn der Weg zum Weingut war eng und schmal.

»Auch das noch!«, rief die Charlotte aus.

»Auch was noch?«

»Das müssen die Techniker sein, die unsere Leinwand fürs Public Viewing aufbauen.«

»Oh«, sagte der Herr Papa. »Na, dann viel Spaß. Hast du das eigentlich mit unserem verehrten Weinbauverein-Obmann abgesprochen?«

Die Charlotte hob nonchalant die Schultern. »Ich hab dem Zaitler eine E-Mail geschrieben.«

»Aber du weißt doch, dass der Herbert keine Mails liest! Der kann doch nicht einmal seinen Computer einschalten.«

Ein spitzbübisches Grinsen zeichnete sich im Gesicht der Charlotte ab: »Und wieso ist das mein Problem? Es gibt eine offizielle E-Mail-Adresse, und an die hab ich es ihm geschickt.«

Der Herr Papa klopfte der Charlotte auf die Schulter. »Du bist mir eine … Wenn er sich aufregt, werde ich das schon mit ihm klären. Auch er wird sich dem Fortschritt nicht ewig in den Weg stellen können.« Die Charlotte legte im Gehen ihren Kopf an die Schulter des Herrn Papa. »Ich wusste doch, dass ich mich auf dich verlassen kann.«

Die traute Zweisamkeit wurde vom Hupen des Lieferwagens gestört. Die Charlotte löste sich von ihrem Papa und ging zu dem Wagen. Der ortsansässige Elektriker war mit einem solchen Auftrag naturgemäß überfordert gewesen, also hatte sich die Charlotte an eine Wiener Eventagentur gewandt. In diesem Moment hielt ein kleiner Smart mit dem Logo dieser Agentur hinter dem Lieferwagen. Ein Mann und eine Frau schälten sich aus dem Miniaturauto. Die Charlotte begrüßte sie mit Händeschütteln. Sie stellte sich kurz vor und erklärte in groben Zügen den Grundriss des Weinguts. Die Details waren schon vor Wochen in den Räumlichkeiten der Agentur besprochen worden, deren Mitarbeiter würden den Aufbau der kostspieligen Anlage überwachen.

Die Charlotte führte die beiden durch den Hof zur Wiese hinter dem Weingut. Am kommenden Sonntag, zum Finale der Fußball-EM, würden sich hier Hunderte Leute tummeln und für Ländermatch-Stimmung sorgen.

Die Location hatte sich einfach angeboten, bei Nacht wirkte sie wie ein von der Natur geschaffener Kinosaal. Das Publikum würde hinter dem Weingut auf Heurigenbänken oder auf dem Gras sitzen, die Leinwand sollte auf der zum Ortszentrum abfallenden Wiese knapp vor den ersten Rebstöcken aufgebaut werden. Durch das abschüssige Gelände würden sogar die Zuschauer in den hinteren Reihen einen perfekten Blick auf die Leinwand haben. So stellte sich die Charlotte das zumindest vor.

Jetzt mussten nur noch die österreichischen Kicker mitspielen. Die hatten ja endlich, endlich mal einen richtigen Lauf und hatten die Gruppenphase bei der EM locker überstanden. Im Viertelfinale würden sie heute Abend auf Rumänien treffen – ein durchaus machbares Los. Falls sie ins Finale kommen sollten, würde der Heurige bei dieser doppelten Premiere garantiert aus allen Nähten platzen. Bis dahin floss aber noch viel Wasser die Donau hinunter, und die Charlotte hatte eigentlich ganz andere Probleme.

Nachdem die Techniker und die Agenturmitarbeiter eingewiesen waren, konnte die Charlotte sich endlich um ebenjene Probleme kümmern. Sie hatte bereits eine Idee, was als Nächstes an der Reihe war. Deshalb schnappte sie sich die Andrea und ging mit ihr zum Zimmer der Renate. »Was wollen wir hier?«, fragte die Andrea. »Willst du ihre Sachen durchstöbern?«

»Yep! Mal schauen, was die Renate so alles am Zimmer hat. Sie will ja, dass ich mich weiter um den Fall kümmere. Also muss ich nachsehen, was ich so in ihren Sachen finde. Vielleicht gibt's da ja einen Hinweis.«

»Hast du was Bestimmtes im Sinn?«

»Mhm«, murmelte die Charlotte, während sie durch den Kleiderkasten der Renate stöberte. Nach kurzer Zeit hatte sie gefunden, wonach sie suchte. »Trara!«, sagte sie triumphierend und hielt der Andrea einen roten Spitzen-BH mit passendem Höschen und Strapsen unter die Nase.

»Nein danke, ist nicht mein Fall«, sagte die Andrea.

»Depp!«, konterte die Charlotte und zeigte auf das noch nicht abgetrennte Preisschild. »Jetzt wissen wir nämlich, wo die Renate ihre Unterwäsche für den Mario besorgt hat. Und dort werden wir jetzt hinfahren.«

»Oh ja, ein Shoppingnachmittag. Ich brauch eh ein paar Sachen.«

Zuvor durchstöberten die beiden aber weiter das Zimmer der Renate. Unter dem Kopfpolster fanden sie schließlich den Glücksjeton vom toten Norbert Obermayer. Die Charlotte pfiff durch die Zähne. »Schau an … die Gute dürfte doch etwas sentimentaler sein, als sie eingestehen will.«

»Und die Midlener?«

»Bei der«, sagte die Charlotte, »bin ich mir nicht so sicher. Gerade weil der Tod vom Norbert der Renate so nahegeht, würde ich, was den Mord an der Midlener angeht, meine Hand nicht mehr für sie ins Feuer legen.« Damit schnappte sich die Charlotte den Jeton und steckte ihn in eine Tasche ihrer Jeans.

Eine halbe Stunde später parkte die Charlotte ihren Wagen in der Parkgarage der großen Shoppingmall im Süden von Wien. Die Andrea hatte die Unterwäsche der Renate in einem Sackerl bei sich. Das Preisschild der Unterwäsche verriet, dass die Renate sie nur in einem bestimmten Geschäft gekauft haben konnte. Allerdings gab es von dieser Kette zwei Filialen in der Mall.

Für die Charlotte war es ein surreales Gefühl. Seitdem sie ihren Job als Security in dieser Mall vor einem halben Jahr zugunsten des Familienweinguts aufgegeben hatte, war sie nicht mehr hier gewesen. Es war erschreckend, wie schnell sie wieder in den alten Trott verfiel, kaum dass sie einen Fuß in das Einkaufscenter gesetzt hatte. Sie musste sich am Riemen reißen, um sich nicht umgehend auf ihren alten Routinerundgang zu machen.

Die Charlotte kannte hier nicht nur alle Shops, sondern auch die meisten Verkäufer und Verkäuferinnen. Während sie mit der Andrea durch die selbst an einem Dienstag vollgepackte Mall schlenderte, wurde sie an jeder Ecke erkannt und angesprochen. Immer wieder kam jemand aus einem Store, um mit ihr zu plaudern. So dauerte es länger als erwartet, bis sie das erste der beiden in Frage kommenden Geschäfte erreichten. Dort aber – Fehlanzeige. Niemand konnte sich an die Renate erinnern. Auch dann nicht, nachdem die Charlotte den Verkäuferinnen ein Handyfoto der Obermayer-Witwe gezeigt hatte. In der zweiten Filiale – natürlich am anderen Ende der Mall – hatten sie mehr Glück. Irene, die Storeleiterin, konnte sich noch sehr gut an den Verkauf der roten Reizwäsche erinnern.

»Schöne Farbe, aber oft verkaufen wir die nicht«, sagte sie mit Kennerblick. »Würde deiner Freundin gut stehen.«

»Ja eh, danke.« Die Charlotte war langsam genervt von den ständigen Anspielungen auf ihr Liebesleben. Wieso konnten so viele Menschen einfach nicht normal damit umgehen, dass sie eine Freundin hatte und keinen Freund? Egal, sie wusste, dass es die Irene nicht böse meinte. Außerdem wollte sie ja Informationen von ihr. Also spielte sie notgedrungen mit. »Am liebsten ist sie mir eigentlich ganz nackt.«

Die Irene wurde rot und wechselte rasch wieder zurück zum ursprünglichen Thema. »Also wie gesagt, diese Kombination habe ich gestern selbst verkauft. An eine – wie sagt man so schön – feine Dame. Ihr Mundwerk war aber ganz schön dreckig.«

»Das klingt nach einer perfekten Beschreibung der Renate«, raunte die Andrea. Die Charlotte konnte dem nur zustimmen.

Sie fragte die Irene:»Weißt du noch, wann sie circa da war?«

»Das weiß ich sogar ganz genau. Sie war nämlich die erste Kundin nach meiner Mittagspause. Muss so gegen dreizehn Uhr gewesen sein. Aber wieso willst du das alles wissen?«

»Nur so«, murmelte die Charlotte.

»Nur so, haha. Hör zu, Schätzchen. Wir kennen dich hier alle. Bist schon wieder in irgendeinen Blödsinn verwickelt?«

»Könnte sein«, warf sich die Andrea für ihre Freundin in die Bresche.»Und wenn es so wäre, könnten Sie uns vielleicht weiterhelfen.«

»Na gut«, schnaufte die Irene.»Geht mich ja nix an, und einer alten Freundin helfe ich gerne. Also, es war so gegen eins am Nachmittag. Ein paar Minuten nachdem die Frau ins Geschäft gekommen ist, hat es dann so richtig gekracht.«

»Gekracht?«, fragten die Charlotte und die Andrea im selben Atemzug.

»Ja, da ist eine andere Frau reingekommen, und die beiden haben einen Riesenstreit angefangen.«

»Hast du mitbekommen, worum es dabei ging?« Die Charlotte war erschüttert. Davon hatte die Renate nichts erwähnt. Und die Charlotte hatte das ungute Gefühl, dass sie bereits wusste, mit wem die Renate da gestritten hatte.

»Eh das Übliche. Um einen Mann ist es gegangen. Die andere war eindeutig jünger. Sie hat die feine Dame …«

»… Renate«, erklärte die Charlotte.

»Okay, sie hat die Renate scheinbar zufällig beim Flanieren durchs Schaufenster gesehen.«

»Und hatte nichts Besseres zu tun, als sofort reinzustürmen?«

»Offenbar. Sie ist die Renate sofort angegangen.«

»Halt, halt, halt«, wurde sie von der Charlotte unterbrochen. »Kannst du mir die andere mal beschreiben?«

»Hm, groß, schlank, blonde Wuschelhaare. Kandidatin für einen Push-up-BH, wenn du verstehst, was ich meine.« Dreckiges Grinsen der Irene. Unnötig, aber die Charlotte musste damit leben. »Sie ist mir irgendwie bekannt vorgekommen. Vielleicht so eine halbprominente Sängerin oder Schauspielerin?«

»Die da?«, fragte die Andrea und zeigte ihr ein Handybild von der Susi Midlener im Titania-Kostüm.

»Ja, das ist sie. Weniger Schminke als auf dem Bild, aber das ist sie ganz eindeutig. Schauspielerin?«

»Ja«, attestierte die Charlotte. Ihre Befürchtung hatte sich bestätigt. Die Renate hatte die Midlener am Tag des Mordes noch gesehen. Und mit ihr gestritten. Je tiefer die Charlotte grub, umso ungemütlicher wurde es für die Obermayer-Witwe.

»Also, der Streit …«

»Ja«, fuhr die Irene fort. »Wie gesagt, die Junge ist reingekommen und hat deine Renate blöd angemacht. Die ist ganz rot im Gesicht geworden und hat die andere beim Krawattl gepackt. Ich hatte schon den Telefonhörer in der Hand, um den Sicherheitsdienst zu rufen. Man weiß ja nicht, wie das bei zwei so Furien enden kann. Dann ist es ganz leise geworden. Die zwei sind Stirn an Stirn dagestanden und haben sich angezischt.«

»Du hast doch sicher mitbekommen, worüber die beiden geredet haben«, drängte die Charlotte. Sie wollte unbedingt noch mehr Informationen aus der Irene herausquetschen.

»Ich bin doch keine Hausmeisterin!«, empörte sich die Irene, nur um dann fortzufahren: »Dürfte eine Eifersuchtsgeschichte gewesen sein. Erfahrungsgemäß – das sind ja nicht die ersten beiden Nebenbuhlerinnen, die ich bedient habe – würde ich darauf tippen, dass die Ältere die Ehefrau ist und die andere die junge Geliebte. Wie aus dem Bilderbuch!« Dabei wieherte die Verkäuferin wie ein Pferd, dem man die Sporen gibt.

Genervt tippelte die Charlotte mit den Fingerspitzen auf die Verkaufstheke. »Irene!«

»Schon gut, schon gut. Die Junge hat etwas gezischelt wie ›Du traust dich was‹ und ›Trauernde Witwe, pah!‹. So in die Richtung halt. Dann ist sie von der Älteren geschubst worden. Die Junge hat zurückgeschubst, bis ich schließlich dazwischengegangen bin. Die Junge ist dann verschwunden. Hat aber der anderen noch den Mittelfinger gezeigt. Ganz schön kindisch. Aber sie hat Tränen in den Augen gehabt. Die hat sie mit ihrem harten Auftreten nicht überspielen können. Um welchen Mann haben sich die beiden eigentlich gestritten, wenn man fragen darf?«

»Um einen toten«, antwortete die Charlotte kurz, während sie in Gedanken das Geschehen zu ordnen versuchte. Die Verkäuferin war mit einem Schlag still. Totenstill. Mit dieser Antwort hatte sie nicht gerechnet.

Die Charlotte bedankte sich für die Auskunft und verließ mit der Andrea das Geschäft. Dann setzten sich die beiden in ein Café und bestellten Eiskaffee.

»Eigentlich müssten wir jetzt jedes Geschäft abklappern und das Foto von der Renate herzeigen. Nur um abzuchecken, ob sie sonst noch wo war«, meinte die Andrea.

»Ja«, stimmte die Charlotte zu. »Aber dafür haben wir weder die Zeit, noch hab ich Lust dazu. Das soll der Leo machen. Ich gehe mal davon aus, dass sie das Alibi von der Renate sowieso mit der Kreditkartenfirma und ihrer Bank abchecken. So wie ich den Leo kenne, läuft das schon längst.«

»Aber Kredit- und Bankomatkarten können auch von anderen Leuten benützt werden.«

»Stimmt. Deshalb wird der Leo das sicher von ein paar seiner Leute hier überprüfen lassen.« Sie wollte ihren Cousin nach diesem Tag nicht mehr mit einem Anruf stören. Deshalb schickte sie ihm eine WhatsApp-Nachricht, in der sie erklärte, was sie herausgefunden hatte. Es dauerte ein paar Minuten, bis sich der Leo zurückmeldete. Er bedankte sich für die Hinweise und verriet der Charlotte, dass drei seiner Leute bereits in der Mall waren, um die Stores wegen der Renate abzuklappern. Er versprach, der Charlotte Bescheid zu geben, sobald er ein Ergebnis hatte. Die Charlotte bedankte sich artig und fragte, wie es der Renate ging. Die, so der Leo, war inzwischen ins Landesgericht Wien überstellt worden, wo sie nun in Untersuchungshaft saß.

»Allerdings darf sie morgen wieder kurz raus«, las die Charlotte der Andrea eine weitere Nachricht vom Leo vor.

»Wieso?«, tippte die Charlotte in ihr Handy und schickte die Nachricht ab.

Pling! »Weil morgen das Begräbnis vom Norbert Obermayer am Wiener Zentralfriedhof ist. Schon vergessen?«, so die Antwort vom Leo.

Die Charlotte fuhr sich mit der Hand an die Stirn. »Mist! Das hatte ich tatsächlich vergessen.«

»Deshalb wollte ich ja noch shoppen gehen«, schaltete sich die Andrea ein. »Ich habe nichts Passendes für ein Begräbnis.«

Sie tranken ihren Eiskaffee aus, die Charlotte bezahlte die Rechnung, und dann ging es ab in den Store einer großen Modekette. »Eine meiner Tanten arbeitet dort, vielleicht bekommen wir ja ein paar Prozente«, erklärte die Charlotte.

Die Andrea schmunzelte. »Deine Familie ist schlimmer als ein Virus. Gibt's euch denn überall?«

Sie waren mitten im Anprobieren, als die nächste Hiobsbotschaft für die Charlotte folgte. Ihr Handy klingelte, und der Herr Papa erklärte, dass der Aufbautrupp schon wieder abgezogen sei. Das Material liege verwaist auf der Wiese.

Wutentbrannt rief die Charlotte sofort bei der Eventagentur an. Dort meldete sich eine mäßig kompetente Sekretärin, die die Charlotte erst nach einem lautstarken Wortwechsel zum Chef durchstellte. Der versuchte, die Charlotte zu beruhigen. Das Gelände sei schwieriger als vermutet, erklärte er.

»Was heißt hier vermutet?«, zürnte die Charlotte ins Telefon. »Wir hatten doch alles klar abgesprochen. Ich habe sogar Lagepläne und geografische Details geliefert!«

»Ja, eh«, stammelte der Agenturchef ins Telefon. »Aber Plan und Realität sind dann halt doch zwei verschiedene Paar Schuhe. Wir müssen erst noch ein Podest konstruieren lassen, damit die Leinwand sicher und gerade steht. Keine Sorge, die Mehrkosten sind …«

»… die Mehrkosten sind von Ihnen zu tragen, Herr Müller. Wir haben einen All-inclusive-Vertrag. Wenn Sie erst jetzt draufkommen, dass das aufwendiger wird, ist das Ihr Problem.«

Stille in der Leitung. Dann meldete sich der Herr Müller wieder. »Ja natürlich, Frau Nöhrer. Ich wollte nur sagen, dass wir bereits eine Tischlerei beauftragt haben. Mit der arbeiten wir seit Jahren zusammen. Sie schieben unseren Auftrag ein. Dadurch kommt es nur zu einer minimalen Verzögerung. Übermorgen können wir schon weitermachen.«

Die Charlotte rechnete den neuen Zeitplan im Kopf durch. Das Finale war am Sonntag, die Leinwand würde, wenn es keine weiteren Schwierigkeiten gab, am Donnerstag, spätestens Freitag stehen. Das passte. »Okay«, antwortete sie kurz angebunden. »Aber dann sollte besser nichts mehr dazwischenkommen. Und jetzt wünsche ich noch einen schönen Nachmittag. Ich habe zu tun.« Und damit beendete sie das Gespräch.

»Was war das denn?«, fragte die Andrea aus der Umkleidekabine nebenan.

»Ärger mit den Handwerkern, wie immer.« Die Charlotte winkte ab und schlüpfte in ein schwarzes Kleid. Eine gute Stunde später hatten beide endlich etwas Passendes gefunden. Die Andrea hatte sich für einen schwarzen Hosenanzug entschieden, die Charlotte für eine Kombination aus schwarzem Rock, weißer Bluse und schwarzem Blazer. Das musste reichen. Der Shoppingnachmittag war damit aber noch lange nicht beendet, denn die Andrea meinte, dass sie passende Schuhe bräuchte. Am Ende kamen sie gerade noch rechtzeitig zur abendlichen Vorstellung der Sommerfestspiele.

Auch nach dem Tod der Midlener galt das Motto: The show must go on. Und so gab es an diesem Abend wieder eine komplett ausverkaufte Vorstellung. Am Weinstand lief alles wie geschmiert, sodass die Charlotte und die Andrea voller Spannung den Auftritt der neuen Titania und des neuen Zettel mitverfolgen konnten. Sie standen am Rand der Stahlrohrtribünen und sahen sich die Vorstellung an.

Bei dem großen Verschleiß musste Regisseur Lobinger mittlerweile auf eine noch jüngere Schauspielerin als die Midlener zurückgreifen. Die neue Titania hatte bisher eine der Feen oder Elfen gespielt – was genau, da war sich die Charlotte nicht ganz sicher. Selbst für Amateure war ersichtlich, dass die neue Titania ein Mordslampenfieber aufgerissen hatte. Hier passte ein Einsatz nicht, da bewegte sie sich in die falsche Richtung, aber alles in allem war sie doch sehr … bemüht. Im Fall vom Zettel war es nicht ganz so schlimm. Bei ihm handelte es sich um einen erfahrenen Schauspieler, der keine Probleme hatte, seine neue Doppelrolle so zu improvisieren, dass es niemandem auffiel.

Besonders gespannt war die Charlotte natürlich auf die Liebesszene zwischen Titania und Zettel. Würde Lobinger seinen Schauspielern nach der Tragödie vom Vorabend wieder die Vorstellung in luftiger Höhe zumuten? Klar tat er das! Schließlich war er der Lobinger, und der hatte überhaupt kein Erbarmen mit seinen Schauspielern.

Als die Szene endlich kam, hörte man im Publikum ein angespanntes Raunen. Die Hälse wurden länger, die Augen größer, der Herzschlag schneller. Letztendlich ging diesmal alles gut. Ein Zuschauer ließ einen kurzen, spitzen Schrei aus, als ein Windstoß die Liebesschaukel ein klitzekleines Stückchen in Bewegung setzte, aber das war schon alles.

Danach entschied die Charlotte, dass sie für heute genug hatte. Sie überließ das Geschäft den Kellnerinnen und beschloss, sich mit der Andrea für den restlichen Abend in die Turmbar zu verziehen. Der Mario brauchte ob der Festnahme seiner Herzallerliebsten sicher auch seelischen Beistand.

Tja, blöd nur, dass die Turmbar zu war. An der Eingangstür hing ein Zettel. Darauf stand:»Aus Protest gegen Polizeiwillkür heute geschlossen. Gehts woanders saufen!« Die Charlotte und die Andrea sahen sich skeptisch an, dann gingen sie die paar Meter weiter zum einzigen anderen Lokal in Perchtoldsdorf, das weder Café noch Heuriger oder Restaurant war. In der Motte war wegen der geschlossenen Turmbar die Hölle los. Rudi, der Besitzer der Motte, stand wie nahezu jeden Abend selbst hinter der Bar. Er begrüßte die beiden mit Bussi links und Bussi rechts und meinte feixend:»Die können ruhig jede Woche dem Mario seine Freundin verhaften. Ist gut für mein Geschäft.«

»Schuft«, erwiderte die Charlotte mit einem hämischen Grinsen. So viel Theatralik, wie der Mario da an den Tag gelegt hatte, war ja auch echt nicht normal. Benahm sich wie ein verliebter Teenager.

14

Alternativer Fakt

Der Mittwoch war ein Tag wie aus dem Bilderbuch – für ein Begräbnis. Zum ersten Mal seit Wochen hatte sich der Himmel verdunkelt, fette Regentropfen fielen aus dunkelgrauen Wolken, und das Thermometer war um fast fünfzehn Grad gefallen. Der Regen trommelte gegen die Fenster und Dächer, als ob er auch noch den Letzten aufwecken und an das Ereignis erinnern wollte. Dennoch hatte die Luft eine unheimliche Klarheit und Schärfe. Endlich wurde der ganze Staub weg-

gewaschen. Die Wiesen sogen das Wasser gierig auf. Das Gras sah plötzlich aus, als hätte ein übereifriger Maler einen riesigen Topf grüner Farbe darüber ausgeleert.

In Strömen wanderte halb Wien dem Zentralfriedhof zu. Ein kilometerlanger Zug von aufgespannten Regenschirmen, die wie schwarze Pilze wirkten, wälzte sich über die gesperrte Simmeringer Hauptstraße stadtauswärts. Aus einem Helikopter wurden die beeindruckenden Bilder via TV live in zwei Millionen österreichischer Haushalte übertragen. Vor dem Tor 2 des Zentralfriedhofs standen Übertragungswägen von CNN, BBC, ZDF und so weiter.

Das Haupt stolz aufgerichtet, schritt die Renate Obermayer vorneweg. Sie trug ein schwarzes Kostüm, darüber einen knöchellangen schwarzen Mantel und auf dem Kopf einen breitkrempigen schwarzen Hut mit einem schwarzen Schleier, der ihr Gesicht verdeckte. Neben ihr ging gemessenen Schrittes der Wiener Kardinal. Ohne Mantel und Hut, Priester waren ja ganz allgemein harte Hunde. Auch bei Wind und Wetter hieß es: Soutane, Stola, Mitra und fertig. Den Rest musste der liebe Gott erledigen. Vor den beiden thronte der perlweiße Sarg des Verstorbenen auf einer schwarzen Kutsche aus der Kaiserzeit, gezogen von vier rabenschwarzen Pferden. Das Gesicht des Kutschers wurde von einer mittelalterlichen Pestmaske bedeckt. Den Straßenrand säumten Zigtausende Menschen, ebenfalls pietätvoll dunkel gekleidet. Sie schwenkten schwarze Stofftücher, als der Leichenwagen an ihnen vorbeizog. Ganz Wien trauerte, Taschentücher waren in der Stadt und der Umgebung ausverkauft.

Ursprünglich hatte die Regierung einen landesweiten Trauertag ausrufen wollen, aber das Testament vom Obermayer hatte eine solche Huldigung ganz klar untersagt. Überhaupt hatte sich der Obermayer in seinem Testament von seiner großzügigsten Seite gezeigt: Ein Grab zwischen Hans Moser und Karl Farkas sei absolut ausreichend. Der Blumenschmuck müsse nicht täglich ausgetauscht werden, es genüge einmal pro

Woche. Der Grabstein dürfe eine Höhe von drei Metern auf gar keinen Fall übersteigen, weil das Grab sonst zu wenig Licht bekam. Eine Totenwache solle es nur in den ersten zehn Jahren geben, danach habe sich sein Geist doch ganz, ganz sicher auf die letzte Reise begeben, und es wäre auf Erden auch nichts mehr zu bewachen. Der Norbert Obermayer, großzügig im Tod wie zuvor im Leben ... Auch das Begräbnis eines Schauspielers musste ein großes Schauspiel sein.

Die Wirklichkeit sah dann halt doch ein bisschen anders aus. Die Hitze hatte nämlich nicht extra wegen des toten Obermayer nachgelassen. Auch am Tag des Begräbnisses lag sie wie ein träger Hund über Ostösterreich. Die Andrea verfluchte schon nach dem Aufstehen ihre Entscheidung für einen schwarzen Hosenanzug, ein akzeptabel kurzer Rock hätte es bei dieser Saharahitze wohl auch getan. Dafür war es jetzt aber zu spät. Das Begräbnis war für elf Uhr angesetzt, man würde also noch dazu in der prallen Mittagssonne stehen. Kein schöner Gedanke.

Nach einem späten Frühstück machten sich die Charlotte und die Andrea auf den Weg. Obwohl die Klimaanlage im Auto auf Hochtouren lief, kamen die beiden nicht aus dem Schwitzen heraus. Richtig unerträglich wurde es, als sie auf der Südosttangente auch noch in einen Stau gerieten. Die Sonne knallte durch die Windschutzscheibe, sodass der Kopf der Charlotte bald unangenehm zu pochen begann.

»Dabei habe ich gestern nicht einmal so viel getrunken«, stöhnte sie. Die Andrea sah sie mitfühlend an, konnte aber auch nicht mehr machen, als ihr aufmunternd den Arm zu tätscheln.

Mit Ach und Krach erreichten sie schließlich gerade noch rechtzeitig den Zentralfriedhof. Parkplatz war allerdings Fehlanzeige. Die Charlotte hatte keine Lust, lange zu suchen, und stellte sich kurzerhand in eine Lieferzone. »Ist ja ein Lieferwagen«, sagte sie und legte ein entsprechendes Schild in die Windschutzscheibe.

Hastig eilten sie zur Aufbahrungshalle. Dort hatten sich überraschend viele Leute eingefunden. Natürlich nicht die Hunderttausende, von denen der Obermayer geträumt hatte, aber doch sicher zwei- bis dreihundert Trauergäste. Das Burgtheater-Ensemble war geschlossen angetreten, ebenso wie das Ensemble der Perchtoldsdorfer Sommerfestspiele. Der Lobinger war natürlich auch da, er hatte einen der vordersten Plätze in der Aufbahrungshalle ergattert. In der Poleposition saß die Renate. Daneben standen – so unauffällig wie möglich – zwei Polizisten in Zivil. So viel Würde hatte man der Renate also gelassen. Die Charlotte hatte eigentlich damit gerechnet, dass sie von Beamten in Uniform bewacht würde.

Wenigstens die Aufmachung der Witwe entsprach den Vorstellungen des toten Norbert Obermayer. Nicht einmal der schwarze Schleier fehlte. Statt des Kardinals sprach allerdings ein einfacher Pfarrer die salbungsvollen letzten Worte.

Die Charlotte und die Andrea hatten es nicht mehr geschafft, einen Sitzplatz in der Aufbahrungshalle zu ergattern. Nach einem schnellen Kreuzzeichen und kurzen Gebet vor dem Sarg des Obermayer mussten sie sich mit Dutzenden anderer damit begnügen, vor der Halle zu warten. Immerhin wurde das Gesäusel des Pfarrers via Lautsprecher nach draußen übertragen. Im Hintergrund glaubte die Charlotte immer wieder ein Schluchzen zu hören. Das konnte eigentlich nur die Renate sein.

Nach einer halben Stunde kam Bewegung in die Menge vor der Aufbahrungshalle, sie teilte sich wie einst das Rote Meer vor Moses. Die Sargträger trugen die menschlichen Überreste von Norbert Obermayer aus der Halle. Zum Erstaunen der Charlotte war einer der Sargträger der Valentin Lobinger. Damit hatte sie nun wirklich nicht gerechnet. Vor allem nicht damit, dass seine Augen rot unterlaufen waren. Waren es seine Schluchzer gewesen, die man zuvor im Hintergrund gehört hatte? Die anderen drei Sargträger kannte sie nicht. Der Kleidung nach zu urteilen, waren sie aber Freunde oder Kollegen vom Obermayer. Dahinter schritten die offiziellen Mitarbeiter der Wiener Bestattungsgesellschaft, voll bepackt mit Kränzen und Blumensträußen, gefolgt vom Pfarrer und der Witwe. Hinter der Renate gingen die beiden Zivilpolizisten. Der Leichenzug bewegte sich in Richtung der Ehrengräber, wo bereits die letzte Ruhestätte für den Obermayer ausgehoben worden war. Dort wartete dann auch tatsächlich ein TV-Team auf den Trauerzug. Allerdings lediglich eines vom österreichischen Fernsehen, die internationalen TV-Stationen glänzten durch Abwesenheit. Der Pfarrer positionierte sich neben dem bereits ausgehobenen, aber noch leeren Grab, die Renate blieb davor stehen, die beiden Beamten im Nacken. Die Trauergäste drängten sich auf den Wegen und kleinen Plätzen rund um das Grab des Obermayer. Als man den Sarg endlich hinabließ, wurden Dutzende Taschentücher gezückt. Einer der beiden Zivilbeamten musste die Renate stützen, damit sie nicht umkippte.

Die Charlotte beobachtete, wie die unzähligen Trauergäste am offenen Grab vorbeipilgerten. Jeder durfte ein Schäufelchen Erde auf den Sarg werfen, viele der weiblichen Trauergäste hatten Rosen mitgebracht, um sie dem Obermayer mit auf den letzten Weg zu geben. Die Charlotte wollte gar nicht wissen, mit wie vielen von denen der Norbert ein Gspusi gehabt hatte. Sie glaubte es aber daran zu erkennen, wie herzlich oder distanziert diese Frauen der Renate kondolierten. Ein Großteil von ihnen schüttelte der Renate lediglich kurz die Hand, murmelte etwas, ohne Augenkontakt aufzunehmen, und verschwand dann rasch in den Weiten des Zentralfriedhofs.

Besonders eisig fiel das Kondolieren bei der Nora Gruber aus. Die Charlotte erkannte die ursprüngliche Erstbesetzung der Titania, weil sie die Gruber gegoogelt hatte. Jetzt, wo sie sie das erste Mal in natura sah, verstand sie auch ihren Spitznamen »Tittania«. Es war tatsächlich ein beeindruckender Vorbau, den sie der Renate da entgegenstreckte. Insgeheim hätte die

Charlotte einen Karton ihres Schüttelweins gewettet, dass die üppige Brust nicht naturgegeben war.

Die Renate warf der Gruber einen kühlen Blick zu und zog die Hand noch vor dem Handschlag zurück. Die Gruber schüttelte den Kopf, lächelte abfällig und marschierte wortlos an der Renate vorbei. Dann hakte sie sich bei einem Mann ein, den die Charlotte sofort erkannte. Es war ebenjener Kabarettist, der in Mariastetten den Intendanten gab.

Mit Kennerblick erkannte die Charlotte, dass es sich hier um mehr als ein rein freundschaftliches Einhängen handelte. Die Nora schien der Renate in Kaltblütigkeit um nichts nachzustehen. Statt einfach nur in Perchtoldsdorf mit dem Star zu schlafen, hatte sie sich in Mariastetten gleich den Boss der Festspiele geschnappt. Damit konnte die Charlotte die Nora als potenzielle Verdächtige wohl streichen. Die hatte, nachdem sie den Arbeitgeber gewechselt hatte, garantiert kein Interesse mehr am Obermayer gehabt.

Als Nächster kondolierte der Renate ein schmalbrüstiger Bursche, der der Charlotte bekannt vorkam. Aber es standen noch zu viele Leute zwischen ihr und der Renate, um einen genaueren Blick auf ihn zu erhaschen. Die Charlotte stellte sich auf die Zehenspitzen. Jetzt konnte sie sein Gesicht von der Seite sehen. Nasenring, Lippenring, spitzer Haaransatz und dazu ein gehetzter Gesichtsausdruck, der verriet, dass er sich hier alles andere als wohlfühlte. Ja, das war der Bursche, den sie am Premierenabend an ihrem Weinstand bedient hatte. Nur wenige Minuten, bevor der Norbert Obermayer ums Leben gekommen war. Konnte das wirklich Zufall sein? Die Charlotte glaubte nicht daran. Aber sie hatte keine Möglichkeit, an den wartenden Trauergästen vorbeizukommen. Es war zu eng; sich vorzudrängen war nicht angesagt, und sie konnte auch schlecht über die angrenzenden Gräber springen, um schneller nach vorne zu kommen. Als die Charlotte endlich bei der Renate ankam, war von dem Burschen nichts mehr zu sehen. Verzweifelt schaute sie nach links und rechts, aber er war wie vom Erdboden verschluckt. Hinter ihr begannen die restlichen Trauergäste zu zischeln, weil die Charlotte alles aufhielt. Die Andrea drückte ihr sanft die Hand in den Rücken und flüsterte ihr zu, sie solle doch bitte weitermachen.

Erstmals seit der Verhaftung stand sie der Renate wieder Auge in Auge gegenüber. Und wusste absolut nicht, was sie sagen sollte. Kondolieren kam ihr nicht in den Sinn, das hatte sie ja schon mehrmals gemacht. Sie hatte das Gefühl, dass sie in der letzten Woche mehr Zeit mit der Renate als mit der Andrea verbracht hatte.

Die Witwe starrte sie erwartungsvoll an, ihr Make-up war von der ganzen Heulerei völlig verschmiert. Die letzte Nacht schien nicht leicht für sie gewesen zu sein, denn ihre Augen waren von schwarzen Ringen umrahmt. Wieder zischelte es im Hintergrund. Hinter der Charlotte warteten sicher noch fünfzig Leute darauf, der Renate ihr Beileid auszusprechen. Die übernahm jetzt die Initiative und zog die planlose Charlotte in eine innige Umarmung. Der Mund der Charlotte landete neben dem linken Ohr der Renate, und sie flüsterte das Erstbeste, was ihr in den Sinn kam, nämlich:»Wieso, verdammt noch mal, hast du mir nichts von deinem Streit mit der Midlener im Unterwäschegeschäft erzählt?«

Die Witwe verkrampfte, ihre Umarmung wurde spürbar stärker.»Bitte, Charlotte …«, flüsterte sie, und die Charlotte merkte, wie der Renate neue Tränen aus den Augen liefen. Diesmal direkt auf die Wange der Charlotte.

Die war jetzt richtig wütend, auch wenn ihr bewusst war, dass dies der denkbar ungünstigste Zeitpunkt dafür war. Aber sie konnte einfach nicht anders. Sie zischte:»Nein, wirklich! Wie soll ich dir noch vertrauen können, wenn du mir so etwas Wichtiges verschweigst? Wenn ich das herausgefunden habe, wird das der Polizei genauso gelingen. Dann haben sie ihr Motiv für den Midlener-Mord, und die Scheiße ist richtig am Dampfen. Herrgott noch mal!«

»Ich, ich … ich hatte Panik. Ich wollte mich nicht selbst noch tiefer in die Bredouille reiten. Kannst du das verstehen?« Die Charlotte nickte unmerkbar. In der Zwischenzeit gab es im Hintergrund laute Unmutsäußerungen wegen der Verzögerung. Das war der Charlotte völlig egal, den beiden Zivilbeamten hingegen nicht. Einer trat vor und versuchte, die Charlotte mit sanftem Nachdruck von der Renate zu trennen. »Ich war's nicht. Wirklich. Du musst mir einfach glauben, Charlotte«, konnte die ihr gerade noch verzweifelt zuflüstern, ehe die Charlotte dem Druck der Polizisten nachgeben musste. Sie fühlte sich ein bisschen wie in einem dieser Filme, wo an Bahnhöfen ganz furchtbar tragische Abschiede passieren. Wo die beiden Liebenden sich ums Arschlecken verpassen. Wo der Zug gerade aus der Station dampft und sich nur noch die Finger der Lover durch ein geöffnetes Fenster kurz berühren können.

Also nicht, dass die Charlotte jetzt doch irgendwelche erotischen Gefühle für die Renate gehegt hätte. Aber die Trennung war ähnlich schmerzlich. Sie beobachtete noch, wie auch die Andrea die Renate kurz und innig umarmte, ihr ein paarmal mitfühlend über den Rücken streichelte und sich dann artig weiterbewegte.

Die Charlotte war noch immer wütend, als sich die beiden vom Obermayer-Grab entfernten. Jetzt aber mehr auf sich selbst. »Verdammt, ich wollte sie doch noch fragen, wer der Bursche vorhin war. Ob sie den gekannt hat. Und jetzt komme ich nicht mehr an sie ran.«

»Welcher Bursche?«, fragte die Andrea. Von dem hatte die Charlotte damals, nach dem Obermayer-Mord, nämlich nichts erzählt. Den hatte sie in der ganzen Hektik total vergessen gehabt. Erst als sie ihn jetzt beim Begräbnis wiedersah, war ihr die befremdliche Begegnung wieder ins Gedächtnis geschossen.

Deshalb kramte sie in ihrer Erinnerung herum und erzählte der Andrea, wie eigenartig sich der Bursche am Premierenabend benommen hatte. Damals hatte sie den Eindruck gehabt, er habe sich nur etwas zu trinken bestellt, um zur Beruhigung etwas in der Hand zu haben, und nicht, weil er durstig war.

»Hm, und jetzt taucht er beim Begräbnis vom Obermayer wieder auf«, meinte die Andrea. »Vielleicht ein unehelicher Sohn?«

»Das hätte die Renate wohl erwähnt«, erwiderte die Charlotte. »Wenn sie von ihm wusste. Ist es wirklich unvorstellbar, dass der Obermayer nicht noch mehr Geheimnisse vor ihr hatte?«

»Denkbar ist das natürlich. Das würde unter Umständen auch seine Schulden erklären. Aber nein«, sagte die Charlotte enttäuscht, »die Renate hat mir ja gleich am ersten Abend erzählt, dass der Norbert unfruchtbar war. Das fällt also aus.«

»Ganz sicher? Kann es nicht ein ›Glücksschuss‹ gewesen sein?«

Die Charlotte dachte nach. »Ich bin kein Arzt. Aber ich gehe mal davon aus, dass er wirklich keine Kinder zeugen konnte. Die Renate hat sicher keine Kosten und Mühen gescheut, um das überprüfen zu lassen. Fehler sind wohl nie ausgeschlossen, aber es würde mich schon sehr wundern. Das wäre vielleicht eine Chance von eins zu einer Million.«

»Aber nicht völlig ausgeschlossen«, beharrte die Andrea.

»Ich werd's dem Leo mal sagen, vielleicht können sie ja in diese Richtung ermitteln. Mach dir da aber keine zu großen Hoffnungen.«

Die Kondolenzschlange vor der Renate war inzwischen auf zwei Leute geschrumpft. Als auch diese beiden der Witwe ihr Beileid ausgesprochen hatten, stand die Renate allein am Grab. Die Zivilbeamten ließen ihr noch ein paar Momente, dann ging einer der beiden zu ihr, fasste sie sanft am Arm und führte sie in Richtung Ausgang. Die Charlotte und die Andrea folgten in angemessenem Abstand.

Der Rest des Trauerzugs hatte sich mittlerweile in alle Himmelsrichtungen verstreut. Offiziellen Leichenschmaus gab es ja keinen, nicht zuletzt aufgrund der juristischen Indisposition der Renate. Die Witwe hätte aber sowieso auf das traditionelle Verabschiedungsessen verzichtet. Das Burgtheater hatte noch zu einem improvisierten Mittagessen in den eigenen Räumlichkeiten geladen, aber selbst dieser Einladung kam nur gut ein Dutzend Schauspieler nach. Und selbst wenn die Renate nicht wegen Freiheitsentzugs indisponiert gewesen wäre, wäre sie dort nicht hingegangen.

Die Charlotte hegte jedoch keinen Zweifel, dass sich der große Rest noch ganz privat in den jeweiligen Stammlokalen traf, um auf den Norbert Obermayer anzustoßen und sich dabei über die Verhaftung der Renate das Maul zu zerreißen.

Als sie durch das Friedhofstor kamen, traf die Charlotte beinahe der Schlag. Sie musste nämlich mitansehen, wie ihr Auto abgeschleppt wurde. Der Abschleppwagen hatte das Auto bereits mit einer Seilwinde auf die Ladefläche gezogen.

Wutentbrannt fuhr sie den Fahrer an: »Was soll das denn? Sie sehen doch, dass das ein Lieferwagen ist. Ich habe sogar die Wagenkarte in der Windschutzscheibe liegen.«

Der Fahrer lächelte süffisant, schnippte seine Zigarette weg und meinte seelenruhig: »Gnä' Frau, lassen S' mich meinen Job machen. Und kaufen S' Ihnen eine Brille. Die Ladezone hier ist für Leichenwägen reserviert. Und Ihre Tschäsn schaut ma ned danach aus. Wenn S' si beschweren woin – bitte sche. Da vurn is de Polizeistation. Die hom uns den Auftrag erteut. Oiso, kusch, kusch, weg do. I muass a Auto wegbringa.«

Die Charlotte war baff und brachte kein Wort mehr heraus. »Er hat recht«, sagte dafür die Andrea, die nochmals die Parkverbotsschilder studiert hatte. »Kann ja passieren, dass man in der Eile was übersieht«, fuhr sie fort. »Schau her.«

»Haben sich denn jetzt alle gegen mich verschworen?« Aber die Charlotte schaute. Während sich der Abschleppwagen von dannen machte, las sie nochmals nach. Und tatsächlich stand da, dass ausschließlich Dienstfahrzeuge der Bestattung Wien vom Halte- und Parkverbot ausgenommen waren. Wütend blickte sie dem Abschleppwagen nach, der gerade auf die Simmeringer Hauptstraße eingebogen war und stadtauswärts fuhr. Immerhin war es nicht weit bis zum Abschleppplatz. Und sie hatte ja noch eine Hoffnung. Wozu hatte man einen Polizisten in der Familie? Vom Leo erntete sie aber nur schallendes Gelächter, als sie ihm über das Handy ihre Geschichte erzählt und gefragt hatte, was er denn für sie deichseln könnte.

»Gar nix, Cousinchen. Damit würde ich mich ja strafbar machen. Bei aller Liebe, aber das ist es mir nicht wert. Hättest dich halt ordentlich hingeparkt.«

»Pfft!«, schnaubte die Charlotte ins Telefon. »Freu dich auf deine nächste Rechnung, wenn du wieder mal bei mir versumperst.«

Der Leo wurde ernst. »Hör zu, Charlotte. Ich würde dir wirklich gerne helfen. Aber so einen Gefallen heb dir lieber mal für einen Zeitpunkt auf, wenn du ihn wirklich brauchst. Um dich jetzt von der Leine zu lassen, müsste ich mit den Kollegen in Simmering telefonieren, und die würden dann wieder einen Gefallen von mir haben wollen. Die müssten nämlich dann auch noch die Strafe aus dem Computer löschen und so weiter. Das steht sich echt nicht dafür. Du weißt doch selbst, wie das heutzutage ist. So schnell kannst gar nicht schauen, und schon hast du die schlechte Nachrede in der Presse. Natürlich sind die dreihundert Euro Strafe unangenehm, aber du kannst das doch sicher über deinen Betrieb abrechnen. Also stell dich jetzt mal nicht so an.«

»Der Leo hat recht«, flüsterte die Andrea ihr zu.« Sie hatte ihr Ohr ebenfalls am Handy gehabt und alles mitgehört.

Die Charlotte gab sich geschlagen. »Okay, okay, dann zahl ich die Strafe halt. Was anderes«, wechselte sie das Thema, »ich habe da beim Begräbnis einen Burschen gesehen …« Und dann erzählte sie dem Leo von ihrer eigenartigen Begegnung mit ihm beim Premierenabend-Mord am Obermayer und jetzt wieder beim Begräbnis. »Kannst du mal checken, ob es irgendwas zu einem unehelichen Sohn vom Obermayer gibt? Oder seine Krankenakten durchsehen? Die Renate war ja der Meinung, dass er unfruchtbar war.« Der Leo bedankte sich für den Hinweis und versprach, dass er einen Mitarbeiter darauf ansetzen würde. Dann legte er auf.

»Und wir zwei?«, fragte die Andrea schließlich.

»Wir gehen jetzt mal was essen. Ich verhungere fast und habe keine Lust, mich da gleich neben den Obermayer zu legen, nur weil ich nichts im Magen habe. Bis das Auto auf der Simmeringer Haide und abgeladen ist, dauert es eh noch eine Zeit. Vorher brauchen wir dort gar nicht auftauchen.«

Das Concordia-Schlössl war nicht weit entfernt. Es passte perfekt zum Zentralfriedhof. Im Gastgarten empfing eine übergroße Christusstatue die Gäste, über der Eingangstür zum Restaurant zeigte eine Uhr immer dieselbe Zeit an: fünf vor zwölf. »Spooky«, meinte die Andrea, die zum ersten Mal hier war. Die Charlotte nickte. »Passt doch zur Location. Der Tod und Wien – das gehört einfach zusammen. Außerdem ist das Essen echt akzeptabel.«

Sie suchten sich einen schattigen Platz im Gastgarten. Nach eingehendem Studium der Speisekarte entschieden sich beide für ein Venezia-Schnitzel. Das kam eine Viertelstunde später in einer Parmesankruste daher und schmeckte tatsächlich vorzüglich. Dazu ließ man sich einen einfachen Grünen Veltliner kredenzen. Wäre da nur nicht das abgeschleppte Auto gewesen. Und der Mord an der Midlener. Und der Mord am Obermayer. Und der geheimnisvolle junge Mann. Ja, dann wäre das schon ein ziemlich perfekter Tag gewesen. So wusste die Charlotte aber trotz des wunderbaren Wetters und der Tatsache, dass es ihr persönlich hervorragend ging, weder ein noch aus.

Eineinhalb Stunden später ließen sie sich ein Taxi rufen und raus zum notorisch verschrienen Abschleppplatz auf der Simmeringer Haide kutschieren. Der Taxifahrer sah sich bemüßigt, ein paar blöde Sprüche abzulassen (»Zu lange geparkt? Wart ihr schon Probe liegen?« und Ähnliches). Die Laune der Charlotte verschlechterte sich mit jedem Kilometer, den sie sich ihrer Destination näherten. Es war einzig der Andrea und ihrer Gelassenheit zu verdanken, dass die Charlotte dem Taxifahrer nicht eine auflegte. Stattdessen gab sie ihr einen langen, innigen Kuss, bei dem die Augen des Taxifahrers im Rückspiegel immer größer wurden. »Nicht schauen, fahren«, hauchte ihm die Andrea in einer kurzen Pause zu, woraufhin der Fahrer etwas Unverständliches grummelte. Gut, immerhin durfte er sich dann über exakt null Cent Trinkgeld freuen. Mit quietschenden Reifen ließ er die beiden vor dem Eingang zur »Abschleppgruppe der MA48«, wie der exklusive Luxusparkplatz für falsch abgestellte Fahrzeuge offiziell hieß, stehen, streckte ihnen durchs offene Fenster den Mittelfinger entgegen und schrie: »G'schissene Lesben!« Dann war er endlich fort.

Die beiden standen mitten in der Pampa. Vor ihnen ein riesiger, eingezäunter Parkplatz, der aber nur durch das Verwaltungsgebäude der MA48 zu erreichen war – nachdem man sein Auto ausgelöst hatte. Die beiden traten ein und begannen zu frösteln. Hier drinnen war die Klimaanlage auf gefühlte zehn Grad eingestellt. Offenbar waren sie die einzige »Kundschaft«. Was aber nicht bedeutete, dass sie auch sofort an der Reihe waren. Der Beamte, durch eine Plexiglaswand von den zumeist wutentbrannten Kunden getrennt, deutete ohne aufzuschauen auf eine kleine Maschine an der gegenüberliegenden Wand. Dort zog die Charlotte eine Nummer. Es war die – wie passend – 48. Die Digitalanzeige über dem Kundenschalter zeigte die 47 an. Von der Kundschaft mit der Nummer 47 war aber weit und breit nichts zu sehen.

»Ich komme gleich wieder«, sagte die Charlotte zur Andrea, verschwand ins Freie und war nach kurzer Zeit wieder retour. Mit einem Karton Schüttelwein unterm Arm.

»Du willst doch nicht wirklich …«, meinte die Andrea mit zweifelndem Blick.

Die Charlotte war zu ihrem abgeschleppten Auto gegangen und hatte einen Karton von ihrem Schüttelwein geholt. Zum Auto zu gehen war möglich. Man bekam das abgeschleppte Fahrzeug nur nicht ohne Bezahlung aus dem Abschleppplatz raus.

»Doch, will ich. Wenn uns schon der Leo nicht helfen kann oder will, probiere ich es halt selbst.«

Der Beamte hinter der Plexiglasscheibe hatte davon bislang nichts mitbekommen. Er hatte die beiden wartenden Frauen nicht eines einzigen Blickes gewürdigt. Stattdessen blätterte er gelangweilt in einer kleinformatigen Zeitung und rauchte eine Zigarette nach der anderen. Das Rauchverbot in öffentlichen Gebäuden schien nicht für Beamte zu gelten. So ging die Warterei weiter. Nach einer halben Stunde erhob sich der Beamte, um einen protzigen Gürtel unter seiner stattlichen Wampe zurechtzuzurren. Die Charlotte wollte auch schon aufstehen. Nach einem strengen Blick des Beamten setzte sie sich aber wie eine Schülerin rasch wieder auf ihren Platz. Der Beamte öffnete eine Tür, schritt quer durch die Wartehalle und ging – auf die Toilette. Aus dieser tauchte er erst nach weiteren fünfzehn Minuten wieder auf, einen widerlichen Gestank hinter sich herziehend. Die Charlotte hatte zwischendurch schon überlegt, bei der MA48-Hotline anzurufen, um eine Vermisstenanzeige aufzugeben. Der Beamte ging ruhigen Schrittes an den beiden vorbei und verschwand wieder in seinem Kämmerchen. Dort drückte er sich einen Espresso aus der Kaffeemaschine, rauchte sich wieder eine an und blätterte zum gefühlt zwanzigsten Mal die Zeitung durch. Nochmals eine Viertelstunde später bequemte er sich schließlich, seinen Job zu tun. Es ertönte ein Klingelton, und die Digitalanzeige sprang endlich auf die 48 um.

»Zeit ist's geworden«, stöhnte die Andrea und folgte ihrer Freundin zum Schalter.

»Sie wünschen?«, fragte der Beamte gelangweilt.

»Ein halbes Kilo Faschiertes, bitte«, antwortete die Charlotte gereizt. Was sollten sie schon wünschen? Gab hier ja nix, außer dass man sein abgeschlepptes Auto abholen konnte. Der Beamte war aber überhaupt nicht zum Scherzen aufgelegt und hatte anscheinend auch noch nie »Muttertag« gesehen.

»Setzen!«, keifte er durch das Plexiglas und wandte sich mit seinem Drehsessel provokant von den beiden ab.

»Gut gemacht«, raunte die Andrea der Charlotte genervt zu.

»Ach geh!«, raunte diese zurück. »Entschuldigen Sie, Herr …«, die Charlotte suchte irgendwo nach einem Namensschild und fand dieses auf Augenhöhe neben der Plexiglasscheibe, »… Svoboda. Es tut mir leid. War heute schon ein langer Tag. Ich wollte Sie nicht verarschen. Wirklich nicht. Ich will nur mein Auto auslösen.« Weil der Herr Svoboda noch immer beleidigt in die andere Richtung schaute, konnte er auch nicht sehen, wie die Charlotte dabei ihre Finger überkreuzte und die Andrea daneben blöde Grimassen schnitt.

Nach einer gefühlten Ewigkeit drehte sich der Herr Svoboda doch wieder zu den beiden um. »Ihr Auto auslösen, aha!« Gut, der große Kommunikator war der Svoboda vermutlich von Haus aus nicht. »Na, dann lassen S' mal sehen.«

Die Charlotte zückte ihren Zulassungsschein und schob ihn durch das kleine Kundenfenster am Schalter. Der Herr Svoboda kassierte ihn ein und begann, mit überraschend flinken Wurstfingern seinen Computer zu bedienen. »Aha«, stellte er schließlich fest, »am Zentralfriedhof falsch geparkt. Sehr gescheit.« Die Charlotte verdrehte die Augen. Das hatte ihr noch gefehlt – Belehrungen von einem überheblichen und stinkfaulen Beamten. Diesmal behielt sie aber die Nerven und säuselte extrafreundlich: »Aber gehen S'. Kann ja jedem mal passieren. Außerdem kann ich Ihnen das genau erklären.«

»Na, da bin ich mal gespannt«, antwortete der Herr Svoboda und lehnte sich genüsslich in seinem Stuhl zurück. Der knarrte und krachte bedenklich. Die Charlotte ersparte sich dazu jeden Kommentar.

»Ich habe nur gesehen, dass es eine Lieferzone war, und ich musste ja was liefern.«

»Wirklich? Auf den Friedhof? Sind Sie Blumenhändlerin, oder was?«, fragte der Herr Svoboda spöttisch.

»Nein?«, antwortete die Charlotte langsam. »Aber vielleicht wollen Sie ja selbst mal schauen, was ich so zu liefern habe. Ich hätte da eine Kostprobe für Sie. Vielleicht verstehen Sie mein Dilemma dann besser, und vielleicht lässt sich dann auch noch was mit der Strafe tun?«

Der Herr Svoboda musterte die Charlotte mit einem sehr, sehr langen Blick. Die zappelte ungeduldig von einem Bein aufs andere und klopfte mit ihren Fingern zum besseren Verständnis auf den Karton mit ihrem Schüttelwein. Endlich stand der Beamte auf. Er öffnete die Tür zu seinem Kämmerchen. Pflichtbewusst trabte die Charlotte mit dem Schaumweinkarton zu ihm. Mit einem Grunzer übernahm der Herr Svoboda den Karton und knallte der Charlotte die Tür vor der Nase zu. Damit hatte sie gerechnet. Es war eher unwahrscheinlich, dass er sie auf ein Pläuschchen – und um die Strafe aus dem Computer verschwinden zu lassen – zu sich ins Kämmerchen einladen würde.

Der Beamte ließ sich in seinen Sessel fallen und begann wieder, am Computer zu tippen. Nach ein paar Momenten drückte er mit finalem Nachdruck auf die Eingabetaste, und ein paar Sekunden später begann der Drucker zu arbeiten. Der Herr Svoboda entriss dem Gerät zwei Blatt Papier, heftete diese mit einer Klammer zusammen und schob sie der Charlotte über den Schalter zu.

»Macht zweihundertvierundsiebzig Euro, gnä' Frau.«

Die Charlotte fiel aus allen Wolken. Was war das denn jetzt? Der Typ hatte doch gerade anstandslos den Bestechungswein angenommen. »Aber, aber …«, stammelte sie völlig fassungslos.

»Aber was?«, fragte der Herr Sovoboda scheißfreundlich.

»Der Wein!«

»Welcher Wein?«

»Na der, den Sie gerade genommen haben. Einen ganzen Karton voll.«

Der Herr Svoboda blickte sich theatralisch um und schüttelte schließlich den Kopf. »Ich weiß wirklich nicht, wovon Sie sprechen, gnä’ Frau.«

In der Charlotte stieg der Wutpegel rasant. »Dann schauen S’ doch zu Ihren Füßen runter«, brüllte sie durch die Plexiglasscheibe. »Dort haben S’ den Karton gerade hingelegt!«

Artig schaute der Beamte zu seinen Füßen. Feixend meinte er: »Tut mir leid, gnä’ Frau, da ist kein Karton. Zahlen Sie bar oder mit Karte?«

»Ich zahl gar nicht! Sie haben meine Bezahlung ja schon angenommen, Sie verstockter Ar–« Gerade noch rechtzeitig hielt ihr die Andrea den Mund zu. »Komm, Charly, bezahl einfach. Es hat doch keinen Sinn.«

»Da hat Ihre Begleiterin recht«, mischte sich der Herr Svoboda ein.

»Hören Sie mir mal zu, Herr Svoboda. Ich werde Sie anzeigen. Wegen verbotener Geschenkannahme.«

»Wirklich?«, fragte der Angesprochene interessiert. »Das heißt, Sie erstatten auch gleich Selbstanzeige, weil Sie versucht haben, einen Beamten zu bestechen? Und ich betone ›versucht‹, denn ich habe natürlich nichts angenommen.«

Darauf fiel der Charlotte nichts mehr ein außer: »Ich zahle mit Kreditkarte.«

Zwanzig Minuten später saßen sie endlich wieder in ihrem Auto und konnten den Heimweg antreten. Der erwies sich, passend zum Rest des Nachmittags, als extrem mühsam, denn ein Unfall hatte, wie fast schon üblich, die Südosttangente just zur Stoßzeit lahmgelegt. Statt einer halben Stunde brauchten sie diesmal zwei Stunden, bis sie endlich daheim waren.

15

Dort erwartete sie dann immerhin die erste positive Überraschung des Tages. Im Hof wurden die beiden vom Herrn Papa nämlich mit einem breiten Grinsen empfangen. Die Dämmerung war schon hereingebrochen, als er die Charlotte an der linken und die Andrea an der rechten Hand durch den Hof zur Wiese schleppte. Die Charlotte glaubte ihren Augen nicht zu trauen: Die Leinwand fürs Public Viewing stand bereits! Die Eventagentur hatte ganze Arbeit geleistet. Das Podest für die Leinwand war einen Tag früher als geplant geliefert worden, und somit stand einer erfolgreichen Übertragung des EM-Finales nichts mehr im Weg. Was ein schlechtes Gewissen nicht alles möglich machte …

»Cool, oder?«, schmunzelte der Herr Papa.

»Cool? Wie sprichst du denn?« Die Charlotte lachte und boxte ihn sanft mit der Faust in die Seite.

»Ich gehe halt mit der Zeit! Die Arbeiter sind heute Mittag ohne Vorankündigung aufgetaucht und haben den ganzen Nachmittag durchgearbeitet. Die haben nicht eine einzige Pause gemacht, bis alles fertig war. Deine Mama hat sie am Ende auf eine gscheite Brettljause eingeladen. Du kannst dir nicht vorstellen, wie die armen Teufel reingehaut haben.«

»Und da habt ihr mich gar nicht angerufen?«

»Nein, wir wollten dich nicht stören. Wäre ja peinlich, wenn bei einem Begräbnis auf einmal das Telefon läutet. Außerdem wollten wir dir die Überraschung nicht verderben.«

»Das ist euch gelungen. Hat dir auch jemand erklärt, wie das Zeug funktioniert?«

Der Papa schüttelte den Kopf. »Nein, aber es soll heute Abend noch jemand von der Agentur vorbeikommen, der uns in die technischen Geheimnisse einweiht.«

»Dann ist es ja gut. Vielleicht können wir auch gleich Probe schauen. Ich hab heute sowieso keine Lust, bei den Festspielen zu arbeiten.«

Der Herr Papa nickte. »Kein Problem. Nachdem ihr so lange unterwegs wart, hat das die Flora bereits in die Hand genommen. Sie will den Luca gleich mal ins Familiengeschäft einweihen. Hat sie gesagt …«

»Die Kleine ist schon ein Heuler«, stellte die Charlotte mit unüberhörbarem Stolz fest. »Manchmal ist sie zwar ein bisschen nervig, aber aus der wird noch mal was.« Damit nahm sie die Andrea bei der Hand, und gemeinsam verschwanden sie in ihrem Wohntrakt. Endlich raus aus den Begräbnisklamotten! Die Charlotte schlüpfte in Jeans mit kunstvoll platzierten Löchern und Rissen und ein altes, ausgebleichtes Soundgarden-T-Shirt, während die Andrea nach dem ganzen Tag im Hosenanzug ein leichtes Sommerkleidchen bevorzugte. In der Küche gönnten sie sich einen kleinen Snack, auf ein üppiges Abendessen hatten sie nach diesem Tag wirklich keine Lust mehr.

Gegen acht Uhr konnte man das Knirschen der Kieseinfahrt hören, und ein Mini Cooper im Branding der Eventagentur parkte sich vor dem Weingut ein. »Na dann!«, sagte die Charlotte und ging zum Einfahrtstor, um den Mitarbeiter zu begrüßen, der sie in die Geheimnisse der gemieteten Public-Viewing-Anlage einweihen sollte.

Der Mitarbeiter entpuppte sich als Mitarbeiterin, eine Dame, mit der die Charlotte bislang nichts zu tun gehabt hatte. »Ingrid!«, stellte sich die Eventlerin vor und begrüßte die Charlotte und die Andrea mit Wangenküsschen, was die beiden verwunderte. Immerhin hatte man sich zuvor nie gesehen.

»Wollen wir?«, fragte Ingrid voller Tatendrang. Ohne auf eine Antwort zu warten, marschierte sie durchs Tor. Der Charlotte blieb nichts anderes übrig, als hinterherzuhecheln.

»Die ist mir ein bisschen zu motiviert«, raunte die Andrea der Charlotte zu, konnte der Eventlerin aber auch nur folgen. Die schritt munter voran. »Dort?«, fragte sie und zeigte auf das zweite Tor, das zur Wiese hinter dem Weingut führte.

Die Charlotte nickte und nützte das kurze Innehalten, um die Ingrid zu überholen. Sie war hier die Hausherrin und würde so einer Agentur-Fluffi nicht hinterherrennen. Ganz. Sicher. Nicht. Sie stemmte sich gegen das schwere, mit Eisen beschlagene Holztor, bis es endlich nachgab und nach außen aufschwang.

»Hervorragend«, konstatierte die Ingrid beim Anblick der Leinwand. Dann warf sie sich vor der Charlotte auf die Knie. Die Andrea schaute ihre Freundin an und deutete mit kreisendem Zeigefinger einen Vogel an. Die Ingrid kroch zum Holzpodest, tastete mit den Händen darunter herum und sagte schließlich enthusiastisch: »Da bist du ja!« Sie zog kräftig an, und im nächsten Moment flutschte ein schwarz-silberner Kasten unter dem Podest hervor. Das Gerät erinnerte die Andrea ein wenig an die Technikboxen, die alle paar Wochen für Clubkonzerte im U4 angeschleppt wurden. Und damit lag sie auch gar nicht so falsch. Ein gutes Stück kleiner war es halt.

»Das ist unsere Wunderbox«, erklärte die Ingrid stolz, nachdem sie wieder aufgestanden war. »Da ist alles drin, was ihr für die Bedienung braucht.«

»Verkabelung?«, fragte die Charlotte.

»Kinderkram«, antwortete die Ingrid. »Für euch sind genau zwei Kabel von Interesse. Eines für den Strom für unsere Wunderbox und eines für den Beamer.« Dabei zeigte sie auf ein Kästchen oberhalb des Tors, das die Charlotte frappant an einen Diaprojektor aus früheren Tagen erinnerte. Entweder hatte ihr Herr Papa nicht mitbekommen, dass sich die Handwerker am Nachmittag auch an der Fassade des Weinguts zu schaffen gemacht hatten, oder – und das nahm sie eher an – er hatte einfach darauf vergessen, es ihr gegenüber zu erwähnen. Egal, die Handwerker hatten sich alle Mühe gegeben und ein kleines Metallkästchen an die Fassade geschraubt, in dem der Beamer sicher untergebracht und auch vor Regen geschützt war. Sie vermutete, dass die Konstruktion mit Schrauben und Dübeln an der Wand angebracht war – nichts, was man nicht wieder schön verputzen konnte. Dennoch wollte sie sich das am nächsten Tag mal genauer anschauen. Währenddessen hatte die Ingrid die sogenannte Wunderbox geöffnet. Unter dem Deckel offenbarte sich eine Art Mischpult. Zum Glück waren für die Charlotte aber nur eine Handvoll Schalter wirklich wichtig. »Läuft alles via Bluetooth, ihr erspart euch also den ganzen Kabelsalat.« Aus einem Schlitz in der Außenwand der Box fingerte die Ingrid eine kleine, flache Fernbedienung hervor, drückte den Powerknopf, und sofort begann der Beamer zu summen. »Steckdose?«, fragte sie die Charlotte. Die deutete auf eine Klappe gleich neben dem Tor. Die Ingrid spulte ein paar Meter Kabel ab, die im unteren Teil der Wunderbox versteckt waren, und schloss sie am Strom an. Die weiteren Erklärungen, wie, wo und warum welche Schalter zu drücken seien, um endlich Fußball auf der großen Leinwand schauen zu können, dauerten keine drei Minuten. Die Agentur-Fluffi schaltete alles wieder aus. Dann forderte sie die Charlotte auf, das Gerät selbst zum Laufen zu bringen. Mit Hilfe der Andrea gelang es im zweiten Anlauf. Begeistert blickten die drei Frauen auf die Leinwand, auf der nun gerade das letzte Viertelfinalspiel der EM zwischen Italien und Belgien zu sehen war. Der Ton war ein bisschen gar laut eingestellt. Erschrocken flogen einige Vögel auf, die es sich in den Weinstöcken hinter dem Gut für die Nacht gemütlich gemacht hatten. Ein Fest für Puschkin und Frambi, die nur auf einen Fehler eines Vogels gewartet hatten. Die beiden Killerkatzen machten kurzen Prozess mit dem Federvieh und trabten dann mit je einem Vogel im Maul an den fassungslosen Menschen vorbei zurück in den Hof. Gut, fassungslos war nur die Ingrid. Die war als Städterin so einen Anblick nicht gewohnt. Die Charlotte war damit aufgewachsen und wusste ganz genau, was für Raubtiere die zwei Schmusekatzen in Wirklichkeit waren. Hastig drehte die Ingrid an einem Schalter, und die Lautstärke wurde auf ein akzeptables Maß zurückgefahren.

»Das wär's«, sagte sie schließlich. »Braucht ihr noch was von mir?« Die Charlotte schüttelte den Kopf und begleitete die Ingrid zurück zu ihrem Auto. Als die Event-Fluffi endlich außer Sichtweite war, trommelte die Charlotte die Familien Nöhrer und Bianchi im Hof zusammen. »Hat jemand Lust auf Fußball?«, fragte sie verschmitzt. »Italien müht sich gerade gegen Belgien. Ich könnte mir vorstellen, dass das hier ein oder zwei Leute interessiert.« Signore und Signora Bianchi hatten genug verstanden, um eifrig zu nicken und hinaus zur Leinwand zu eilen. Die Charlotte und die Andrea trugen drei Heurigenbänke hinaus, und schon saß die noch-nicht-ganz-verschwägerte Großfamilie einträchtig vor dem größten Fernseher, den man sich für daheim wünschen konnte. Die Nacht hatte sich inzwischen über Perchtoldsdorf gesenkt, und als die Italiener kurz vor Ende der ersten Spielhälfte den 1:0-Führungstreffer schossen, war das Glück perfekt. Der Herr Papa holte zwei Flaschen von Charlottes Schüttelwein, die die fünfzehnminütige Pause nicht überlebten. Zum Anpfiff der zweiten Spielhälfte bimmelte das Handy der Charlotte. Sie hatte eine Nachricht von ihrer Schwester bekommen. »Sieht echt geil aus«, hatte die Flora geschrieben. »Cool, dass ihr die Leinwand schon zum Laufen gebracht habt. Von hier unten wirkt es fast ein bisschen wie ein Autokino in einem alten Hollywoodschinken.« Daran hatte die Charlotte gar nicht gedacht. Durch die exponierte Lage des Weinguts war die hell erleuchtete Leinwand in den tiefer gelegenen Teilen Perchtoldsdorfs natürlich hervorragend zu sehen.

»Eh super«, meinte die Andrea. »Haben wir wenigstens gleich Gratiswerbung für die Veranstaltung am Sonntag!« Mit Nachdruck presste sie ihre Lippen auf die der Charlotte. Ihre Hände glitten über Charlottes Rücken bis hinunter zum Po, wo sie schließlich verweilten und sanft zu kneten begannen. »Du bist ja schon ganz hart«, atmete die Andrea zart ins Ohr der Charlotte. »Wohl kaum, dann wäre ich ja ein Mann«, erwiderte die halbherzig. Aber natürlich war sie wuschig und wünschte, es säße nicht ausgerechnet jetzt der Rest der Familie rund um sie herum. Zum Glück waren die aber eh vor ihnen. Die Charlotte und die Andrea hatten sich, wie in der Schule, auf die hinterste Bank verzogen.

»Doch, doch«, beharrte die Andrea und presste mit Daumen und Zeigefinger auf die harte Stelle an Charlottes Hintern. Jetzt fühlte es auch die Charlotte. Sie schob ihre Hand in die rechte Gesäßtasche und fischte den Glücksjeton vom Norbert Obermayer heraus. »Der war hart, nicht mein Arsch«, feixte sie. Dabei kam der Charlotte gleich eine Idee. »Was hältst du davon, wenn wir morgen Abend fein essen gehen?«

Die Augen der Andrea leuchteten. »Klar, immer. Wohin denn?«

»Ich hätte da zum Beispiel ans Casino in Baden gedacht«, erklärte die Charlotte mit einem Blitzen in den Augen.

»Schuft!«

»Schuftin, bitte schön!«

Am Ende besiegten die Italiener die Belgier glatt mit 4:1. Das bekamen die zwei Turteltauben aber nur am Rande mit, sie waren zu sehr mit sich selbst beschäftigt. Natürlich so, dass es der Rest der Familie nicht mitbekam. Der Herr Papa köpfte zur Feier des Abends noch zwei Flaschen vom teuersten Rotwein, den das Weingut Nöhrer zu bieten hatte. Es war eine alte Barrique-Abfüllung aus den siebziger Jahren.

»Übermorgen gönn ich euch den Sieg aber nicht mehr«, sagte der Herr Papa zum Signore Bianchi, als sie mit den Gläsern anstießen.

»Wieso denn das?«, wollte die Charlotte wissen.

»Weil Österreich dann gegen Italien im Halbfinale spielt. Da hört sich alle Freundschaft auf«, lachte der Herr Papa und leerte sein Glas in einem Zug. Die anderen ließen sich etwas mehr Zeit, aber gegen Mitternacht lagen alle in ihren Betten. Die Altvorderen ob des exzessiven Weinkonsums laut schnarchend, die Charlotte und die Andrea laut schnaufend. Das hatte aber nur partiell mit dem Alkoholgenuss zu tun. Dass die Flora mit dem Luca erst um drei in der Früh heimkam, merkte da niemand mehr.

Ein neuer Morgen, das gleiche alte Spiel: fetzblauer Himmel und drückende Hitze über Wien und Umgebung. Die Charlotte und die Andrea erwachten schweißgebadet. Schlaftrunken kuschelte sich die Charlotte an ihre Freundin, bis sie erschrocken hochfuhr: In der Einfahrt zum Weingut veranstaltete ein offensichtlich übergeschnappter Autofahrer ein Hupkonzert. Sie schlüpfte schnell in Bademantel und Schlapfen und eilte hinaus. Im Hof traf sie auf ihre Eltern, die, bereits in voller Montur, zur Einfahrt hetzten.

Ganz egal, wie viel Alkohol man am Vorabend auch getrunken hatte, um spätestens sieben Uhr wurde aufgestanden. Jeden Tag. Egal, ob unter der Woche, am Wochenende oder Feiertag. Sieben Uhr galt da eh schon als lang genug ausgeschlafen. Und jetzt war es immerhin bereits neun Uhr vormittags. Da hatten die Eltern der Charlotte bereits das Frühstück hinter sich und die ersten Arbeiten am Hof erledigt.

»Wer ist denn der Verrückte?«, fragte sich die Charlotte laut, bevor der Herr Papa das Einfahrtstor per Fernbedienung öffnete. Die großen Tore schwangen nach außen auf und gaben den Blick frei auf einen Herrn gehobenen Alters im lokalen Trachtenanzug. Alles inklusive, sogar der Hut und ein schmales Schnauzbärtchen. Sein Gesicht war knallrot, als er so neben seinem alten Jeep Wrangler stand und durch das offene Fahrerfenster immer noch mit der Hand auf die Hupe drückte.

»Ja, Herbert!«, rief der Herr Papa und konnte sich dabei ein breites Grinsen nicht verkneifen. »Was ist denn mit dir los? Was bist denn so rot im Gesicht?« Tatsächlich hatte der Herr Papa schon eine recht gute Ahnung, wieso der Herbert Zaitler so aufgebracht war.

»Was mit mir los ist, willst du wissen, Rudi?«, schnaubte der Zaitler empört. »Was mit mir los ist? Seids ihr eigentlich völlig übergeschnappt? Was für ein Monstrum habts ihr denn da mitten in die Weinberge gestellt?«

Der Herr Papa sah zur Charlotte, die pflichtbewusst vortrat. Sie sah den Zaitler lange an. Schließlich sagte sie: »Dieses Monstrum, wie Sie es nennen, ist unsere Public-Viewing-Leinwand, Herr Zaitler. Wie Ihnen nicht entgangen sein dürfte, findet am Sonntag das Finale der Fußball-EM statt, und das kann man sich bei uns mit einem guten Glas Wein auf ebendieser großen Leinwand ansehen.«

»Das geht aber nicht«, meinte der Zaitler. Er war inzwischen bis auf einen Meter zur Charlotte gekommen.

»Und wieso nicht, bitte schön?«

»Na, weil's halt so ist. So was hat's bei uns noch nie gegeben! Und was hat das überhaupt mit einem Heurigen zu tun? Außerdem verschandelts ihr die ganze Gegend damit!«

»Lieber Herr Zaitler«, antwortete die Charlotte, ging einen weiteren Schritt auf ihn zu und legte ihm beruhigend die Hand auf seinen vor Wut zitternden Arm, »wie Sie wissen, sind wir nicht nur ein Heuriger, wir sind auch ein Hotelbetrieb. Und Sie können beruhigt sein, die Veranstaltung ist bei der Behörde angemeldet.« Zornig entzog der Zaitler der Charlotte seinen Arm. Ihr ruhiger Ton machte ihn nur noch wütender. Was von der Charlotte auch durchaus so beabsichtigt war.

»Aber nicht beim Weinbauverein!«, brüllte er.

»Aber wohl«, konterte die Charlotte weiterhin seelenruhig. »Sie sollten vielleicht einmal Ihren E-Mail-Eingang kontrollieren. Ich habe Ihnen schon vor Wochen eine Mail zu meinem Vorhaben geschickt. Rein aus Höflichkeit natürlich, denn Sie können mir auf meinem Privatgrund gar nichts verbieten.«

Jetzt war der Zaitler baff. »Du, du …«, begann er, dann wurde er vom Rudi Nöhrer am Ellbogen geschnappt und in den Hof geführt. »Pass auf, Herbert, bevor du jetzt was zu meiner Tochter sagst, das dir nachher leidtut … Was hältst du von einem Kaffee?« Der Zaitler schüttelte den Kopf, ließ sich aber wie ein Kind abführen. »Einen Spritzer?« Da nickte der Zaitler, und der Herr Papa verschwand mit ihm in seiner Stammtischstube. Muttern hatte sich mittlerweile bei der Charlotte eingehakt. In aller Würde schlenderten die beiden Frauen so zurück in den Hof.

»Du weißt schon, dass du dir da einen großen Feind gemacht hast, Charlottchen?«, sagte die Mama.

Die Charlotte nickte zur Bestätigung. »Ja, das war mir klar. Aber ich lass mir doch von so einem verbohrten Hornochsen nicht mein Geschäft kaputtmachen. Er hat ja auch überhaupt kein Recht, mir das zu verbieten.«

»Aber er kann dir das Leben im Weinbauverein zur Hölle machen.«

»Mag sein, aber da setze ich erstens auf den Papa. Der wird den Zaitler schon wieder zur Räson bringen. Und zweitens habe ich die ganzen jungen Weinhauer auf meiner Seite. Sogar den Sohn vom Zaitler. Der ist selbst todunglücklich, weil sich sein Vater gegen alles stemmt, was irgendwie neu ist. Du weißt eh, dass die Jungen jetzt der Reihe nach die Betriebe ihrer Eltern übernehmen. Und damit auch deren Plätze im Weinbauverein. Die meisten wollen am Sonntag selbst bei uns vorbeischauen. Einige von ihnen haben auch schon gute Ideen, wie sie ihre Betriebe modernisieren wollen.«

»Das wird in den nächsten Jahren einen Krieg geben.«

»Krieg? Nein! Streit in manchen Familien? Ja, ganz sicher. Vielleicht ist der alte Zaitler deswegen so wütend. Der Robert und die Marianne würden auch gerne was Neues machen, aber er lässt die beiden nicht. Da gibt's sicher gewaltige Brösel deswegen. Aber überleg doch mal, wie das zu euren Zeiten war, als ihr von den Großeltern übernommen habt. Damals war ein Heuriger noch was anderes als das, was ihr daraus gemacht habt. Zu Zeiten vom Opa hat's ja noch nicht einmal ein warmes Buffet gegeben. Da haben sich die Leute teilweise ihr Essen sogar noch selbst mitgebracht. Ihr habt es dann aber geändert. Und es war die einzige Möglichkeit, zu überleben. Jetzt ist es nicht viel anders. Die Zeiten haben sich geändert. Wer sich nichts Neues einfallen lässt, der bleibt auf der Strecke. Schau doch nur, wie viele Betriebe bei uns im Ort in den letzten zehn Jahren zugesperrt haben.«

Die Mama tätschelte der Charlotte auf den Arm. Im Gegensatz zum Zaitler ließ sich die Charlotte das gefallen. »Du hast ja recht, meine Kleine. Ich meine nur, dass man das vielleicht etwas diplomatischer hätte lösen können.«

»Weißt du, Mama, bei manchen Leuten hilft nur eine Schocktherapie. Und da gehört der Zaitler dazu.«

Die beiden gingen in die Küche, wo die Mama eine Kanne Filterkaffee aufsetzte. In vielen Dingen gehörte sie selbst noch zu den »verbohrten Hornochsen«. Ein Kapselkaffee kam für sie zum Beispiel nicht in Frage. »Für dich auch?«, fragte sie.

Die Charlotte nickte und setzte sich an den Küchentisch.

»Wie läuft es eigentlich mit den Bianchis?«, wechselte die Charlotte das Thema.

»Ganz gut«, antwortete die Mama. »Der Luca ist ein echter Engel, egal, was du glaubst, dass er mit deiner Schwester so anstellt. Und die Eltern sind sehr feine Leute.«

»Ich meinte, geschäftlich«, entgegnete die Charlotte.

»Ach das«, sagte die Mama, während sie dem Kaffee zusah, wie er durch den Filter in die Kanne tropfte, »Ich glaube, dass dein Papa kurz vor dem Abschluss steht. Soweit ich das mitbekommen habe, will der Emanuele zur Probe mal zehntausend Flaschen ordern. Wenn sich die gut verkaufen, sollen wir nach und nach immer mehr liefern.«

Die Charlotte war beeindruckt. »Nicht schlecht. Wenn das wirklich hinhaut und der Signore die Bestellmenge erhöht, werden wir in Zukunft Wein zukaufen müssen. Sonst bleibt uns für die anderen Kunden und unseren Betrieb nicht mehr genug übrig.«

»Oder Rieden zukaufen oder zusätzlich pachten«, widersprach die Mama. »Wie du vorhin richtig festgestellt hast, sperren immer mehr Betriebe zu, und damit werden natürlich wieder Rieden frei. Wir sind zwar eh schon einer der größten

Betriebe im Ort, aber wenn das Geschäft tatsächlich so ansteigt, müssen wir expandieren. Nenn mich verzapft, aber von Weinzukaufen halte ich überhaupt nichts. Solange ich hier irgendwas zu sagen habe, wird es das nicht geben. Egal, wie stur du dich stellst. Wir verkaufen nur unseren eigenen Wein. Alles andere wäre Betrug. Punkt!«

»Schon gut, Mama, war ja nur so eine erste Idee. Ich bin ja auch dafür, selbst zu produzieren.«

»Zudem würdest du sonst dem Zaitler noch mehr Grund geben, auf dich angefressen zu sein. Und alles wird dein Papa nicht von dir fernhalten können. Irgendwann musst du dem Zaitler selbst die Stirn bieten.«

»Ich weiß, ich weiß. Wir werden das alles schon hinbekommen. Besser zu viel Geschäft als zu wenig.« Damit war die Unterhaltung im Großen und Ganzen beendet. Die Charlotte erklärte ihrer Mama noch, dass sie sich am Abend nicht um das Geschäft bei den Sommerfestspielen kümmern könne, weil sie mit der Andrea unterwegs sei. »Dann stell ich mich heute runter«, sagte Muttern entschieden. »Schadet mir eh nichts, wenn ich mal wieder rauskomme. Außerdem will ich nicht, dass die Flora jeden Abend unten den Laden schupft. Sie ist doch erst fünfzehn und soll ihre Zeit noch ein bisschen genießen.«

»Brauchst du eine Einschulung?«, wollte die Charlotte wissen, woraufhin ihr die Mama übers Kinn streichelte und sagte: »Süße, ich mag zwar vielleicht ein bisschen älter sein, aber einen Verkaufsstand schaffe ich im Schlaf. Ich habe das schon gemacht, da hast du im wahrsten Sinn des Wortes noch in die Windeln geschissen.« Die Charlotte umarmte ihre Mama und machte sich auf den Weg zurück in ihre Wohnung und zur Andrea.

Die war mittlerweile geduscht und für den Tag hergerichtet. In kurzen Worten erzählte die Charlotte, was im Hof mit dem Zaitler vorgefallen war, und fasste schnell ihre Pläne für den Tag zusammen. »Die Flora war so nett und hat schon vor

längerer Zeit Entwürfe für einen Flyer gebastelt. Schau mal.«
Die Charlotte fischte einen bunten Zettel aus einer Lade ihres
überquellenden Schreibtisches und zeigte ihn der Andrea.

»Ich wusste gar nicht, dass die Kleine so begabt mit Photo-
shop ist«, meinte die Andrea anerkennend.

»Die Kleine hat anscheinend noch mehr versteckte Qua-
litäten«, sagte die Charlotte stolz. »Meinst du, dass das so
passt?« Die Andrea betrachtete den Flyer-Entwurf nochmals
und nickte zustimmend. Die Charlotte machte sich rasch
fertig, dann fuhren die beiden zum nächsten Copyshop, um
von dem Flyer zweihundert Kopien machen zu lassen. Der
Ferialpraktikant im Copyshop war von der Idee des Public
Viewing total begeistert (»saucoole Geschichte«). Außerdem
war er ein Schulkollege der Flora, und es half, dass er bis über
beide Ohren in die kleine Nöhrer verknallt war. Er hoffte,
dass ihm ein wenig Hilfsbereitschaft vielleicht einen Bonus
bei ihr einbrachte. Den Luca hatte die Flora ihren Freunden
in der Schule bislang verheimlicht …

Den ersten Flyer hängten sie gleich bei ihm im Geschäft auf.
Den Rest wollten die Charlotte und die Andrea in diversen
anderen Betrieben in Perchtoldsdorf verteilen beziehungsweise plakatieren.

Ein Großteil der Geschäfte spielte bei der Idee auch gerne mit.
Die meisten kannten die Charlotte seit Kindertagen und waren
regelmäßige Besucher, wenn der Heurige ausgesteckt hatte.
Apropos Heurige: Dort verteilte die Charlotte ebenfalls ihre
Einladungen zum großen Fußball-Event in den Weinbergen.
Allerdings nur bei jenen Heurigen, mit deren Familien-Fort-
pflanz sie befreundet war. Den Zaitler-Heurigen ließ sie sicherheitshalber aus. Man musste den Armen ja nicht über Gebühr
provozieren. Er würde sowieso eine Herzattacke bekommen,
wenn er feststellte, dass sie im ganzen Ort für das von ihm so
überhaupt nicht goutierte Event Werbung machte.

Probleme gab es erst, als es ans Plakatieren ging. Aber wieso musste die Charlotte auch ausgerechnet neben dem Eingang zur Polizeistation ein Plakat aufhängen?

»Jetzt reicht's dann aber wirklich, Charlotte«, schnauzte ihr Cousin sie in der Wachstube an. Zuvor hatte ein Kollege den Flyer wieder entfernt und die beiden Frauen kurzerhand hopsgenommen. »Glaubst du, dir gehört der ganze Ort?«

»Wieso?«, fragte die Charlotte unschuldig.

»Na, rate mal, wer heute in der Früh schon da war, um sich über dich und deine depperte Leinwand zu beschweren.«

»Der Zaitler?«

»Bingo! Hat mir hier einen Baum aufgestellt, weil du so ein riesiges Leuchtdings mitten in die Weinberge gebaut hast.«

»Alles angemeldet und abgesegnet.«

»Ich weiß, aber das macht die Situation nur bedingt besser. Ich will gar nicht wissen, welche Hebel der Zaitler in Bewegung setzt, um dir das noch zu verbieten.«

»Was soll er schon groß tun? Sich beim Bürgermeister beschweren? Der hat in ein paar Monaten Wahl und will es sich mit den Jungen nicht verscherzen. Außerdem ist er als Ehrengast eingeladen. Um den Zaitler mach dir also keine Sorgen. Außerdem hat der Papa ihn sich am Vormittag zur Brust genommen.«

»Hat er?«

»Ja, der Zaitler ist ja auch bei uns reingekracht und hat geglaubt, er kann mich einschüchtern. Hat aber nicht funktioniert. Aber was anderes: Kannst du mir schon was über die Einkaufstour der Renate vom Tag des Midlener-Mords erzählen?«

Der Leo schlug theatralisch die Hände über dem Kopf zusammen. »Du lässt nicht locker, oder?«

»Niemals!« Die Charlotte grinste.

»Also gut. Soweit wir das aus den Bankomat- und Kreditkartendaten nachvollziehen können, war sie nur in dem Dessousgeschäft. Keine anderen Kontobewegungen. Meine Leute haben außerdem in jedem Shop nachgefragt, ob man sich an die Renate erinnern könne. Ohne Ergebnis. Aber auch kein Wunder, bei so vielen Kunden am Tag.«

»Also kein Alibi für die wahrscheinliche Zeit der Sabotage?«

Der Leo konnte nur den Kopf schütteln. Es tat ihm leid, eine Hoffnung seiner Cousine zerstören zu müssen, aber die Renate saß schlicht und ergreifend ganz tief in der Schei... Bredouille. Die Kreditkartenzahlung im Dessousgeschäft war bereits um die Mittagszeit gewesen, es wäre also genug Zeit geblieben, wieder zurück nach Perchtoldsdorf zu fahren und die Seile des Bühnenbetts zu manipulieren. Mehr als genug Zeit sogar.

Gesenkten Hauptes verließ die Charlotte mit der Andrea die Polizeistation.

»Und jetzt?«, fragte die Andrea.

»Na, was wohl, jetzt gehen wir weiterplakatieren!«, antwortete die Charlotte trotzig. »Glaubst du echt, ich lass mich vom Leo aufhalten? Wir müssen halt ein bisschen besser aufpassen.«

In den folgenden zwei Stunden wurden die beiden auf diese Art auch ihre letzten Flyer und Plakate los. Danach ging es zurück zum Weingut. Den Rest des Nachmittags verbrachten sie in aller Ruhe – die Andrea lesend, die Charlotte mit den geschäftlichen Belangen des Betriebs befasst. Als es zu dämmern begann, warfen sie sich in elegante Abendkleider, stiegen ins Auto und machten sich auf den Weg ins Casino nach Baden.

16

Die Ankunft beim Grand Casino Baden durfte man getrost als spektakulär bezeichnen. Das historische Gebäude gemahnte an die Kaiserzeit und galt als eines der Schmuckstücke der Kurstadt im Süden von Wien. Als die Charlotte ihr Auto die Auffahrt zum Casino hinaufsteuerte, hatte sich bereits die Nacht über die Stadt gelegt, und das Casino war in orangefarbenes Licht getaucht, das es golden erstrahlen ließ. Die Charlotte stellte den Wagen im gegenüberliegenden Parkhaus ab, dann gingen sie und die Andrea Hand in Hand in den großen Empfangsbereich des Casinos. In diesem stockkonservativen Ambiente sorgten zwei Händchen haltende Frauen natürlich für Aufsehen. Links und rechts wurde getuschelt, aber das störte die beiden nicht. So etwas waren sie gewohnt.

Garderobe hatten sie ob der hohen Temperaturen nicht abzugeben, also konnten sie gleich mit dem Aufzug ins obere Stockwerk fahren. Die Charlotte fühlte sich ein wenig geschmeichelt, als sie an der Abendkassa nach ihrem Ausweis gefragt wurde. Sah sie tatsächlich so jung aus, dass man ihr das notwendige Alter für einen Casinobesuch nicht abnahm?

»Sie sind wirklich sehr freundlich«, flötete sie den Kassier an. Der sah sie nur verständnislos an.

»Es tut mir leid, gnä’ Frau, aber wir müssen bei jedem Gast die Daten überprüfen. Es könnte ja sein, dass Sie – aus welchen Gründen auch immer – ein Spielverbot haben. Die Überprüfung des Alters ist nur ein Teil des Prozederes.« Das Gesicht der Charlotte erstarrte, hinter ihr kicherte die Andrea unverschämt. Der Kassier bemerkte seinen Fauxpas umgehend und versuchte, sich elegant aus der Situation zu schwindeln. »Nicht, dass ich das bei Ihnen glauben würde, *Fräulein* …«, er warf einen Blick auf ihren Führerschein, »… Nöhrer. Wie gesagt, es ist eine reine Routinemaßnahme, um die wir auch bei unseren Stammgästen nicht herumkommen.«

»Kommt es oft vor, dass Sie Gäste abweisen müssen? Wegen Spielverbots oder so?«

Der Kassier sah sie erneut etwas verwundert an, sagte aber schließlich: »Nein, nein. Nicht sehr oft. Aber, bitte verstehen Sie, das sind Dinge, über die ich eigentlich keine Auskunft geben darf. So, hier. Bitte schön.« Damit überreichte er der

Charlotte ihre Eintrittskarte und Jetons im Wert von dreißig Euro, die im Eintritt inkludiert waren.

Die Andrea musste das gleiche Prozedere über sich ergehen lassen, dann erst konnten die beiden – natürlich extraauffällig Händchen haltend – den Spielbereich betreten. Von allen Seiten drängten sich die Leute um eine Handvoll Roulettetische. Geradeaus ging es zur Bar und zu den Spielautomaten. An der Bar machte der ausladende Raum einen Knick nach rechts, und den beiden eröffnete sich der Bereich der Blackjacktische. Gleich dahinter lag ihr vorläufiges Ziel: der Restaurantbereich.

Am Empfang ließ die Charlotte den Restaurantmitarbeiter wissen, dass sie einen Tisch für zwei bestellt hatte. Sie nannte ihren Namen, und die beiden wurden durch einen weiteren, üppig ausgestatteten Speisesaal in den hintersten Raum des Restaurants geführt. Das war allerdings nicht despektierlich gemeint, denn dies war der prunkvollste Raum, er verfügte sogar über einen kleinen Springbrunnen. Das Licht war gedimmt, in das unablässige Getuschel der Gäste mischte sich das Geklimper eines Barpianisten. Die Charlotte ließ ihren Blick über die Nachbartische schweifen, sah aber niemanden, der ihr auch nur entfernt bekannt vorkam. Das war ihr nicht unrecht, schließlich war sie heute nicht zum Vergnügen hier (okay, ein bisschen schon), sondern weil sie zu ermitteln hatte. Wie sie das genau anstellen wollte – dafür hatte sie noch keinen Plan. Wenn der Kassier schon so verschwiegen war, würden die Croupiers wohl auch nicht auf Teufel komm raus losplappern. Aber: Kommt Zeit, kommt Rat. Jetzt würde sie erst mal das Essen genießen.

Ein Kellner kam mit zwei Menükarten an ihren Tisch. »Andi?«, sagte er erstaunt. Die Andrea schaute ihn an und ließ dann einen Tausend-Volt-Strahler über ihr Gesicht blitzen.

»Ja, Manni! Was machst du denn hier?«

»Na, wonach sieht dat hier aus?«, grinste der Mann in breitem Berliner Dialekt zurück.

»So ein Zufall, dass es dich hierher verschlagen hat«, stellte die Andrea fest, stand auf und gab ihm links und rechts ein Küsschen.

»Pscht! Nich hier!«, zischte der Manni verschämt. »Unser Chef sieht so etwas gar nicht gerne.«

»Okay, okay, das versteh ich.« Die Andrea nahm wieder Platz.

»Willst du mir nich deine Begleitung vorstellen?«

»Natürlich, sorry. Das ist die Charlotte«, antwortete die Andrea, »meine Freundin.« In der Charlotte flammte ein Anflug von Eifersucht auf. Sie schob eine Hand über den Tisch und ließ sie auf die der Andrea sinken, um gleich einmal die Besitzansprüche zu klären. Der Manni zwinkerte der Andrea wissend zu und verteilte dann die Menükarten. »Darf ich schon mal eure Getränkewünsche aufnehmen?«

Die Charlotte entschied sich für die »Weinbegleitung 3 Weine«, die Andrea mochte es etwas bodenständiger. Sie wählte aus der überraschend gut sortierten Craft-Beer-Karte ein Bier, von dem sie noch nie zuvor gehört hatte. Damit verschwand der Manni. Die Andrea musste dafür einen leidenden Blick der Charlotte ertragen.

»Ach, komm schon, Charly. Ich hatte halt auch ein Leben vor dir. Und du weißt, dass ich nicht immer nur mit Frauen rumgemacht habe. Den Manni habe ich auf der Uni kennengelernt. Dann hatten wir ein paar Wochen was und fertig. Er war damals gerade frisch aus Deutschland runtergekommen und hat Anschluss gesucht. Und schnuckelig ist er ja.«

»Wenn du meinst«, sagte die Charlotte beleidigt. Die Andrea nahm sanft ihre Hand und massierte mit dem Daumen Charlottes Handrücken. »Hey, Charly. Das war einmal. Du musst dir keine Sorgen machen.«

»Hab ich bis jetzt auch nicht, aber …«

»Aber?«

»Aber als ich gesehen habe, wie du ihn angestrahlt hast … da hatte ich das Gefühl, dass ich dir vielleicht nicht alles geben kann, was du willst und brauchst.«

»Zum Beispiel?«

»Einen Schwanz?«

Daraufhin musste die Andrea lauthals lachen. So laut, dass von den Tischen rundherum indignierte Blicke wie tödliche Messer zu ihnen rübergeworfen wurden. »Da kann ich dich beruhigen. Der ist mir noch nicht abgegangen. Zumindest keiner aus Fleisch. Was ich brauche, kannst du mir bieten. Also mach dir bitte keine Sorgen.« Die Andrea pfiff auf die Reaktionen der anderen Gäste, schob den Kerzenhalter zur Seite, beugte sich über den Tisch und küsste die Charlotte lang und innig. »Außerdem«, hauchte sie zum Abschluss, »kann uns der Manni heute vielleicht noch behilflich sein. Deshalb war ich so scheißfreundlich zu ihm.«

Wenn man von der Sonne sprach ... Der Manni kam bereits mit den bestellten Getränken zurück. »In einer Stunde hab ick Pause, dann können wir ja ein bisschen plaudern«, flüsterte er, während er Wein und Bier einschenkte.

»Klingt gut«, sagte die Andrea, die Charlotte nickte eifrig. Dann schickten sie den Manni wieder weg, denn sie waren noch nicht dazu gekommen, die Karte zu studieren. Die Charlotte entschied sich schließlich für ein Menü aus Carpaccio, Kartoffelschaumsuppe, Gnocchi mit gegrillten Crevetten und einem Mango-Kokos-Törtchen als Nachspeise. Der Andrea war mehr nach mit Speck ummanteltem Ziegenkäse, einer kräftigen Ochsenschwanz-Consommé, Lachsfilet vom Grill und Vanille-Pannacotta. Die Speisen wurden zügig serviert, alles schmeckte hervorragend, sodass sie nach einer Stunde die Rechnung begleichen und dem Manni »backstage« folgen konnten.

Er führte sie unauffällig hinter einen schweren Stoffvorhang, der den Eingang zum Personalbereich verdeckte. Dort konnten sie sich aber nicht lange aufhalten, denn eigentlich war dieser Bereich den Casinomitarbeitern vorbehalten und die Charlotte und die Andrea fielen in ihren Abendkleidern auf wie bunte Hunde. Der Manni wollte die Andrea an der Hand nehmen, um sie an einen ungestörten Ort zu führen, aber die entzog sich seinem Griff und fasste die Hand von der Charlotte. Was ihr umgehend einen dankbaren und verliebten Blick einbrachte. Der Manni zuckte mit den Schultern und brachte die beiden durch einen verlassenen Gang hinaus ins Freie, in einen kleinen Lichthof, der vom Personal zum Rauchen verwendet wurde.

»Seit wann seid ihr denn schon ein Paar?«, eröffnete er das Gespräch.

»Seit circa einem halben Jahr«, antwortete die Charlotte, die in dieser Ménage-à-trois nicht nur stummer Zuschauer sein wollte.

Der Manni zündete sich eine Zigarette an. »Mhm, und wie läuft's?«

»Gut, danke«, antwortete jetzt die Andrea, die auch schon ein wenig genervt war. War er wirklich so doof, zu glauben, dass da was ging? »Hör zu«, fuhr sie deshalb fort, »wir brauchen deine Hilfe und – nein, du darfst dir kein körperliches oder irgendwie ähnlich geartetes Dankeschön erwarten.«

»Aber einen Karton Wein«, warf die Charlotte hastig ein.

Der Manni hatte sich auf einen Mauervorsprung gesetzt, zog an seiner Zigarette und sah die beiden an. »Also jeht wirklich nichts?«, fragte er erstaunt.

»Nö! Soll ich es dir buchstabieren?«

»He! Ick versteh schon. Bin ja nicht janz blöd. Versuchen wird man's ja wohl noch dürfen!« Interessant, bemerkte die Charlotte, wenn der Manni nicht offiziell im Dienst war, wurde sein Akzent von Minute zu Minute breiter.

»Aber irgendwann sollte man dann auch verstehen, wenn nichts geht«, stellte die Andrea fest und zündete sich ebenfalls eine Zigarette an.

»Okay, wie kann ick euch helfen? Und wo kann ick mir dann meinen Wein abholen?«, gab sich der Manni schließlich geschlagen.

Die Charlotte zückte ihr Handy und zeigte ihm ein Foto vom toten Norbert Obermayer.

»Was ist mit dem? Der war früher regelmäßig hier. Jetzt hab ick ihn aber schon länger nicht mehr gesehen.«

»Der ist tot«, erklärte die Andrea ihrem Ex-Gspusi. »Liest du keine Zeitungen und schaust auch nicht fern? War doch in den letzten Tagen überall ganz groß.«

»Hat mich noch nie interessiert«, winkte der Manni ab.

»Aber du kennst ihn?«, wollte die Charlotte wissen.

»Kennen, kennen. Ick hatte nie wirklich wat mit ihm zu tun. Habe ihn bedient, und dat war's. Hat janz jutes Trinkgeld jejeben.«

»Über seine Spielgewohnheiten weißt du nichts?«

»Neee, woher denn? Wir Kellner dürfen uns dort vorne ja auch nich aufhalten. Keene Ahnung, ob der Roulette, Poker oder am Automaten jespielt hat. Ist dat wichtig? Und wieso interessiert euch dat überhaupt?«

Die Charlotte sagte: »Nein, es ist nicht wichtig, was er gespielt hat. Nur, wie viel er gespielt hat. Und es interessiert uns deshalb, weil seine Witwe eine Freundin von uns ist und –«

»'ne Dritte im Bunde? Ihr seid aber janz schön versaut!«, lachte der Manni, woraufhin ihm die Andrea beinahe eine angerieben hätte. Sie beließ es aber bei einem bitterbösen Blick. Der saß, und der Manni gab sich gleich wieder etwas hilfsbereiter. Anscheinend hatte er doch noch nicht alle Hoffnung aufgegeben, bei der Andrea zum Schuss zu kommen, wenn er sich brav und willig gab. »Schon jut«, beschwichtigte er, »ick kann euch dazu nichts sajen, aber vielleicht der Richard. Der schuldet mir ohnehin noch 'n Jefallen.«

»Wer ist der Richard?«, wollte die Charlotte wissen.

»Eener von den Croupiers hier. Seine Schicht sollte in den nächsten Minuten aus sein. Dann kommt er normalerweise hierher. Wenn, dann kann er euch vielleicht wat verraten.«

Schweigend warteten die drei einige Minuten, und tatsächlich erschien dann Croupier Richard. Er hatte seine Fliege gelockert und das Sakko geöffnet. Der Job sah vielleicht einfach aus, verlangte aber ein hohes Maß an Konzentration. Der

Mensch war ja grundsätzlich schlecht und versuchte natürlich auch – oder gerade – im Casino zu bescheißen, was das Zeug hielt. Da durfte die Aufmerksamkeit nicht eine Sekunde nachlassen.

Zuerst fiel dem Croupier gar nicht auf, dass er nicht allein im Raucherhof war. Erst als ihn der Manni ansprach, bemerkte er die ungebetenen Gäste.

»Ach Manni, du kennst doch die Regeln«, meinte er genervt.

»Komm schon, Richi. Dat sind alte Freundinnen von mir. Sie haben 'ne Frage an dich.«

»An mich?«

Die Charlotte zückte wieder ihr Handy und zeigte dem Croupier das Foto vom Obermayer. Der Croupier sah das Foto an, sah die Charlotte an und dann nochmals das Foto.

»Das ist der Norbert Obermayer. Aber der wurde ja umgebracht. Was wollt ihr von mir?«

»Wir sind Freundinnen seiner Witwe. Und der Obermayer hat einen Haufen Schulden hinterlassen. Wir sind auf der Suche nach dem Geld.« Die Charlotte fischte den Glücksjeton vom Obermayer aus ihrer Handtasche und hielt ihn dem Richard unter die Nase. Der nahm das Plastikteil, drehte es hin und her und sagte schließlich: »Der ist alt. Sicher gut zehn Jahre.«

»Woran erkennt man das?«, wollte die Andrea wissen.

»Am Design und den Farben beziehungsweise dem Wert des Jetons und seiner Farbe. Diese Kombination verwenden wir eben seit gut zehn Jahren nicht mehr.«

»Das heißt, der ist nichts mehr wert?«

»Doch, doch. Aber es ist halt ein alter Jeton. Manche Spieler heben sich so was auf, als Glücksbringer oder was weiß ich wofür.«

»Der war vom Obermayer«, erklärte die Charlotte. »Wie gut kanntest du ihn?«

Der Richard überlegte ein paar Sekunden. »Na gut, er ist ja schon tot. Was soll ich also groß verschweigen? Er war früher sicher zwei- oder dreimal im Monat hier. Meistens in

Begleitung irgendeiner jungen Tussi. Sie hat an der Bar Sekt getrunken, und er ist bei mir am Pokertisch versumpert.«

»Hat er viel gespielt?«, hakte die Charlotte nach.

»Ja, aber zu seinem Unglück war er nicht sehr begabt, was das Pokern anging. Er war viel zu leicht zu lesen. Witzig, er war doch Schauspieler, aber beim Pokern hatte er seine Körpersprache überhaupt nicht unter Kontrolle. Man hätte meinen sollen, dass er auch da in eine Rolle schlüpfen könnte.«

»Wann war er das letzte Mal hier?«

»Das ist sicher schon Monate her. Er wollte mit höheren Einsätzen spielen, was bei uns aber nicht möglich ist. Zumindest beim Pokern nicht.«

»Mist«, entfuhr es der Charlotte. Sie hatte so sehr gehofft, dass sie hier im Casino auf die Spur der Schulden kommen würde.

»Das heißt aber nicht, dass er nicht woanders gespielt hat«, meinte der Croupier vielsagend. Die Charlotte wurde hellhörig.

»Soll heißen?«, bohrte sie nach.

Der Croupier gab ihr den Jeton zurück. »Wie man so hört, hat er die letzten Monate sein Glück in einer der vielen Buden im Prater versucht. Dort kannst du in einer Nacht so viel Geld rausblasen wie bei uns in einem Monat nicht.«

Der Charlotte wurde schlecht. Der Prater. Das war gar nicht gut. Sosehr sich die Stadt auch bemühte, die Gegend rund um den Vergnügungspark der Wiener wieder auf Vordermann zu bringen, gaben dort noch immer Strizzis, Nutten und die Organisierte Kriminalität den Ton an. Zumindest in der Nacht herrschte dort die Unterwelt, auch wenn der Prater und das angrenzende Stuwerviertel mit viel Geld revitalisiert worden waren. So viel wusste sie noch aus ihrer Zeit bei der Polizei. Wenn der Norbert dort wirklich in Schwierigkeiten geraten war …

Die Charlotte und die Andrea bedankten sich und ließen sich dann vom Manni in den öffentlichen Teil des Casinos zurückführen. Der Ex von der Andrea versuchte noch einmal halbherzig, bei ihr zu landen, entließ die beiden aber schließlich doch ohne größere Eifersuchtsszene in die Spielhalle. Es war erst kurz vor Mitternacht, und keine der beiden hatte Lust, schon heimzufahren. Außerdem mussten sie noch ihre Spieljetons loswerden, die im Eintritt inkludiert waren. An den Roulettetischen war zu viel Betrieb, für Poker hatte die Charlotte keine Geduld, und Spielautomaten interessierten sie nicht besonders. Am Ende ergatterten sie einen Platz an einem Blackjack-Tisch. Eindeutig die beste Wahl. Hier konnte man mit geringen Einsätzen relativ lange spielen. Mal kam was dazu, mal verlor man etwas, wie im echten Leben halt auch. Alles in allem ging es aber doch stetig nach oben, und das war im echten Leben nicht unbedingt so. Weit nach Mitternacht fuhren sie mit hundert Euro Gewinn in der Tasche nach Hause, vollauf zufrieden mit den Ergebnissen des Abends.

4. Aufzug

17

Für den Heimweg wählte die Charlotte nicht den schnelleren Weg über die Autobahn, sondern die wildromantische Route über die sogenannte Weinstraße. Hier ging es über Hügel und durch schmale Kurven quer durch die Weinberge südlich von Wien. Die Hauptroute erstreckte sich über nur wenige Kilometer zwischen Mödling und Gumpoldskirchen und war eine beliebte Raserstrecke für Führerscheinneulinge, die sich hier allwöchentlich zu einem Rendezvous mit dem Sensenmann verabredeten. Die Charlotte und die Andrea hatten Glück. Um diese Uhrzeit waren zur Abwechslung keine Verrückten unterwegs. So konnten sie die Fahrt durch die dunklen Weinberge in vollen Zügen genießen. In Mödling endete die Weinstraße, von dort waren es nur mehr zehn Minuten, bis sie die Einfahrt zum Nöhrer'schen Weingut erreichten.

Die Charlotte schloss gerade den Wagen ab, als sie ein eigenartiges Geräusch hörte. Es klang nach zerreißendem Stoff. Sie öffnete die Tür, die in das große Einfahrtstor eingelassen war, und betrat den dunklen Innenhof. Hier war alles ruhig. Ein paar Laternen gaben schwaches Licht, aber weder die Charlotte noch die Andrea konnten den Ursprung des Geräuschs festmachen.

Etwas zischte zwischen ihren Füßen hindurch in Richtung des hinteren Tors. Das waren Frambi und Puschkin, die ebenfalls von dem Geräusch geweckt worden waren. Ansonsten schlief der Rest des Hauses tief und fest, in keinem Fenster war noch Licht zu sehen.

Die Katzen blieben vor dem Tor wie angewurzelt stehen. Sie waren augenscheinlich zutiefst verstört. Puschkin machte einen Katzenbuckel, der jeder schwarzen Katze aus einem Märchenbuch zur Ehre gereicht hätte. Frambis Schwanz war doppelt so dick wie üblich, und aus ihrer Kehle kam ein tiefes, dunkles Knurren. Die Charlotte beugte sich zu den beiden hinunter und versuchte, sie mit Streicheleinheiten zu beruhigen. Vergebene Liebesmüh, die zwei Tiere wollten sich gar nicht mehr einkriegen.

Fragend blickte die Charlotte die Andrea an. Die wusste auch keine Antwort, bedeutete ihrer Freundin jedoch, dass sie warten solle. Die Andrea eilte möglichst leise in die Küche und kam kurz darauf mit einem großen Fleischerbeil zurück.

Von der anderen Seite der Tür war nach wie vor das eigenartige Geräusch zu hören. *Ratsch, ritsch, fetz.* In der Charlotte stieg eine ganz, ganz üble Ahnung auf. Gemeinsam lehnten sie sich gegen das schwere Tor, die Charlotte zählte leise bis drei, dann drückte sie die Klinke, und mit vereinten Kräften pressten sie das schwere Tor auf. Der Anblick, der sich ihnen bot, war zum Heulen.

Die um teures Geld gemietete Leinwand war durch Dutzende Schnitte und Stiche völlig ruiniert. Praktischerweise war der Täter noch zugegen. Die Charlotte schüttelte den Kopf, als sie den Zaitler erblickte, der mit einem zwanzig Zentimeter langen Messer immer und immer wieder auf die Leinwand einstach. In der anderen Hand hielt er eine fast leere Dopplerflasche eines seiner eigenen Weißweine.

Mit einer kurzen Kopfbewegung bedeutete die Charlotte ihrer Freundin, rasch und unauffällig die Polizei zu rufen. Diese Aktion konnte sie dem Zaitler nicht durchgehen lassen. Ganz abgesehen davon, dass sie nicht wusste, wozu der alte Hornochse in seinem Rausch sonst noch fähig war.

Dem Zaitler fiel gar nicht auf, dass er inzwischen Publikum hatte. Die Charlotte ließ ihn gewähren – weil es eh schon wurscht war. Der Schaden war angerichtet, und sie hatte keine Lust, dem rauschigen Weinbauverein-Obmann ins sprichwörtliche Messer zu laufen. Für den Fall, dass er sich vom Acker machen wollte, bevor die Polizei eintraf, machte sie ein paar Beweisfotos mit dem Handy.

Was sich letztlich als unnötige Vorsichtsmaßnahme erwies. Schon bald sah sie nämlich bereits das Flackern des Blaulichts auf der Straße den Weinberg hinaufrasen. Der Leo war diesmal nicht dabei, der hatte schon lange Feierabend, aber sie kannte die zwei Kollegen, die sich vor ihrem Weingut mit Verve und langer Schleifspur einbremsten und durch den Hof gerannt kamen. Die beiden starrten den Zaitler an, der nach wie vor wie besessen auf die letzten Fetzen der Leinwand einstach. Nach einer kurzen Schrecksekunde schritten sie schließlich ein. Der Größere der beiden packte den Zaitler am Handgelenk. Mit einer kurzen Bewegung zwang er den betrunkenen Weinbauern, das Messer fallen zu lassen. Der Zaitler schrie zu gleichen Teilen vor Schreck wie vor Schmerzen auf. Sein Handgelenk hatte ganz hässlich geknirscht.

Erst jetzt merkte er, dass er nicht mehr allein am Schauplatz war. Seine Augen waren rot unterlaufen. Ganz so, als hätte er nicht nur gesoffen, sondern auch stundenlang geheult.

»Herbert! Was soll denn das?«, begann der kleinere der beiden Polizisten.

»Was das soll? Was das soll? Wonach schaut's denn aus, ihr Spinner? Ich hab den ganzen Ort gerettet. Die da«, dabei zeigte er wutentbrannt auf die Charlotte, »wollte mit diesem Monstrum die ganzen Weinberge verschandeln. Und Lärm machen. Und ein Bablik Fjuing wollte sie veranstalten. Weiß der Teufel, was das sein soll! Wer hat denn so etwas schon mal gehört? Bei uns im Ort! Mitten in die Weinberg! Na, das geht nicht. Ihr Deppen wolltets ja nix unternehmen. Also hab ich mich selbst drum kümmern müssen. Wir sind da ja ned bei de Hottentotten, dass a jeder machen kann, was er will.« Der alte Hornochse, wie ihn der Nöhrer-Papa ja nannte, schwankte dabei bedenklich hin und her. Die Polizisten nahmen ihn in die Mitte und führten ihn von der Leinwand weg.

»Komm jetzt, Herbert, wir nehmen dich mit. Du schläfst bei uns deinen Rausch aus, und morgen in der Früh erzählst du uns das alles noch mal in Ruhe.« Zur Charlotte meinte er: »Danke, dass du uns angerufen und nicht selbst was unternommen hast. Ich nehme an, du wirst Anzeige wegen Sachbeschädigung erstatten?

Die Charlotte war fuchsteufelswild. Am liebsten hätte sie den Zaitler hier und jetzt verprügelt. Aber das hätten die Polizisten nicht zugelassen. Sie versuchte, sich zu beruhigen, und zählte langsam bis zehn, bevor sie antwortete: »Da kannst du drauf wetten, Willi. Muss ich ja allein schon wegen der Versicherung machen. Wer zahlt denn sonst den Schaden? Ich frag mich nur, wie der Zaitler überhaupt hier heraufgekommen ist. Am Parkplatz vor dem Haus habe ich sein Auto jedenfalls nicht gesehen.«

»Das steht weiter unten, am Fuß der Weinberge. Er muss wohl den Hügel heraufgeschlichen sein. Eigentlich eine bewundernswerte Leistung, wenn man bedenkt, wie besoffen der alte Depp ist«, erklärte der Willi. Dann schleiften sie den beinahe komatösen Zaitler zum Polizeiauto. Die Andrea umarmte ihre Freundin und führte sie zurück in den Hof. Dort war inzwischen der Rest der Familie aufgewacht und verfolgte das Geschehen mit Verwunderung.

Nur dem Herrn Papa platzte augenblicklich der Kragen. Er rannte neben den Polizisten her und brüllte den Zaitler an. »Du Idiot, du depperter. Was hast mir denn heute in der Früh versprochen? Nix wolltest machen und jetzt das! Pass nur auf, das war's jetzt mit deinem Obmann-Posten. Ich werde gleich morgen in der Früh die anderen Weinbauern zusammentrommeln, und dann wirst ja sehen, was aus dir wird!« So wütend hatte die Charlotte ihren Papa noch nie erlebt. Wie ein wilder Stier stampfte er neben den Polizisten her, die den Zaitler in ihrer Mitte mit sich zogen. Selbst als der Polizeiwagen schon hinter der ersten Kurve verschwunden war, schüttelte Nöhrer senior noch immer aufgebracht die Faust in der Luft.

»Komm schon, Papa. Hilft jetzt ja auch nix mehr«, versuchte die Charlotte ihn zu beruhigen. Die Stimme seiner Tochter wirkte auf den alten Nöhrer tatsächlich besänftigend.

»So ein Depp, aber wirklich auch«, schnaubte der Papa in seinen Bart, umarmte seine Tochter und ging mit ihr zurück zur Wiese, um nochmals den Schaden an der Leinwand zu begutachten.

Die restliche Nacht war für Charlotte ein einziger Alptraum. Sie brachte kaum ein Auge zu und wälzte sich stundenlang hin und her. Um sechs reichte es ihr, sie stand auf. Die Andrea schlief noch, und die Charlotte ließ sie auch. Allein trat sie ins Freie, wo die kaputte Leinwand sie magnetisch anzog. Bei Tageslicht sah der Schaden noch viel schlimmer aus. Von der riesigen Leinwand war außer dicken Fetzen nichts mehr übrig. Der Zaitler hatte in seinem Rausch ganze Arbeit geleistet.

Sie wählte die Nummer der Eventagentur, um den Schaden zu melden und Ersatz anzufordern, aber natürlich war um diese Uhrzeit noch niemand zu erreichen. So machte sie sich stattdessen einen Kaffee und setzt sich damit in die vom Morgentau feuchte Wiese.

An der zerfetzten Leinwand vorbei blickte sie auf den noch schlafenden Ort, der sich vor ihr ausbreitete. Dort unten war die Burg, in deren Hof sich in den letzten Tagen so viele Dramen abgespielt hatten. An die Burg schmiegte sich die große Pfarrkirche St. Augustin, daneben stand der Wehrturm, das Wahrzeichen der Marktgemeinde. Diese drei Gebäude waren ein Sinnbild für den ganzen Ort. Von Weitem sahen sie wie eine Einheit aus, bei genauerer Betrachtung konnte man aber die Zwischenräume und Lücken erkennen. Zwischen Burg und Kirche schlängelte sich ein schmales Gässchen hindurch, und auch der Wehrturm gehörte nicht zur Kirche – er stand für sich allein, ein paar Meter von der Kirche entfernt. Erst wenn man darüber nachdachte, fiel auf, dass St. Augustin eine Kirche ohne eigenen Turm war. Eine Tatsache, die auf offiziellen Fotos dank geschickter Perspektivwahl stets verheimlicht wurde.

Heimlichkeiten gab es auch unter den Einwohnern selbst, einige Bevölkerungsgruppen sprachen kaum miteinander. Vor allem die Kluft zwischen Jung und Alt schien in diesem so traditionsreichen Ort nahezu unüberbrückbar. Der alte Zaitler hatte in dieser Nacht einmal mehr einen eindrucksvollen Beweis dafür erbracht.

Gegen sieben Uhr setzte sich die Charlotte ins Auto und fuhr hinunter zur Polizeistation. So mühsam es auch war, sie musste Anzeige erstatten. Ein Lichtblick war, dass der Leo bereits im Dienst war und ihre Anzeige aufnahm. Im Gegensatz zu einigen seiner Kollegen war er in der Lage, einen Vorfall in klaren und sinnvollen Sätzen zu beschreiben. Eine Fähigkeit, die manch anderem abging, wenn man sich die Polizeiprotokolle so ansah. Er hatte gleich in der Früh von dem Vandalenakt erfahren und sich den Zaitler in der Ausnüchterungszelle zur Brust genommen. Nein, natürlich reden wir hier nicht von Polizeigewalt – wir leben ja in einem zivilisierten Land. Aber beim Leo reichte es schon, wenn er sich vor einem Delinquenten aufbaute und zweimal grantig durchschnaufte. Das war bei den meisten Betrunkenen im Normalfall genug, damit sie in sich gingen und ihre Fehler einsahen.

Der Zaitler saß nach wie vor in der Ausnüchterungszelle fest. »Ich lass ihn noch ein wenig zappeln«, meinte der Leo zur Charlotte. »Schadet ihm nichts. Zu Mittag muss ich ihn aber rauslassen.«

»Alles klar. Danke für eure Hilfe heute Nacht. War wirklich kein schöner Anblick.«

»Kann ich mir vorstellen. Ich komme nachher gleich mit dir hoch. Wir müssen den Schaden ja auch polizeilich aufnehmen. Die Spurensicherung wird einen Jubeltag haben. Ich kann mir nicht vorstellen, dass der Zaitler vorsichtig vorgegangen ist.«

»Er hat doch eh schon bei der Festnahme gestanden. Ganz abgesehen davon, dass wir ihn in flagranti erwischt haben.«

»Eh, aber wer weiß, welchen Rechtsanwalt er sich nimmt. Da muss alles seine Ordnung haben. Außerdem kann er sich darauf berufen, dass er das Geständnis unter Alkoholeinfluss abgelegt hat und daher nicht zurechnungsfähig war.«

»Habt ihr ihm Blut abgenommen?«

Der Leo wühlte in seinen Akten herum, zog schließlich

ein Blatt Papier hervor, das er rasch überflog. »Nein, war kein Amtsarzt erreichbar. Aber wir haben ihn blasen lassen, und da sind fast zwei Promille rausgekommen. Der Amtsarzt müsste jetzt jede Minute hereinschneien, dann wird ihm endlich Blut abgenommen. Er hat zwar schon viel von dem Alkohol wieder abgebaut, aber das lässt sich ja hochrechnen.«

Die beiden tranken noch eine Tasse Kaffee, dann erschien auch schon der Arzt. Was nun folgte, war ein Schauspiel erster Klasse. Hätte man gut als Pausenunterhaltung bei den Sommerfestspielen geben können. Der Zaitler hatte nämlich eine Heidenangst vor Spritzen, weswegen ihn gleich zwei Beamte festhalten mussten, damit der Arzt seines Amtes walten konnte. Als das erledigt war – die Charlotte hatte das Schauspiel heimlich über eine Überwachungskamera verfolgt –, durfte sich der Zaitler wieder hinlegen und weiter seinen Rausch ausschlafen. Er wimmerte dabei wie ein kleines Kind und hielt sich mit schmerzverzerrtem Gesicht die linke Armbeuge, aus der der Arzt das Blut entnommen hatte. Das Mitleid der Charlotte hielt sich in Grenzen.

Als die Charlotte zurück aufs Weingut kam, war es bereits halb zehn, und es herrschte reger Betrieb. Es war der letzte Tag, bevor ihr Heuriger wieder für knapp drei Wochen aussteckte. Vor dem Einfahrtstor parkte ein großer Getränkewagen, der Mineralwasser und Softdrinks lieferte, ein kleinerer Lieferwagen brachte unter anderem Eier, Gemüse und Wurstspezialitäten. Das Fleisch für Schweinsbraten, Schnitzel und so weiter würde der Fleischhauer im Lauf des Tages liefern. Es war übrigens derselbe, der den Imbissstand neben Charlottes Weinhütte bei den Sommerfestspielen betrieb.

Die ganze Familie war auf den Beinen. Auch die Gäste aus Italien ließen es sich nicht nehmen, ihren Gastgebern zur Hand zu gehen.

»Früher haben wir in unserem Geschäft auch noch selbst Hand angelegt«, erklärte der Signore Bianchi in gebrochenem

Denglisch – immerhin so weit verständlich, dass die Charlotte das Wichtigste mitbekam. »Heute ist meine Firma dafür zu groß, aber ich genieße es, wenn ich einmal selbst mithelfen kann. Das erinnert einen doch an seine Wurzeln.« Die Charlotte nickte anerkennend und bedankte sich für die Hilfe.

Der Signore schnappte sich einen Korb mit Biokarotten – der Umstieg auf Bio war eine Idee von Muttern gewesen – und brachte ihn ins Kühlhaus. Der Luca hechelte mit einer Transportrodel hinter der Flora her, die ihm zeigte, welche Getränke er aufladen und ebenfalls ins Kühlhaus bringen sollte.

Irgendwie tat der Bursche der Charlotte leid, so sehr stand er schon jetzt unter dem Patschen der Flora. Andererseits wurde ihr langsam klar, dass es der Luca mit ihrer Schwester wohl wirklich ernst meinte. Was der Charlotte dann doch Schweißtropfen auf die Stirn trieb. Die beiden waren minderjährig! Und wer blieb denn sein Leben lang mit der ersten Liebe zusammen? Noch dazu, wenn diese Liebe gut siebenhundert Kilometer entfernt lebte?

Ganz spontan hielt die Charlotte den Luca auf, umarmte ihn fest und gab ihm einen dicken Schmatzer auf die Wange.

»Now what? Was ist denn jetzt kaputt?«, fragte die Flora erstaunt. Dem Luca fehlten sowieso die Worte.

»Ach nix«, antwortete die Charlotte. »Mir war nur gerade danach, und ich finde es schön, dass es zwischen euch beiden so gut hinhaut.«

Sie schaute den beiden nach, wie sie einträchtig zum Kühlhaus gingen. Dann holte sie ihr Handy heraus. Inzwischen sollte die Eventagentur eigentlich besetzt sein. Gleich beim zweiten Klingeln wurde am anderen Ende der Leitung abgenommen. Die Charlotte ließ sich mit dem Chef verbinden und erklärte, was in der letzten Nacht passiert war. Sie staunte nicht schlecht, als der Agenturchef in schallendes Gelächter ausbrach.

»Was ist jetzt kaputt?«, wiederholte sie die Worte ihrer Schwester von eben.

»Das kommt mir gerade recht«, erklärte der Agenturchef. »Diese Leinwand war ohnehin schon fast am Ende. Es gibt da modernere Modelle, und dank dieses ›Attentats‹ muss ich dafür jetzt nicht einmal was zahlen. Übernimmt alles die Versicherung.«

»Schön und gut, aber ich stehe im Moment ohne Leinwand da, und schon am Sonntag soll das Public Viewing stattfinden.«

»Wir haben noch eine etwas kleinere Leinwand, die ich Ihnen zur Verfügung stellen könnte.«

»Wie viel kleiner?«

»Circa ein Viertel weniger Projektionsfläche. Also noch immer ausreichend für Ihr Event am Sonntag.«

Die Charlotte kalkulierte die neue Größe kurz im Kopf durch und sagte dann: »Okay, und wie wirkt sich das auf den Preis aus?«

Jetzt war es der Agenturchef, der im Kopf die Situation neu durchkalkulierte. Schließlich sagte er gönnerhaft: »Weil ich jetzt dank Ihnen zu einer neuen Leinwand komme, lasse ich ein Viertel vom Preis nach.«

»Die Hälfte«, konterte die Charlotte eiskalt. Am Ende einigte man sich auf einen Preisnachlass von dreiunddreißig Prozent – wie am Basar halt. Damit waren beide zufrieden. Der Agenturchef versprach, dass er die neue Leinwand noch im Lauf des Tages aufbauen lassen werde.

Der Rest des Tages verlief hektisch. In der Küche führten Muttern und die Omama bei den Küchengehilfen ein strenges Regiment. Viele Speisen wurden für die nächsten Tage bereits vorgekocht, auch die verschiedenen Salate und Mehlspeisen mussten vorbereitet werden. Alles wurde selbst gemacht, etwas anderes ließ die Mama gar nicht zu. Streng nach dem Rezept von der Omama, wenn die Omama nicht gleich selbst kochte. Das war auch einer der Gründe, warum viele Leute zum Weingut Nöhrer pilgerten: Die Torten und Kuchen von der Nöhrer-Omama waren weit und breit bekannt. Die Charlotte hatte sich nicht nur einmal gefragt, wieso die Omama nie daran gedacht hatte, eine Konditorei zu eröffnen.

Der Herr Papa sorgte mit ein paar Stundenlöhnern für den Aufbau der Tische, Bänke und Gartengarnituren im Hof. Die Charlotte kümmerte sich derweil darum, dass der kleine, aber feine Spielplatz für die Kinder der Gäste ebenfalls einsatzbereit war. Sie entfernte die Abdeckplanen, zog Schrauben nach, lackierte die eine oder andere abgeschlagene Stelle neu und war alles in allem hochzufrieden mit ihrem Leben. So könnte es ruhig weitergehen. Die Morde am Obermayer und der Midlener hatte sie wenigstens für ein paar Stunden erfolgreich verdrängt.

Die Spurensicherung hatte noch am Vormittag bei der zerfetzten Leinwand vorbeigeschaut und wie vermutet einen Mordsspaß gehabt. Der Zaitler hatte mehr Spuren hinterlassen als der sprichwörtliche Elefant im Porzellanladen. Aus dieser Geschichte würde er sich nicht mehr rauswinden können, egal, was er versuchte.

Am Nachmittag rauschte wie versprochen der Arbeitertrupp der Eventagentur an, baute im Blitztempo die ruinierte Leinwand ab und die neue auf. Die Frau Mama ließ es sich wieder nicht nehmen, die Arbeiter auf eine ausgiebige Jause einzuladen. So kamen diese in den Genuss der ersten frisch zubereiteten Speisen für den anstehenden Heurigenbetrieb.

Der letzte freie Tag, bevor ausgesteckt wurde, bedeutete normalerweise für alle, dass sie auch früh zu Bett gehen mussten. Für alle? Nein, diesmal nämlich nicht. Die Charlotte wollte noch etwas erledigen. Als die Dämmerung hereinbrach, setzte sie sich mit der Andrea ins Auto. Die zwei Familienväter hatten auch keine Lust zu schlafen und beschlossen kurzerhand, die neue Leinwand zu testen. Immerhin spielte heute Abend ja Österreich gegen Italien.

»Wohin?«, fragte die Andrea.

»In den Prater«, erwiderte die Charlotte. »Mal schauen, ob wir dort mehr über die Spielschulden vom Obermayer herausfinden.«

Der Andrea war bei dem Gedanken nicht wohl. In einem offiziellen Casino ein bisschen herumzuschnüffeln war eine Sache, aber bei den halblegalen Buden im Prater – das war etwas ganz anderes. »Meinst nicht, dass das eine Nummer zu groß für uns ist?«

»Keine Sorge, ich kenn mich da von früher ein bisschen aus. Ab und zu mussten wir auch bei Einsätzen im Prater aushelfen. Außerdem hab ich dem Leo Bescheid gegeben.«

»Und was hat er gesagt?«

»Na, was wohl? Natürlich, dass ich die Finger davon lassen soll!«

»Öh, und deshalb fahren wir jetzt trotzdem hin?«

»Als ob ich mir von jemandem schon mal was hätte sagen lassen«, entgegnete die Charlotte gelassen und trat aufs Gaspedal.

18

Das grell beleuchtete Riesenrad, eines der markantesten Wahrzeichen Wiens, begrüßte die beiden schon, als sie noch kilometerweit vom Prater entfernt waren. Von der Südosttangente war es gut sichtbar. Je näher man kam, desto imposanter sah es aus, es zog Gäste an wie das Licht die Motten – und nicht nur Touristen. Vom Praterstern her strömten auch um acht Uhr abends noch immer Heerscharen an Besuchern in Richtung Wurstelprater, um dort zu völlig überzogenen Preisen eine Fahrt mit dem Autodrom, einer Hochschaubahn oder einer Geisterbahn zu genießen.

Die Charlotte parkte ihr Auto in einer der neuen Garagen, die am Rand des Praters zum Messegelände hin erbaut worden waren. Dort tauchte man direkt in die Menschenmengen ein, die sich durch die gewundenen Straßen und Gassen des Wurstelpraters wälzten. Es kündigte sich eine weitere Tropennacht an, immer noch hatte es fast dreißig Grad. Dementsprechend luftig waren die Besucher des Praters gekleidet – eine Einladung für die zahllosen Taschendiebe, die an Abenden wie diesen vermutlich mehr Umsatz machten als die Betreiber der Fahrgeschäfte.

Der Andrea war einfach nicht wohl bei dem Gedanken, in die schmuddelige Unterwelt Wiens eintauchen zu müssen. »Wollen wir nicht mit irgendwas fahren, wenn wir schon mal hier sind?«, fragte sie, um Zeit zu schinden. Zu ihrer Überraschung war die Charlotte einverstanden, aber die Begründung schmeckte der Andrea gar nicht.

»Klar, jetzt ist es eh noch ein bisschen zu früh. Die Leute, die wir suchen, kriechen erst später aus ihren Löchern.«

Als Rache schleppte die Andrea die Charlotte daraufhin in jede Hochschaubahn, die es im Prater gab. Gut, es waren nicht so viele und auch bei Weitem keine so spektakulären wie in Deutschland, Frankreich oder Amerika. Sie waren aber schnell und hoch genug, um der Charlotte ordentlich auf den Magen zu schlagen. Die Andrea wusste, dass ihre Freundin Hochschaubahnen hasste, und hoffte, dass ihr vielleicht so schlecht wurde, dass sie die ganze Aktion abblies.

Da hatte sie die Charlotte jedoch unterschätzt. Tapfer fuhr sie mit einer Hochschaubahn nach der anderen und lud die Andrea am Ende sogar noch auf ein Budweiser ins Schweizerhaus ein. Das Bier hatte immerhin auch auf die Nerven der Andrea eine beruhigende Wirkung.

Endlich nahm der Besucherandrang im Prater ab, und das Nachtgetier kroch aus seinen Löchern. Die Charlotte gab das Zeichen zum Aufbruch. Im Bauch der Andrea machte sich ein flaues Gefühl breit. Sie nahm die Charlotte an der Hand und versuchte, sie in Richtung der Parkgarage zu lotsen, die Charlotte blieb aber auf Kurs und machte sich auf die Suche nach den vielen kleinen und großen Glücksspielhallen, die quer über den ganzen Prater verstreut waren.

Offiziell war das »kleine Glücksspiel«, sprich Automaten,

in Wien zwar quasi verboten, inoffiziell standen aber nach wie vor in jedem zweiten Hinterzimmer einarmige Banditen. Die Polizei kam mit dem Ausheben der illegalen Glücksspielstätten gar nicht nach. Kaum war ein Automat abgebaut, spross gleich daneben schon der nächste wie ein Schwammerl aus der Erde. Das Herumgetue der Andrea ging der Charlotte langsam auf die Nerven.

»Hör zu, Andi, ich verstehe dich. Wenn du nicht mitkommen willst, geh doch inzwischen schon mal vor zum Auto oder trink noch was. Ich komme dann nach.«

Die Andrea überlegte kurz, der verlockenden Aufforderung nachzukommen, blieb dann aber doch an der Seite ihrer Freundin. »Nein, ich lasse dich hier nicht allein.«

»Gut, dann versuch, dich einfach ganz normal zu verhalten. Hier geht's ziemlich rau zu.« Danke, diese Warnung hab ich jetzt gebraucht, dachte die Andrea, ließ sich aber von der Charlotte weiter auf ein Card Casino zuschleppen.

Dabei war »ziemlich rau« noch eine Untertreibung. Mittlerweile ging die Polizei bereits mit Atemschutzgeräten zu Razzien in den illegalen Spielhöllen. Die Gegner waren ja nicht irgendwelche Kleinkriminellen, sondern das organisierte Verbrechen. Und da nahm man keine Rücksicht auf Verluste. Nicht nur einmal war es vorgekommen, dass die Spielautomaten mit Reizgas gesichert waren – deshalb die Atemschutzgeräte. Natürlich waren die einarmigen Banditen in die Wände einbetoniert, sodass man sie nicht husch, husch abtransportieren konnte.

Ein solches Etablissement steuerte die Charlotte aber nicht an – vorerst nicht. Ihr Ziel war ein grell gleißendes Pokercasino in der Nähe des Riesenrads, wo völlig legal am Pokertisch gezockt werden durfte. Und das war ja, laut Croupier Richard, das bevorzugte Glücksspiel vom Obermayer gewesen.

An dieser Stelle dürften passionierte Pokerspieler jetzt aufschreien: Poker ein Glücksspiel? Mitnichten! Da kommt es nur aufs Können an! Okay, und ein bisschen Kartenglück …

Grundsätzlich war das Lokal gar nicht so anders eingerichtet als das Grand Casino in Baden. Aber hier war halt alles ein bisschen ... bemüht. Zu viel Bling-Bling und Glitzer. Alles schriller, goldener, bunter und lauter. Und das Publikum musste sich nicht in Abendgarderobe schmeißen. Wobei sich die Charlotte beim Anblick der Besucher fragte, wie viele von ihnen überhaupt einen Anzug oder ein Abendkleid besaßen. Das Publikum war überwiegend männlich und sah aus, als käme man gesammelt von einer Massenprügelei. Gleich nach dem Eintreten zählte die Charlotte mindestens zehn Nasen, die schon mal gebrochen waren, dazu etliche Narben im Gesicht und auf den Händen. Ein angenehmes Publikum sah anders aus. Die Betreiber gaben sich allerdings alle Mühe, den Eindruck eines ehrenwerten Etablissements zu vermitteln. Die Croupiers trugen Anzughose, Gilet, Hemd und Fliege.

Am Empfang wurden sie von einer grell geschminkten und überkandidelten Tussi freundlich begrüßt. Die Charlotte ließ sich zweihundert Euro in Jetons wechseln, dann ging es ab in den Hauptsaal.

Pokertische, so weit das Auge reichte. Ein Tisch wurde gerade neu eröffnet, da nahmen die Charlotte und die Andrea Platz. Gespielt wurde die seit Jahren allseits beliebte Texas-Hold'em-Variante. Damit kannten sich die beiden halbwegs aus, dank der vielen sinnlos vor dem Fernseher verbrachten Nachtstunden, in denen nichts anderes als Poker lief. Die Gesellschaft am Tisch unterschied sich von den Spielern der im Fernsehen übertragenen Partien allerdings wie Tag und Nacht. Hier sah man nur in leere Gesichter. Und zwar nicht, weil so gut geblufft wurde, sondern weil die Spieler so abgestumpft waren. Jahrelange Spiel- und Alkoholsucht konnte das mit einem Menschen machen. Hatte aber auch den Vorteil, dass die Mimik wirklich nur ganz selten etwas verriet. Dann nämlich, wenn einer ein richtig gutes Blatt hatte. Dann kam plötzlich Leben in die Augen, und die Hoffnung auf den ganz großen Gewinn war gut abzulesen. Zwar arbeitete die Charlotte schon längere Zeit nicht mehr als Polizistin, sie hatte aber nicht verlernt, andere Menschen zu lesen. So wusste sie wenigstens, wann es keinen Sinn hatte, sich an einem Blatt festzukrallen. Sie legte ihre Hand öfter nieder, als sie zu Ende zu spielen, und blieb so wenigstens im Spiel.

Diese Gabe fehlte der Andrea völlig. Sie machte das aber mit großer Euphorie – und wahnsinnig viel Glück – wieder wett. Die Andrea war wie im Rausch. Ihr Aussehen war natürlich auch nicht gerade ein Hindernis, denn die Augen der anderen Spieler hafteten öfter an ihrem Ausschnitt als an ihrem Gesicht, das selbst für blutige Amateure leicht zu lesen war. Ihre Ängste waren komplett verschwunden, sie schien gar nicht zu merken, in welcher Gesellschaft sie sich befand.

Nach einer halben Stunde entschuldigte sich die Charlotte. Ohne aufzublicken, sagte die Andrea: »Geh nur, ich halte hier die Stellung.«

Die Charlotte machte sich auf die Suche nach einer Toilette. Das zuvor getrunkene Bier drängte nämlich vehement ins Freie. Über einer Tür im hintersten Eck des Raumes sah sie das erlösende Toilettenzeichen, doch die Tür führte nicht nur zu den Toiletten, sondern auch in eine andere Welt.

Hier war im wahrsten Sinne des Wortes der Lack ab. Vor ihr tat sich ein zehn Meter langer Gang auf. Linoleum statt wuchtiger Teppiche, die Wände das letzte Mal vor vielen Jahren ausgemalt, Neonleuchten statt Kristalllüster. Drei Türen waren in die Wand eingelassen. Auf einer stand: »Privat«, die anderen beiden führten zur Damen- beziehungsweise Herrentoilette. Am Ende des Gangs reichte ein großer Spiegel vom Boden bis an die Decke – hier war Schluss. Die Damentoilette befand sich, wie üblich, am weitesten vom Ausgang zum Spielsaal entfernt, mehr oder weniger direkt neben dem Spiegel. Als sich die Charlotte auf die Toilette zubewegte, kam ihr das eigene Spiegelbild entgegen. Sie konnte sich zum ersten Mal seit längerer Zeit von Kopf bis Fuß mustern. Und musste feststellen, dass sie wieder etwas mehr Sport treiben sollte. Die Andrea bezeichnete ihren Hintern in Jeans zwar als Knackarsch, aber der Charlotte war da zu viel Arsch und zu wenig Knack, wie sie konstatierte, nachdem sie sich vor dem Spiegel einmal um die eigene Achse gedreht hatte. Ansonsten war nichts auszusetzen. Sie liebte ihre kastanienroten Wuschelhaare und die grünen Augen. Da war wirklich alles in Ordnung. Im Gegensatz zu den meisten anderen Rothaarigen musste sie sich auch nicht mit zu blassem Teint und Sommersprossen auseinandersetzen.

Der Spiegel schien schon bessere Zeiten gesehen zu haben. Er war ziemlich angeschmuddelt und überall mit Fingerabdrücken übersät. Man konnte nur erahnen, was sich vor ihm schon für Tragödien abgespielt haben mussten.

Der abgefuckte Eindruck setzte sich in der Damentoilette fort, die von blauem Licht ausgeleuchtet war. Das sollte die Junkies davon abhalten, sich hier einen Schuss zu setzen – vor allem den letzten. Bei der Charlotte rief das Licht lediglich ein unangenehmes Schwindelgefühl hervor. Sie stützte sich an der Wand ab und stellte zu ihrer Erleichterung fest, dass die Toilette wenigstens leidlich sauber war. So schnell wie möglich erledigte sie ihr Geschäft. Danach wusch sie sich nicht nur die Hände, sondern auch das Gesicht, um wieder einen klaren Kopf zu bekommen. Das kalte Wasser tat aber nur halbwegs seine Wirkung, und so wankte sie unsicher aus der Toilette. Der Wechsel zum grellen Neonlicht gab ihr den Rest. Sie musste sich an der Spiegelwand abstützen, um nicht zu stürzen.

Es dauerte ein paar Sekunden, bis sie sich wieder gefangen hatte. Als sie ihre Hand von der Spiegelwand nahm, machte diese einen Klick und sprang einen kleinen Spalt auf. Verwundert schaute die Charlotte auf ihre Hand, auf den Spiegel und wieder auf ihre Hand. Dann lugte sie durch den Spalt. Durch puren Zufall hatte sie eine der illegalen Automatenhöllen entdeckt. Acht Spieler saßen an ebenso vielen Automaten und hielten die Augen starr auf die vielen bunten Reihen voller Früchte und Symbole gerichtet. Im Sekundentakt klingelte und bimmelte es. Niemandem war aufgefallen, dass sich die versteckte Tür geöffnet hatte. Mit stieren, fast leblosen Blicken fixierten die Automatenjunkies ihre Spielgeräte und warteten auf den einen, den ganz großen Treffer. Der jedoch nie kam.

Der kleine Raum, er konnte nicht viel größer als fünfzehn oder zwanzig Quadratmeter sein, war von dichten Rauchschwaden durchzogen. Dazu kam noch ein äußerst schummriges Licht, sodass es nahezu unmöglich war, die Spieler genau zu erkennen. Die Charlotte öffnete die Spiegeltür ein paar Zentimeter weiter, um einen besseren Überblick zu bekommen, und schaute von Automat zu Automat. Letztlich blieb ihr Blick an einer fast schon vertrauten Gestalt hängen: Vor einem der Automaten saß ein bleiches Bürschchen mit rabenschwarzen Haaren und Lippen-, Nasen- und Ohrenringen. Das war doch der Bursche, der bei der Premiere so nervös ihren Schüttelwein getrunken hatte und später dann auf dem Begräbnis vom Obermayer aufgetaucht war. Was tat der hier? Ja klar, spielen. Für die Charlotte war das kein Zufall mehr. Jetzt sah sie den Burschen hier schon wieder im Zusammenhang mit dem Obermayer.

Vorsichtig schloss sie die Tür, mit einem sanften Klick rastete der Spiegel ein. Der geheime Eingang war, aus verständlichen Gründen, das am besten gewartete Interieur in diesem Teil des Casinos. Als die Charlotte an den Pokertisch zurückkam, hatte die Andrea ihren Gewinn bereits auf satte fünfhundert Euro hochgeschraubt. Neben ihr waren nur noch drei andere Spieler am Tisch.

Die Charlotte überlegte, ob sie ihrer Freundin von der Entdeckung erzählen sollte, beschloss jedoch, es vorerst sein zu lassen. Die Andrea hatte jetzt sowieso nur Augen und Ohren für ihr Spiel. Sie konzentrierte sich lieber auf die Tür, die zu den Toiletten führte. Irgendwann musste der Bursche ja rauskommen, und dann wollte sie ihm folgen. Aus diesem Grund ging sie in der nächsten Runde mit einem sauschlechten Blatt »all in«. Sie verlor ihre letzten siebzig Euro und gewann dafür die Zeit und Ruhe, um ihre ganze Aufmerksamkeit der ominösen Tür zu widmen.

Eine halbe Stunde lang tat sich gar nichts. Die Andrea hatte mit ihrer ausufernd naiven Spielweise inzwischen alle bis auf einen Spieler vom Tisch genommen. Beim letzten verbliebenen Gegner war es auch nur mehr eine Frage der Zeit, bis er die Segel streichen musste. Die Andrea saß auf einem Jetonhaufen im Wert von achthundertfünfzig Euro, ihr Gegenüber hatte nur mehr hundertfünfzig Euro zur Verfügung. »All in!«, schrie sie begeistert, und just in diesem Moment öffnete sich die Tür zu den Toiletten, und der Bursche kam heraus. Er sah richtig schlecht aus: eingefallene Wangen, schwarze Ringe unter den Augen, die Haut noch bleicher, als die Charlotte sie in Erinnerung hatte.

Neben ihr war die Andrea aufgesprungen und hatte ihre Karten offen auf den Tisch gelegt. »Showdown«, erklärte die Kartendealerin bedeutungsschwanger. »Komm mit!«, raunte die Charlotte zur Andrea, aber die wollte davon nichts wissen. Sie hatte ein Full House. Angewidert stieß ihr Gegenüber seinen kleinen Haufen Jetons in die Mitte des Tisches. Er hatte nur eine Straße. Grundsätzlich ein Spitzenblatt, aber nichts gegen ein Full House. Hektisch blickte die Charlotte dem Burschen nach. Er war quer durch den Pokerraum geschlurft und näherte sich dem Ausgang. Die Andrea war mit Feiern noch immer nicht fertig. Wie Dagobert Duck in seinem Geldspeicher ließ sie die Jetons durch ihre Finger prasseln.

»Jetzt ist's aber genug«, sagte die Charlotte und packte ihre Freundin am Handgelenk. »Pack die Jetons ein und komm mit. Es hat sich was getan!« Erschrocken sammelte die Andrea ihre Jetons ein und ließ sie in ihrer Handtasche verschwinden.

»Kann ich die Jetons wenigstens noch umwechseln?« Die Charlotte sah den Burschen gerade beim Ausgang verschwinden. Sie schüttelte den Kopf. »Nein, keine Zeit. Das kannst du ein anderes Mal machen.« Sie ließ das Handgelenk der Andrea los und nahm sie stattdessen an der Hand. Im Eilschritt strebten sie auf den Ausgang zu.

Die Charlotte drängte sich an anderen Spielern vorbei und

kassierte für ihre Rüpelhaftigkeit die eine oder andere missmutige Bemerkung. »Kommst zu spät zur Arbeit?«, war noch der freundlichste Kommentar. Als sie endlich im Freien standen, war von dem Burschen nichts mehr zu sehen.

»Kannst du mir jetzt endlich erklären, was los ist?«, fragte die Andrea verwirrt. Die Charlotte erzählte kurz, was die Andrea in der letzten Stunde verpasst hatte.

»Wohin jetzt?«, fragte sie dann laut, aber mehr zu sich selbst.

»Sollen wir uns trennen? Das würde unsere Chancen verdoppeln«, schlug die Andrea vor.

»Nein, auf keinen Fall. Du kennst den Typen ja gar nicht. Außerdem will ich dich hier nicht allein rumlaufen lassen. Lass mich einen Moment nachdenken.« Die Charlotte rief sich den Burschen nochmals in Erinnerung. Heute Abend hatte er wie ein Drogenjunkie ausgesehen. Wo würde er sich wohl herumtreiben? Die Fahrgeschäfte schlossen bereits eins nach dem andern. Was, wenn er nach Hause ging? Und wo war zu Hause überhaupt? Die Charlotte sah eigentlich nur eine Möglichkeit. »Komm!«, sagte sie zur Andrea und schlug den Weg zur Parkgarage ein.

»Ist unser Abenteuer für heute endlich beendet?«, fragte die Andrea begeistert. »Dann kann ich ja noch mal zurück und die Jetons umtauschen. Das sind tausend Euro!«

»Nix ist beendet für heute!«, gab die Charlotte schroff zurück. »Wir machen noch einen Spaziergang.«

Die Andrea gab jeden Widerstand auf, und im nächsten Moment wurden sie von einer riesigen Besuchermenge geschluckt. An den rot-weiß-roten Fahnen, Hüten und Gesichtsbemalungen war leicht zu erkennen, dass es sich um österreichische Fußballfans handelte. Ratschen, Tröten, aufblasbare Klatschhände – die Fans waren euphorisiert. Die Charlotte hatte völlig verdrängt, dass heute das EM-Halbfinale zwischen Österreich und Italien auf dem Programm stand. Beziehungsweise gestanden hatte, denn die Partie war schon beendet. Der

Gemütslage der vielen hundert Fans nach zu schließen, hatte Österreich die Oberhand behalten. Allerdings hatte die Charlotte in diesem Moment überhaupt keine Lust, auch nur einen weiteren Gedanken an die Ballesterer zu verschwenden. Das genaue Ergebnis würde sie daheim auch noch herausfinden.

Glücklicherweise waren die Fans größtenteils in dieselbe Richtung unterwegs wie sie und die Andrea. Sie kamen vom Public Viewing auf der Kaiserwiese, gleich am Fuß des Riesenrads, und schoben sich in Richtung der Parkgaragen. Der Fanmoloch riss die beiden Frauen einfach mit. Sie hielten sich an den Händen fest, um nicht getrennt zu werden, und konnten sich nur mittreiben lassen. Der Lärm war fast unerträglich. Alle paar Sekunden presste einer auf seine Luftdrucktröte, was aus kurzer Entfernung fast das Trommelfell zum Platzen brachte. Ein unangenehmes Schwindelgefühl überkam die Charlotte. Keinen Moment zu früh löste sich die Menschenmenge wie von Geisterhand auf, man hatte die Parkhäuser erreicht.

Alle paar Meter verschwanden nun Dutzende Fans aus der Gruppe, um zu ihren Autos in dem riesigen Garagenkomplex zu kommen. Der schwarze Nebel, der sich über die Augen der Charlotte gesenkt hatte, lichtete sich langsam wieder. Das Geheul der Tröten wurde seltener, und sie kam langsam zu Sinnen. Große Menschenansammlungen waren noch nie ihre Sache gewesen.

Im Gegensatz zur restlichen Meute ließ die Charlotte die Garage links liegen. Sie zog es weiter in Richtung Messegelände, und dazu mussten sie das lang gezogene Gebäude einmal umrunden.

Dann standen sie mit einem Mal in einer dunklen Allee – seit Jahrzehnten schon einer der Hotspots der legalen und illegalen Prostitution in Wien. Nur wenige Meter entfernt von den Lichtern und dem Trubel des Wurstelpraters fand man hier das ganze Elend, die unterste Schicht der Menschheit. Und damit waren ausdrücklich nicht die Frauen und Männer gemeint, die hier ihre Dienste anbieten mussten.

»Umarm mich«, flüsterte die Charlotte der Andrea zu, die dieser Aufforderung gerne nachkam. »So werden wir vielleicht nicht blöd angesprochen.« Langsam schlenderten sie den dunklen Gehweg hinauf, der nach dreihundert Metern in die hell beleuchtete Ausstellungsstraße und das »normale« Leben mündete. Davor war aber alles ganz anders, eine Parallelwelt. Im Meterabstand boten Prostituierte aus Osteuropa, Afrika und Asien zu Schleuderpreisen ihre Dienste an. Ohne Gummi wurde es zwar eine Spur teurer, aber nicht so teuer, dass dies die vielen verzweifelten Männer vom Konsum abhielt. Im Schritttempo fuhren die Autos an der Fleischbeschau am Straßenrand vorbei. Hin und wieder blieb eines der Autos stehen, das Beifahrerfenster wurde heruntergelassen, und kurz darauf stieg eine der Damen ein. Gevögelt wurde dann gleich im Auto, ein paar hundert Meter weiter an den Ausläufern des Grünen Praters – dem größten Naherholungsgebiet der Wiener, mitten im Herzen der Stadt.

Schließlich entdeckten sie den Burschen, der ihnen kurz zuvor noch entwischt war. »Bingo«, zischte die Charlotte. Er stand gelangweilt am Straßenrand und hatte die löchrige Lederjacke abgelegt, die er noch im Casino getragen hatte. Jetzt präsentierte er sich in Netzshirt, Lackhose und kniehohen Stiefeln den potenziellen Freiern.

Die Charlotte und die Andrea schlichen sich an ihn heran. Die Charlotte tippte ihm auf die Schultern: »Überraschung!«, sagte sie leise, und der Bursche wäre vor Schreck beinahe umgefallen.

19

Sie hatten den überrumpelten Burschen in ihre Mitte genommen und wie einen Betrunkenen abgeführt. Zurück ins Licht des Wurstelpraters, weg vom unausweichlichen nächtlichen

Schicksal. Er war ohne Gegenwehr mitgekommen und stieg kommentarlos ins Auto der Charlotte ein. Sie hatte nicht vor, ihn bei der Polizei abzuliefern. Wieso auch? Sie hatte keine Beweise gegen ihn in der Hand und wollte, wenigstens vorerst, nur mit ihm reden.

»Zigarette?«, fragte ihn die Andrea.

»Was wird das? Good cop, bad cop?«, spuckte der Bursche zurück. »Nicht mit mir. Außerdem will ich zuerst mal eure Dienstmarken sehen.«

»Dienstmarken?«, fragte die Charlotte überrascht. »Ich glaube, ich muss da mal was klarstellen. Wir sind nicht von der Polizei. Wir wollen bloß mit dir reden. In Ruhe und ohne Ablenkung – deshalb sitzen wir hier im Auto und stehen nicht unten auf der Straße. Oder in der nächsten Polizeiinspektion.«

»Worum geht es denn?«

»Kannst du dich nicht an mich erinnern? Wir sind uns jetzt schon drei Mal über den Weg gelaufen. Einmal hast du bei mir sogar was getrunken.«

Der Bursche sah die Charlotte genauer an. Er kniff die Augen zusammen und kramte in seinen Erinnerungen herum. »Du?«, kam es ihm schließlich. »Du bist doch die Weinverkäuferin beim Sommertheater! Was willst du denn von mir?« Die Verwirrung war ihm deutlich anzumerken.

»Na endlich! Also, erstens: Ich bin die Charlotte. Ohne ›e‹ wenn es nicht stört. Das hier ist die Andrea. Meine Freundin. Wir sind Bekannte von Norbert Obermayers Frau. Und ich weiß, dass auch du ein Freund vom Obermayer warst.« Das war jetzt ein Schuss ins Blaue von der Charlotte, aber in den letzten Minuten hatte sich ein Verdacht in ihr verfestigt, den sie nun bestätigen wollte.

»Vom Norbert?«, fragte der Bursche und bekam verschwommene Augen.

»Ja, vom Norbert. Aber fangen wir mal anders an. Wie heißt du eigentlich?«

»Noah«, sagte der Bursche mit geschlossenen Augen.

»Also gut, Noah. Wie gesagt, wir sind nicht von der Polizei. Vielleicht willst du dein Gewissen bei uns erleichtern?«

Der Bursche vergrub das Gesicht in den Händen, fuhr sich durch die Haare und sagte lange Sekunden gar nichts. Als er aufblickte, war da plötzlich ein Feuer in seinen Augen, das der Charlotte bisher nicht aufgefallen war.

»Ja, ich habe ihn gekannt. Er war einer meiner anständigsten Kunden. Er hat mir nie wehgetan, so wie einige andere, die einfach nur Schweine waren. Dafür habe ich ihn gemocht, vielleicht sogar ein wenig geliebt. Glaube ich. Keine Ahnung. Ich weiß eigentlich gar nicht, wie sich das anfühlt. Vielleicht war er auch nur ein Vaterersatz.«

»Auf so einen Vater könnte ich verzichten«, meinte die Charlotte.

»Du hast ihn geliebt?«, fragte die Andrea einfühlsamer nach. Der Bursche tat ihr irgendwie leid. Sie konnte sich gar nicht vorstellen, was in einem Leben alles schiefgehen musste, um sich so auf der Straße verkaufen zu müssen.

»Warst du deshalb bei der Premiere?«, hakte die Charlotte nach. Ihre innere Polizistin hatte jetzt das Kommando übernommen.

»Nein … ja …«

»Also was jetzt?«

Der Bursche blieb stumm. Aber das Schweigen verriet der Charlotte alles, was sie wissen musste. »Hast du Spielschulden? Oder Schulden wegen Drogen?«

Der Noah sah sie mit geröteten Augen an. Er war ertappt, aber das war ihm irgendwie auch recht. Endlich Schluss mit dem Versteckspielen. »Ja. Aber ich habe in meinem Scheißleben sonst ja nix. Und von Drogen lass ich die Finger. Ich bin da einer der wenigen. Die anderen brauchen ihre Dröhnung, sonst stehen sie so eine Nacht auf der Straße nervlich nicht durch.«

»Und du holst dir deine Dröhnung am Spielautomaten«, stellte die Charlotte trocken fest. »Ich habe dich vorhin im

Casino gesehen. Zufällig, aber das ist egal.« Der Bursche nickte zur Bestätigung mit dem Kopf.

»Und jetzt kommt's«, fuhr die Charlotte fort, »egal, ob du den Obermayer geliebt hast oder nicht, du hast ihn erpresst.« Am Beifahrersitz machte die Andrea große Augen. Diese Verbindung hatte sie bisher noch nicht hergestellt. Als die Charlotte das aber so trocken in den Raum stellte, setzten sich die fehlenden Puzzleteile wie von selbst zusammen.

»Ja«, bestätigte der Noah kleinlaut. »Es durfte ja niemand wissen, dass der Norbert auch mit Männern rummachte. Wenn er betrunken genug war, konnte ich ganz leicht Fotos von uns beiden machen. Mit denen habe ich ihn dann erpresst.«

»Und nach der Premiere hätte er dir das Geld geben sollen. Deshalb warst du damals dort.«

»Ja, so war's ausgemacht. Ich wollte das nicht hier durchziehen. Hätte das jemand mitbekommen, wäre ich nicht lebend aus dem Prater rausgekommen. Für ein paar Euro machen die hier alles. Für ein paar tausend Euro bringen sie auch Leute um. Ist ja nicht so, als ob das Leben eines Strichers viel zählen würde.«

»Und du behauptest, du hättest ihn geliebt?«, sagte die Andrea noch mal. Ihr Mitleid hielt sich nun aber doch in Grenzen. Beleidigt sah der Bursche die Blondine am Beifahrersitz an. »Ihr habt ja keine Ahnung. Es war mein einziger Ausweg. Wenn ich meine Schulden nicht bald begleiche, brechen sie mir die Beine oder Schlimmeres.«

»Wer sind ›sie‹?«, wollte die Charlotte wissen.

»Aber geh«, antwortete der Noah, »tu nicht so. Die Leute, denen die Spielautomaten gehören. Mafia oder so. Aus der Slowakei und Ungarn. Die kennt keiner so genau. Aber ihre Schläger sind sofort zur Stelle, wenn es ans Eingemachte geht.«

»Wie hast du den Obermayer überhaupt kennengelernt? Er kam mir nicht vor wie einer, der sich seine Liebhaber auf der Straße sucht.«

»Er vielleicht nicht, andere aber schon«, sagte der Noah kryptisch.

»Ja, ja, schon gut. Bitte keine philosophischen Vorträge jetzt«, trieb ihn die Charlotte an.

»Wer sieht schon so aus? Er hat ja auch seine Vorliebe für Männer vor der Welt geheim gehalten. Aber es stimmt schon, ich habe ihn im Casino kennengelernt. Ab und zu mache ich dort den Kellner. Er hat da oft gezockt. War leider kein guter Spieler.« Das hörte die Charlotte nicht zum ersten Mal.

»Weißt du, ob er im Casino Schulden hatte?«

»Ja, und nicht wenig. Dagegen waren meine Schulden ein Scheißdreck.«

»Und trotzdem hast du ihn erpresst«, mischte sich die Andrea fassungslos ein.

Der Noah strafte sie mit einem bösen Blick und fuhr dann fort: »Er hat mich angesprochen, mir ein großes Trinkgeld gegeben, und eine Stunde später haben wir es schon in seinem Auto getrieben. Ab da war er sicher einmal die Woche bei mir. Immer ein Gentleman.« Der Bursche schwieg.

»Du kommst jetzt mit uns mit«, sagte die Charlotte in einem Ton, der keinen Widerspruch zuließ, und startete den Wagen.

»Hey, du kannst mich nicht einfach entführen!«, protestierte der Noah, allerdings nur halbherzig.

»Willst dich bei der Polizei beschweren?«, fragte die Charlotte mit vor Süffisanz triefender Stimme. »Außerdem habe ich das Gefühl, dass du hier nicht mehr ganz sicher bist. Ich möchte dich aus dem Schussfeld nehmen. Bei mir kannst du dich auch ein wenig erholen. Du hast zwar viel Scheiße gebaut, aber am Tod vom Obermayer bist du nicht schuld.« Damit war die Diskussion beendet.

Die Charlotte steuerte ihren Wagen aus der Parkgarage. Nach wenigen Metern waren sie auf der auch um diese Uhrzeit viel befahrenen Ausstellungsstraße und damit wieder zurück in der Normalität. Vom Prater und seiner Parallelwelt hatte die Charlotte vorerst genug. Ganz im Gegensatz zur Andrea, die so bald wie möglich ihre beim Poker gewonnenen Jetons in echtes Geld wechseln lassen wollte.

Sie kamen um zwei Uhr in der Früh beim Weingut an. Alles war finster, und so konnten sie den Noah ohne großes Aufsehen hineinschmuggeln. Die Charlotte holte von der Rezeption den Schlüssel eines freien Hotelzimmers und quartierte den Burschen dort ein.

»Wie alt bist du eigentlich?«, wollte sie noch von ihm wissen.

»Siebzehn, wieso?«

»Nur so, hat mich interessiert«, sagte die Charlotte und schloss die Tür von außen ab.

»Was soll das?«, kam von innen Protest.

»Ich will nur verhindern, dass du Blödsinn machst, Noah. Geh duschen, schlaf dich aus, und morgen sprechen wir weiter. Ich habe vielleicht einen Vorschlag, der dich interessieren könnte«, sagte sie durch die geschlossene Tür, dann machte sie am Absatz kehrt und wollte gehen, als ihr noch etwas einfiel. Etwas, das sie schon die ganze Zeit irritiert hatte – eine Äußerung vom Noah, die sie erst einfach weggewischt hatte, die aber seitdem wie eine lästige Gelse in ihrem Hinterkopf herumschwirrte. Sie klopfte an der Tür vom Noah (sie war ja gut erzogen), sperrte ohne zu warten auf (so gut erzogen war sie dann auch wieder nicht) und sah, wie sich der Bursche gerade aus seinem Shirt schälte. Der Rücken war von blauen Flecken übersät, an der Hüfte hatte er eine lange Narbe, die nur von einem Messerstich stammen konnte. In der Armbeuge konnte sie die Einstichlöcher von Nadeln erkennen.

»Was soll –«, entfuhr es dem Noah.

»Ich dachte, du nimmst keine Drogen«, sagte die Charlotte enttäuscht.

Der Noah sah auf seine Armbeugen. »Tu ich auch nicht mehr. Ich habe vor zwei Monaten aufgehört, aber die Scheißstiche wollen einfach nicht verheilen.« Er sank auf das Bett und vergrub wieder das Gesicht in seinen Händen. Die Charlotte setzte sich neben ihn. Nach kurzem Zögern umarmte sie ihn schließlich vorsichtig. Er legte den Kopf an ihre Brust und begann, hemmungslos zu schluchzen. Sie ließ ihn gewähren. Er sollte sich ruhig mal ausheulen. Aus eigener Erfahrung wusste sie, wie hilfreich das sein konnte.

»Keine Eltern mehr?«, wollte sie schließlich wissen, nachdem sich der Noah wieder etwas eingekriegt hatte.

»Nein, ich bin im Waisenhaus aufgewachsen und mit fünfzehn abgehaut. War die Hölle dort.« Die Charlotte strich ihm durchs fettige Haar. Sie wunderte sich, wo er sonst seine Nächte verbrachte. In Wirklichkeit konnte sie sich die Antwort darauf selbst geben.

»Wie vorhin gesagt: Geh dich mal duschen und ruh dich aus. Morgen schauen wir dann weiter.« Nach einem Blick auf ihre klebrige Hand fügte sie noch hinzu: »Und wasch dir die Haare.« Da musste der Noah schließlich auch ein wenig lächeln.

Bevor sie das Zimmer verließ, drehte sich die Charlotte nochmals um, legte den Zeigefinger nachdenklich auf die Lippen und sagte in bester Columbo-Manier: »Eine Frage hätte ich noch ...«

Fünf Minuten später verließ sie zufrieden das Zimmer. Den Schlüssel ließ sie bei ihm. Sie vertraute dem Noah jetzt so weit, dass er nicht einfach abhauen würde. Das Columbo-Verhör hatte ihr einiges klargemacht. Sie musste gleich in der Früh mit dem Leo sprechen. Und mit der Andrea und der Flora. Und dem Noah gegenüber ein Versprechen einlösen.

20

Der nächste Morgen bot das übliche Bild. Brütende Hitze über Perchtoldsdorf und Wien, zur Abwechslung hatten sich jedoch ein paar ganz, ganz dünne Wolkenfetzen an den blauen

Himmel verirrt. Regen oder wenigstens ein wenig Abkühlung versprachen sie aber nicht. Diese Wolken glichen eher vereinzelten Farbspritzern am Boden vor einer Malerleinwand. Hier ein Spritzer, dort noch einer. Und bei Weitem nicht genug, um eine dichte Wolkendecke zu bilden. Den Schülern, die gerade ihre erste Ferienwoche genossen, war das nur recht. Das Freibad würde heute, am Samstag, das erste Mal die blaue Flagge hissen und damit anzeigen, dass man restlos überfüllt war.

Was das superheiße Wetter für den ersten Tag des Heurigenbetriebs bedeutete, traute sich die Charlotte noch nicht zu prognostizieren. Hier oben in den Weinbergen war es eine Spur kühler als unten im Ort. Vielen würde es aber wohl trotzdem schlicht zu heiß sein, um einen Spaziergang oder eine kurze Wanderung herauf zu machen. Das war das Problem an dieser exponierten Lage. Kein anderer Betrieb im Ort hatte ein ähnliches Ambiente zu bieten, dafür war auch kein anderer Betrieb so mühsam zu erreichen. Deshalb rechnete die Charlotte eher damit, dass die meisten Gäste erst am Abend kommen würden. Wenn der Freibadbesuch oder das Sonnen im eigenen Garten irgendwann beendet war.

Trotz der langen Nacht war die Charlotte um sieben Uhr bereits munter. Der Ausblick auf ein baldiges Ende dieser Geschichte ließ sie nicht schlafen. Trotzdem fühlte sie sich ausgeruht genug, um mit der Erledigung der vielen Aufgaben anzufangen, die an diesem Tag anstanden. Als Erstes schlich sie auf Zehenspitzen zum Zimmer vom Noah. Sie wollte ja die anderen Hotelgäste nicht wecken. Mit einem Ohr lauschte sie an der Zimmertür. Zufrieden stellte sie fest, dass von der anderen Seite ein lautes, gleichmäßiges Schnarchen zu hören war. Sehr gut. Er sollte sich noch ausschlafen, denn auch für den Noah stand heute einiges auf dem Programm.

Dann schlich sie durch den Flur zurück, um sich aus der Küche einen Kaffee zu holen. Dort traf sie wie erhofft auf ihren Papa. Auch die Omama stand schon in Schürze und voller Kochmontur da und bereitete die letzten Kuchen und Torten für den Heurigenbetrieb vor. Ab elf Uhr würde der Heurige offiziell seine Pforten öffnen.

»Hallo, Papa, hallo, Omama!« Die Charlotte betrat extra gut gelaunt die Küche und gab den beiden ein Guten-Morgen-Bussi. Der Herr Papa sah verwundert von seiner Zeitung auf. »So gut drauf heute? Das bin ich um diese Uhrzeit von dir ja gar nicht gewohnt.«

»Schnickschnack«, antwortete die Charlotte und drückte sich einen Kapselkaffee aus der Maschine. Und weil heute so ein schöner Tag war, machte sie sich sogar die Mühe, den Milchschäumer in Betrieb zu nehmen. »Für dich auch, Papa?« Der Herr Papa sah seine Tochter mit immer größerem Misstrauen an. »Was hast denn ausgefressen? Normalerweise bekommst du in der Früh kaum den Mund auf. Und heute willst du mir sogar einen Kaffee machen?«

»Ach, lass sie doch«, mischte sich die Omama ein. Sie wischte sich die vom Teigkneten klebrigen Finger an einem Küchentuch ab. »Wenn der alte Depp nicht will, kannst mir ja einen machen. Aber lass mich die Farbe aussuchen.« Die Charlotte hielt der Omama eine große Tupperware-Schüssel hin. Darin waren Kaffeekapseln in allen erdenklichen Farben. Die Omama wühlte freudig wie ein Kleinkind darin herum und entschied sich schließlich für eine orangefarbene Kapsel. Die Charlotte hatte den begründeten Verdacht, dass die Omama keine Ahnung hatte, was sie sich da gerade ausgesucht hatte. Sie fand einfach die Farbe schön.

»Mach mir einen Grünen«, grunzte daraufhin der Papa, und die Charlotte tat wie ihr geheißen. Als sie am Küchentisch saß, musterte er sie nochmals.

»Wo sind denn die Bianchis eigentlich?«, wollte die Charlotte wissen. Der Herr Papa musste grinsen. »Die schlafen ihren Rausch aus. Mussten ihren Kummer über das Fußballspiel gestern ertränken.«

»Ach, wir haben gewonnen?« Die Charlotte hatte noch immer nicht nachgeschaut, wie das Spiel zwischen Österreich und Italien ausgegangen war, aber die Stimmung der Fans im Prater hatte sie diesen Ausgang schlussfolgern lassen. Dafür musste man kein Sherlock Holmes sein.

»Arschknapp war's«, sagte der Herr Papa. Und mit stolzgeschwellter Brust: »Ein heroisches 0:0 über hundertzwanzig Minuten haben sich unsere Burschen erkämpft. Im Elferschießen haben s' die Itaker dann zerlegt. Ich hätt fast weinen können vor Freude.«

»Hätte?«

»Na gut, vielleicht habe ich auch eine Träne verdrückt«, gab der Papa zu.

»Gegen wen spielen wir im Finale?«

»Deutschland – Traumfinale!«

»Ja, für die Deutschen vielleicht. Haben wir da überhaupt was zu bestellen?«, meinte die Charlotte fachmännisch.

»Im Fußball ist immer was möglich.« Damit beendete der Herr Papa die Fußballdiskussion. Er wollte sich von seiner pessimistischen Tochter wirklich nicht die gute Laune ruinieren lassen.

Die Charlotte schlürfte ihren heißen Kaffee, der Papa widmete sich wieder seiner Zeitung. Seine Konzentration hielt aber nicht lange. Die gute Laune der Charlotte war ihm zutiefst suspekt.

»Also, rück schon raus. Was willst du von mir?«, fragte er und faltete die Zeitung zusammen. Ein untrügliches Zeichen dafür, dass seine volle Aufmerksamkeit nun der Charlotte galt. Die rührte noch ein wenig in ihrem Kaffee und suchte im Kopf nach den passenden Worten.

»Brauchen wir noch einen Kellner?«, fragte sie schließlich.

Der Herr Papa überlegte kurz. »Eigentlich nicht. Wir sind ganz gut aufgestellt. Das weißt du doch selbst, Mädel.«

»Ich dachte nur, weil wir ein paar von den Kellnerinnen ja auch unten bei den Sommerfestspielen einsetzen.«

Nachdenkliches Schweigen, dann: »Wen hättest du denn bei der Hand?«

Die Charlotte setzte ihr charmantestes Lächeln auf und sagte:»Das wirst du mir nie im Leben glauben ...«

Tat der Herr Papa aber dann doch, nachdem sie ihm die Geschichte der letzten Nacht gleich zwei Mal erzählt hatte. Ein Kopfschütteln konnte er sich dennoch nicht verkneifen.»Nimmst du jetzt jeden Streuner auf, der dir über den Weg läuft? Zuerst die Obermayer-Witwe, jetzt den ... Liebhaber vom Obermayer.« Man merkte, wie schwer sich der alte Nöhrer bei dem Gedanken daran tat, einen Siebzehnjährigen als Liebhaber eines anderen Mannes zu bezeichnen. Zu seiner Verteidigung sei aber gesagt, dass er sich alle Mühe gab. Und immerhin hatte er dank seiner älteren Tochter in Sachen Umgang mit gleichgeschlechtlichen Beziehungen über die Jahre genug Erfahrungen gesammelt.

»Drogen?«, fragte er. Die Charlotte nickte.»Hat aber aufgehört. Sagt er zumindest. Ich hab ihn mir gestern noch ein bisschen näher angeschaut und bin geneigt, ihm zu glauben.«

»Sagt das die Samariterin oder die Polizistin?«

Das war eine berechtigte Frage. Die Charlotte nahm sich Zeit, darüber nachzudenken. Dann sagte sie:»Die Polizistin. Seine Einstichlöcher sind schon ziemlich vernarbt. Kokain schließe ich aus, da hätte ich überhaupt keine Anzeichen bemerkt. Was Kiffen angeht ... mei, das kann man nie ausschließen. Da würde ich für niemanden in dem Alter die Hand ins Feuer legen.«

»Auch nicht für deine Schwester?«

»Nein!«, sagte die Charlotte bestimmt.»Den Blödsinn machen fast alle früher oder später mal.« Der Herr Papa grunzte nochmals, damit war auch dieses Thema abgeschlossen.

Die Omama kam von der Arbeitsplatte herübergeschlurft und herzte ihre Enkeltochter.»Du hast halt ein gutes Herz, Charlottchen«, sagte sie.»Ich bin stolz auf dich. So ein gutes Herz wird zwar oft missbraucht und verletzt, aber wenigstens musst du dir nichts vorwerfen, wenn du mal vor deinen Herrgott trittst.« Die Charlotte tätschelte ihrer Omama auf den Rücken, bekam bei der apokalyptischen Vorhersage aber ein etwas flaues Gefühl im Magen. Jaja, dachte sie, das Herz geht so lange zum Messer, bis es sticht. Ruhe er in Frieden, der große Philosoph Falco.

»Der Noah darf jetzt also mal bei uns auf dem Weingut bleiben. Er wird kellnerieren, das scheint er ja zu können, und dann schauen wir weiter. Die Erpressungsgeschichte berede ich mit dem Leo«, fasste die Charlotte zusammen.

»Auf deine Verantwortung«, sagte der Papa, und die Charlotte nickte bestätigend. »Wann bekommen wir den jungen Mann denn zu sehen?«, wollte er dann noch wissen.

»Wenn wir das Umstyling erledigt haben. So kann ich ihn nicht auf unsere Kundschaft loslassen«, entgegnete die Charlotte lachend und verließ die Küche.

Ihr nächster Stopp war das Zimmer der Flora. Sie klopfte an und riss die Tür auf. Hoppala, sie hatte ja ganz »vergessen«, dass die Flora nicht allein schlief. Sie kam gerade recht, wie der Luca verschlafen und in Boxershorts von der Toilette zurück ins Bett kriechen wollte. Erschrocken fuhr er zusammen, und die Flora kreischte: »Charly!« Die schmiss die Tür wieder zu, konnte sich aber ein hämisches Grinsen nicht verbeißen. Erwischt, dachte sie.

Zwei Minuten später öffnete die Flora die Tür. Sie warf ihrer großen Schwester einen vernichtenden Blick zu. »Was ist?«

Die Charlotte drängte sich an ihr vorbei ins Zimmer. Der Luca war inzwischen angezogen und saß am offenen Fenster. Die Charlotte hockte sich auf die Bettkante. »Ich habe eine Aufgabe für euch und für die Andrea.« Dann erzählte sie noch einmal die Ereignisse der letzten Nacht.

Die Flora bekam leuchtende Augen, ganz im Gegensatz zum Luca, der trotz seiner mangelhaften Deutschkenntnisse mitbekommen hatte, dass sich die Flora um einen Burschen in ihrem Alter kümmern sollte. Autsch, die Eifersucht war wirklich ein Hund.

Die Charlotte bemerkte den beleidigten Blick des kleinen

Italieners und sagte:»Keine Sorge, Luca, ich möchte den Noah nur wieder herzeigbar machen. So wie er jetzt ist, kann er vielleicht in einem SM-Schuppen kellnerieren, aber nicht hier bei uns. Außerdem begleitet euch die Andrea. Irgendwer muss euch ja das Auto chauffieren und auf meine Kreditkarte aufpassen. In einer Stunde geht's los.«

Damit ließ sie die beiden Turteltauben allein und ging zurück in ihre Wohnung. Dort hockte die Andrea bereits über ihren Studienunterlagen. Auch in den Ferien hatte sie keine Ruhe. Die letzten Prüfungen im Herbst erforderten vollste Konzentration und einen fast unmenschlichen Lernaufwand. Und dazu noch die Abschlussarbeit.

Dennoch kam ihr die Ablenkung durch ihre Freundin alles andere als ungelegen. Die Charlotte drückte ihr einen Kuss in den Nacken und bekam im Gegenzug eine feste Umarmung mit Streicheleinheiten für den Rücken. Bevor es zum Äußersten kam, löste sich die Charlotte aus der Umarmung und erklärte der Andrea, welche Aufgabe sie erwartete.

»Ich soll also den Anstandswauwau spielen.«

»Ja, nein. Klar, ein bisschen aufpassen. Ich glaube, wir können dem Noah vertrauen, aber er muss mich erst richtig überzeugen. Dafür bekommt er jede Chance von mir. Abgesehen davon will ich der Flora nicht meine Kreditkarte anvertrauen. Und Chauffeur darfst du auch spielen.«

»Okay, lass mich noch kurz ein Brot und einen Kaffee einwerfen. Dann fahr ich mit ihnen in die Mall.«

»Spitze, danke!« Die Charlotte gab ihr einen Kuss auf die Nasenspitze. »Und wenn du schon dort bist, schau doch noch mal in das Dessousgeschäft, in dem die Renate war.«

»Weil?«

»Na, vielleicht findest du dort ja auch was …«

Mit einem breiten Grinsen im Gesicht trollte sich die Andrea in Richtung Küche. Die Charlotte ging wieder zurück zum Zimmer vom Noah.

Diesmal blieb sie aber nicht davor stehen. Die meisten

Hotelgäste waren sowieso schon wach, also konnte sie lautstark an seine Tür klopfen. Nach einigen Momenten kamen aus dem Zimmer Geräusche: »Mhmmaauuo.« Ein paar Sekunden vergingen, bis der Noah sich in der ungewohnten Umgebung zurechtgefunden hatte. »Herein?«, rief er skeptisch.

Die Charlotte öffnete die Tür einen Spalt und lugte hinein. Der Junge saß zusammengekauert am Bett, die Decke bis unters Kinn hochgezogen.

»Guten Morgen! Wie geht's dir?«, fragte die Charlotte fröhlich. Sie schritt durchs Zimmer und öffnete das Fenster, um frische Luft ins Zimmer zu lassen.

»Danke, geht so«, antwortete der Noah argwöhnisch.

Die Charlotte setzte sich zu ihm aufs Bett. »Kein Grund, so misstrauisch zu sein«, sagte sie. »Ich habe dir heute Nacht etwas versprochen. Im Gegenzug hast du mir etwas versprochen. Bereit, dein Versprechen einzulösen?«

»Kommt drauf an. Zuerst lösen Sie Ihr Versprechen ein.«

»Du, nicht Sie«, verbesserte sie ihn. »Und ja, ich bin dazu bereit. Du kannst erst mal hierbleiben, im Gegenzug arbeitest du für mich. Ist schon alles abgesprochen.«

»Auch die Sache mit der Polizei?«

Die Charlotte schüttelte den Kopf. »Das erledige ich als Nächstes, ich kann mich ja nicht zerreißen.«

»Hast du vielleicht einen Kaffee für mich?«, fragte der Noah.

»Kannst du dir in der Küche holen. Ich zeige dir gleich, wo alles ist. Zieh dich mal an. Nach dem Frühstück fährst du mit meiner Schwester neue Sachen einkaufen. So kannst du hier nicht herumrennen.«

»Ich hab aber kein Geld.«

»Ich weiß. Ich zahle. Sagen wir, es ist eine Art Vorschuss. Auch ein Vertrauensvorschuss.«

Der Noah nickte und wischte sich Schlaf aus den Augen.

»Also, auf geht's! Ich warte vor der Tür auf dich.«

Ein paar Minuten später stand der Noah in seinen Gruftiklamotten neben der Charlotte. Sie leitete ihn durch diverse Flure und Gänge und erklärte nebenbei gleich, was sich wo befand, wer wo wohnte und so weiter und so fort. In der Küche trafen sie auf Muttern, die der Omama beim Kuchenbacken half. Die Mama war zwar von ihrem Mann vorgewarnt worden, als sie den Noah aber in persona sah, wäre sie vor Schreck trotzdem fast umgefallen.

Die Omama hatte weniger Berührungsängste. Sie ging zum Noah, schüttelte ihm viel zu wild die Hand und sagte schlicht: »Willkommen!« Und dann: »Wie du ausschaust, Bub! Wird Zeit, dass du was auf die Rippen bekommst.« Damit drückte sie ihm ein riesiges Stück Apfelstrudel auf einem Teller in die Hand (noch ganz warm, weil frisch aus dem Backrohr), legte eine Gabel dazu und sagte: »Iss, Bub. Wenn du bei uns arbeiten willst, brauchst du Kraft.«

Der Noah war sprachlos, folgte aber willig den Anweisungen der Omama, setzte sich an den Küchentisch und begann, den Apfelstrudel zu verschlingen. Die Frau Mama wollte da um nichts nachstehen und schenkte dem Noah von ihrem Filterkaffee ein. Zufrieden beobachtete die Charlotte die Szene. Ja, da könnte was draus werden, stellte sie fest. Sie schickte der Flora und der Andrea ein SMS, dass es so weit sei und sie ihren neuen Schützling abholen könnten. Kurz darauf erschienen die beiden, den Luca im Schlepptau, in der Küche. Die Andrea kannte der Noah bereits, die beiden anderen musste jedoch noch vorgestellt werden. Schüchtern, aber höflich schüttelte der Noah die Hand der Flora, danach auch die vom Luca. Die beiden Burschen warfen sich dabei nicht gerade freundschaftliche Blicke zu, was aber wohl in erster Linie dem Luca zuzuschreiben war. Der sah nämlich in jedem anderen männlichen Wesen im annähernd gleichen Alter wie er einen potenziellen Konkurrenten um die Gunst der Flora.

Die Andrea konnte ihm das nicht verdenken. Sie stieß der Charlotte mit dem Ellbogen in die Rippen. »Du, der Noah ist alles, aber nicht schwul«, raunte sie ihr zu.

»Aber die Sache mit dem Obermayer? Und wo wir ihn aufgelesen haben?«

»Wenn, dann ist er bi oder hat das nur wegen der Kohle gemacht. Hast du nicht gesehen, wie seine Augen weit geworden sind, als er der Flora die Hand geschüttelt hat? Der wollte gar nicht mehr loslassen. Da hat's ziemlich eingeschlagen.«

»Na, umso besser, dass du die drei begleitest«, antwortete die Charlotte grinsend. »Pass bitte auf, dass sich die Burschen nicht gegenseitig an die Gurgel gehen.« Ernster fuhr sie fort: »Meinst du, dass er uns angelogen hat, als er meinte, er sei ein wenig in den Obermayer verliebt gewesen?«

»Nein«, sagte die Andrea entschieden. »Das glaube ich ihm. Ich glaube aber auch, dass er die Sache etwas verklärt sieht. Er scheint wirklich schlecht behandelt worden zu sein. Wenn dann einer daherkommt und dich wenigstens halbwegs wie ein menschliches Wesen behandelt … Und falls er bi ist, glaube ich, dass er sich überhaupt noch nicht sicher ist, in welche Richtung er mehr tendiert.«

»Weil du dir da inzwischen sicher bist?«

»Oh, das war fies, meine Liebe. Ich hatte schon lange nichts mehr mit einem Mann. Aber wenn du so weitermachst, überlege ich mir das vielleicht noch mal.«

»Miststück«, hauchte ihr die Charlotte ins Ohr, während sie ihr die Kreditkarte in den Ausschnitt schob.

»Selber!«, flüsterte die Andrea. Dann lauter: »Und tschüss!« Sie packte den Noah bei der Hand und verließ die Küche. Die Flora und der Luca trabten hinterher. Zu viert stiegen sie in das Auto der Charlotte und machten sich auf den Weg.

Damit hatte die Charlotte wieder etwas Luft. Alle waren beschäftigt, sie konnte jetzt in aller Ruhe zum Leo auf die Polizeiinspektion fahren. Dabei erinnerte sie sich an ihren Anblick im Spiegel des Pokercasinos und beschloss, aufs Auto zu verzichten und mit dem Rad zu fahren. Nachdem die Andrea ihren Wagen genommen hatte, hätte sie sowieso nur mit dem Lieferwagen fahren können.

Bergab war das mit dem Fahrrad eine Spitzenidee. Der Fahrtwind kühlte angenehm, und es war so was von überhaupt keine Anstrengung. Ihr graute aber schon vor dem Rückweg den Berg hinauf. Das waren doch einige Höhenmeter, und sie war ja überhaupt nicht mehr in Form. Egal, jetzt galt es einmal, den Leo zu erwischen und ihm alles darzulegen, was sich in den letzten zwölf Stunden abgespielt hatte. Er würde nicht besonders erfreut sein.

21

»Ja, bist du jetzt völlig übergeschnappt?«, wurde sie von ihrem Cousin angefahren, nachdem sie zum dritten Mal an diesem Vormittag die Erlebnisse des Vorabends erzählt hatte. Die Charlotte hatte sicherheitshalber vom Eisgeschäft nebenan zwei große gemischte Becher mitgenommen. Ihr war klar, dass sie in einigen Dingen ein bisschen eigenmächtig gehandelt hatte. Angefangen damit, dass sie entgegen der Bitte vom Leo überhaupt in den Prater gefahren war. Dass sie dann auch noch den Erpresser vom Obermayer bei sich aufgenommen hatte, rundete das ganze, eher unerfreuliche Bild nur ab.

»Wie schmeckt die Zartbitterschoki?«, versuchte sie abzulenken.

Verwirrt blickte der Leo auf den langsam schmelzenden Eisbecher, der vor ihm auf dem Schreibtisch stand. Er tauchte den mitgelieferten Plastikspatel (mal im Ernst: Löffel kann man das ja nicht nennen, was man in einem Eisgeschäft mitbekommt) in die tiefdunkle Eiskugel, schob sie in den Mund, schloss die Augen und genoss ganz offensichtlich. Aber nur ein paar Sekunden. Dann riss er wieder die Augen auf und giftete weiter: »Ja, eh super. Aber versuch nicht, mich abzulenken. Da hast du dir ja ein ganz schönes Stück geleistet.«

»Ich weiß, aber immerhin wissen wir jetzt, wer *nicht* der Mörder vom Obermayer ist.«

»Ach, wissen wir das? Nur weil dir dein Gefühl sagt, dass es der, der … wie heißt er noch?«

»Noah«, half sie aus.

»Also nur, weil dir dein Gefühl sagt, dass es der Noah nicht war? So wie bei der Renate Obermayer?«

»Hörst du mir eigentlich zu, Cousin? Ich hab dir doch genau erklärt, wieso er es nicht sein kann. Hätte er den Obermayer ermorden wollen, dann hätte er es doch wohl erst gemacht, nachdem er die Kohle hatte. Nicht davor. Außerdem war ich auch mal Polizistin. Nur, weil ich nicht mehr bei eurer Truppe bin, heißt das nicht, dass mir jedes Gefühl für solche Fälle abhandengekommen ist. Der Bub ist unschuldig. Also, was den Mord am Obermayer angeht. Das sag ich dir. Und die Erpressungsgeschichte … Ja, deswegen wollte ich eigentlich mit dir reden. Können wir die nicht unter den Tisch fallen lassen?«

»Wie bitte?«, entfuhr es dem Leo. Er war aus seinem Bürostuhl hochgesprungen und hätte fast den kostbaren Eisbecher (immerhin fünf Euro fünfzig für fünf Kugeln) umgeschmissen. So sauer hatte die Charlotte ihren Cousin noch nie erlebt.

»Na ja«, fuhr sie leise fort, »außer dir und mir weiß ja keiner was davon.«

»Jetzt willst du auch noch, dass ich einfach vergesse, was du mir eben erzählt hast?«

Die Charlotte nickte und schob sich genüsslich einen Löffel mit Zwetschkeneis in den Mund. »Ist ja in Wirklichkeit nix passiert. Der Obermayer wäre auch ohne die Erpressungsgeschichte ermordet worden. Und zur Geldübergabe ist es eh nicht gekommen. Also alles paletti, eigentlich. Im Gegenzug liefere ich dir den Mörder vom Obermayer und der Midlener.«

»Die Renate Obermayer sitzt doch schon in U-Haft«, entgegnete der Leo kühl.

»Die war's nicht, und das weißt du genauso gut wie ich. Außer Indizien habt ihr gegen die Renate nix in der Hand. Ich kann dir den wirklichen Mörder liefern.«

»Mit Expresslieferung, heute noch?«, fragte der Leo zynisch. Er hatte sich inzwischen wieder gesetzt und in seinem Stuhl zurückgelehnt. Fehlte nur, dass er die Füße auf den Tisch legte.

Die Charlotte beugte sich vor, stellte ihren Eisbecher ab und lehnte sich mit den Ellbogen auf die Schreibtischplatte.

»Nein, aber morgen Abend.«

Endlich wurde der Leo doch hellhörig. Die Charlotte erklärte dem Leo ihren Verdacht, und nach einigen weiteren, weniger hitzigen Diskussionsrunden war auch der Leo überzeugt. »Hilfst du mir?«, wollte die Charlotte am Ende wissen.

Der Leo nickte ernst.

So, wie die Charlotte ihren Verdacht erklärt hatte, war er für ihn durchaus schlüssig. Auch wenn er diese Person bislang überhaupt nicht am Radar gehabt hatte. Durch die Aussagen des Strichers – der Leo konnte sich noch nicht dazu bringen, den Noah beim Namen zu nennen – hatten sich einige Verdachtsmomente grundlegend geändert.

»Und der Noah geht straffrei aus?«

»Ich werde mich bemühen. Wenn alles so hinhaut, wie du dir das vorstellst, wüsste ich nicht, was der Staatsanwalt dagegen haben soll. Außerdem ist er erst siebzehn, da kann man schon was deichseln. Vor allem, wenn er sich bei euch oben am Weingut ordentlich benimmt und Anstalten macht, sich wieder in die Gesellschaft einzugliedern, wie es so schön heißt. Das sollte also unser geringstes Problem sein.«

Zufrieden lehnte sich die Charlotte zurück, und schweigend genossen die beiden die letzten Löffel ihrer inzwischen beinahe zerronnenen Eisbecher. Der Leo begleitete die Charlotte zum Ausgang und entschuldigte sich für sein Aufbrausen am Anfang ihres Besuchs.

»Ist schon gut«, versicherte ihm die Charlotte. »Ich weiß ja, dass ich manchmal ziemlich nervig sein kann. Diesmal war's am Ende aber ein gutes Nervigsein, oder?«

»Das werden wir erst sehen«, sagte der Leo mit einem Augenzwinkern. »Alle Achtung«, meinte er, als er sah, dass sich die Charlotte auf ihr Fahrrad schwang. »Wusste gar nicht, dass du so sportlich bist. Ist ja doch ein schönes Stück rauf zu euch.«

»Pah!«, antwortete die Charlotte schnippisch. Dabei fegte sie sich schwungvoll eine rote Locke aus der Stirn. »Den Lindberg werde ich ja wohl irgendwie schaffen.«

»Betonung auf ›irgendwie‹.« Der Zweifel in der Stimme vom Leo war nicht zu überhören. Die Charlotte stieg in die Pedale und begann den langen Anstieg die Elisabethstraße hinauf. Auf sie warteten fast zwei Kilometer bergaufwärts. Danach ging es noch über die Schottereinfahrt hin zum Weingut. Seit Jahren kannte sie diesen Anstieg nur mit dem Auto. Da wirkte er aber bei Weitem nicht so steil.

Nach der Hälfte der Strecke musste die Charlotte absteigen und eine kurze Pause einlegen. Allerdings verkniff sie sich, daraus eine Rauchpause zu machen. Sie schob ihr Rad ein Stück, dann stieg sie wieder auf und quälte sich im ersten Gang weiter nach oben. Nach insgesamt fast dreißig Minuten trudelte sie endlich daheim ein. Völlig durchgeschwitzt und außer Atem. Die letzten zweihundert Meter waren besonders mühsam gewesen. Auf dem Kies war das Rad immer wieder weggerutscht, und nur mit Mühe hatte sie einen Sturz verhindern können. Am Ende hatte sie drauf gepfiffen und ihren Drahtesel geschoben. Sie beschloss, dass der Kiesweg asap durch eine normale Asphaltauffahrt ersetzt werden müsste. Vielleicht ergab sich ja am Sonntag beim EM-Finale die Möglichkeit, mit dem Bürgermeister darüber zu reden.

Es war Mittag, als sie ankam. Der Innenhof des Heurigen war überraschend gut besetzt. Völlig außer Atem hatte sie doch glatt den Touristenbus übersehen, der sich seitlich des Weinguts auf einem der insgesamt vier markierten Busparkplätze eingeparkt hatte.

Von den Tischen stieg ihr verlockender Essensgeruch in die Nase. Schnitzel, Schweinsbraten, verschiedene Aufläufe. Die Küche lief auf Hochtouren. Die Gäste, eine Horde Japaner, nahm keine Notiz von der durchschwitzten Frau, die langsam an den Tischen und Lounge-Möbeln vorbeiwankte und sich schließlich auf einer Bank in der Küche niederließ.

»Ja, wie schaust denn du aus, Kind?«, fragte die allgegenwärtige Omama entsetzt.

Die Charlotte winkte ab. »Ist schon gut. Ich habe mir eingebildet, dass ich heute mit dem Rad runter- und rauffahren muss. War keine so gute Idee.«

»Aber Charlottchen, bei der Hitze! Komm, da hast.« Die Omama hielt ihr ein Glas Mineralwasser hin, das die Charlotte gierig austrank.

»Ich geh jetzt eine Runde schlafen«, verkündete die Charlotte, nachdem sie noch ein Stück vom Kümmelbraten verschlungen hatte.

Endlich mal etwas Ruhe. Herrlich! Das Gemurmel aus dem Innenhof lullte die Charlotte in einen tiefen, erholsamen Schlaf, aus dem sie viel zu früh wieder geweckt wurde. Sie rieb sich verschlafen die Augen, als es wild an ihrer Tür klopfte. Einen Augenblick später stürmte auch schon Flora in die Wohnung.

»Tataaa!«, schrie sie und zeigte mit der rechten Hand zur Tür. Dort stand aber nur die Andrea. Die Charlotte sah zuerst die Flora, dann die Andrea verwundert an. Was sollte das? So frisch aus dem Schlaf gerissen, kannte sie sich überhaupt nicht aus. Jetzt kam noch die Andrea herein, und die Flora schrie wieder: »Tataaa!«

Nun erschien der Noah, wenngleich widerwillig. Er wurde vom Luca Schritt für Schritt vorwärtsgeschubst.

Die Charlotte rieb sich abermals die Augen. Vor ihr stand plötzlich ein komplett veränderter Mensch. »Die Heidi Klum hätte eine Freude mit euch«, meinte sie voll Hochachtung.

Der Noah war wirklich kaum wiederzuerkennen. Er war nicht nur neu eingekleidet worden, man hatte ihn auch zum

Friseur geschleppt. Gegen den Undercut hatte zwar selbst die begabteste Friseuse nichts ausrichten können, aber das, was an Haaren sonst noch da war, sah nun nicht mehr nach einem verfilzten Irgendwas aus.

So ganz wohl fühlte sich der Noah in seiner neuen, herzeigbaren Haut anscheinend noch nicht. Kribbelig trat er von einem Bein aufs andere. Vielleicht war es aber auch nur die Aufregung, was seine neue Mentorin zum Look-Make-over sagen würde.

»Das alte Gewand haben wir gleich im Müll entsorgt«, erklärte die Andrea. »Er hat sich zwar gewehrt, aber am Ende hatte er doch keine Wahl.«

Die Charlotte musterte ihren neuen Schützling von Kopf bis Fuß. Was ihr sofort auffiel: Die Metalldichte im Gesicht hatte stark abgenommen. Ein Ohrring war noch da, aber ansonsten nur mehr ein Nasenring. Die Ringe an den Lippen waren allesamt verschwunden. Am Oberkörper trug er ein rotes T-Shirt, bei dem seine tätowierten Arme zwar noch immer zu sehen waren, aber das störte die Charlotte überhaupt nicht. Die Hälfte ihrer Kellnerinnen war tätowiert, und das waren alles sogenannte anständige Studentinnen. Außerdem hatten die Tätowierungen an Stellen, bei deren Anblick sogar die Charlotte rot wurde.

Seine Beine steckten in kunstvoll zerstörten Jeans, bei denen jedes einzelne Loch genau so geplant war.

»Keine Sorge, Charly«, sagte die Andrea. »Das ist nur die Einserpanier. Wir haben noch ein paar andere Leiberl und Hosen besorgt, auch welche ohne Löcher.«

»Gsch, gsch. Jetzt erst mal raus mit euch!« Die Charlotte war zufrieden, wollte aber in Ruhe aufstehen. Deshalb scheuchte sie die versammelte Bagage mit hektischen Handbewegungen zur Tür hinaus. »Alles super«, rief sie ihnen hinterher, »habt ihr gut gemacht! Ich bin in fünf Minuten bei euch.« Bis auf die Andrea kamen auch alle der Aufforderung nach. Die Andrea ließ sich nicht so leicht aus ihrem eigenen Schlafzimmer vertreiben.

»Wie ist es denn wirklich gelaufen?«, wollte die Charlotte wissen, als die Flora, der Luca und der Noah verschwunden waren.

»Wirklich gut«, bekräftigte die Andrea. »Die Spannungen zwischen den Burschen haben sich nach und nach gelegt. Vor allem, nachdem der Noah ein bisschen aus dem Nähkästchen geplaudert hat. Der Luca scheint jetzt wenigstens zu glauben, dass er in Sachen Flora nichts von ihm zu befürchten hat. Na ja, wäre nicht der erste Mann, der seine Menschenkenntnis überschätzt. Egal, wir hatten wirklich Spaß. Der Noah hat sich zuerst natürlich gesträubt wie eine kleine Wildkatze. Ich glaube aber, das hängt eher damit zusammen, dass er ein hohes Maß an Eigenständigkeit gewohnt ist. Mit seinen siebzehn ist er noch ganz schön bockig, aber du dürftest recht haben. In ihm steckt ein guter Kern. Er hat den Friseur über sich ergehen lassen, und wenn ich wetten müsste, würde ich sagen, er hat es sogar genossen. Als er dann seine neuen Klamotten anhatte, ist er auf einer öffentlichen Toilette verschwunden und ohne den ganzen Klimbim im Gesicht wieder rausgekommen.«

Die Charlotte pfiff beeindruckt durch die Zähne. »Aus dem werden wir schon noch was machen«, erklärte sie. »Hoffe ich wenigstens.«

»Das Äußere ist das eine, aber was willst du wirklich mit ihm machen? Wir wissen nicht mal, wie weit seine Schulbildung reicht.«

»Von allem, was er mir erzählt hat, würde ich darauf schließen, dass er wenigstens seine Schulpflicht erfüllt hat. Jetzt ist er siebzehn. Ihm fehlen also maximal ein oder zwei Jahre. Vielleicht will er ja eine Lehre machen?«

»Ausweise? Dokumente?«

»Werde ich ihn fragen. Irgendwo muss er doch eine Art Basislager haben. Dokumente kann man auch neu ausstellen lassen. Er war ja davor im Waisenhaus. Die müssen dort noch Unterlagen haben. Das hat aber alles Zeit. Er soll sich mal bei uns eingewöhnen und dann selbst entscheiden, wie er weitermachen will. Ich kann und will ihn nicht dazu zwingen, bei uns ein neues Leben anzufangen. Die Entscheidung muss er selbst treffen. Wir können ihm nur helfen, soweit er das zulässt.«

»Wie willst du das alles der Renate erklären?« Ein durchaus berechtigter Einwurf der Andrea.

Die Charlotte zuckte mit den Schultern. »Über diese Brücke gehe ich, wenn es so weit ist. Die Renate wird damit zurechtkommen müssen. Sie ist ja erwachsen. Wenn es hart auf hart geht, stehe ich auf der Seite vom Noah. Er ist der Jüngere und hat noch sein ganzes Leben vor sich. Ist ja auch nicht so, dass er den Norbert Obermayer überredet hat, als er mit ihm schlief. Abgesehen davon ist die Renate selbst noch nicht aus der Sache raus. Vielleicht irre ich mich ja, und sie ist tatsächlich die Mörderin? Morgen wissen wir mehr.«

Die Andrea umarmte ihre Freundin, und gemeinsam gesellten sie sich zum Rest der Familie.

Der Noah war inzwischen dem Herrn Papa vorgestellt worden, und der nahm, entgegen den Befürchtungen der Charlotte, den Burschen sofort unter seine Fittiche. Fast so wie den Sohn, den er niemals hatte. Das schien auch den Noah zu überwältigen, er wusste gar nicht so recht, wie er mit so viel Zuneigungsbekundungen umgehen sollte. Man konnte ihm ansehen, wie sich in ihm etwas sträubte, als ihn der Herr Papa mit seinen Riesenpranken an der Schulter packte und an sich zog. »Aus dir machen wir noch einen Weinbauern!«, brummte er. Loslassen wollte er den Noah ein paar Minuten lang nicht. Zur Charlotte sagte er vorwurfsvoll: »Was du uns da alles erzählt hast. Sieht doch eh hervorragend aus, der Bursch. Da hattest du schon Freundinnen, die abgesandelter waren.« Ja, der Herr Papa war wirklich ein ganz großer Diplomat. Andererseits: Irgendwoher musste die Charlotte ja ihr fehlendes Taktgefühl haben.

»Aber Papa! Was hab ich schon groß gesagt? Jetzt übertreibst aber. Ich wollte dich doch nur vor einem zu großen Schock bewahren.«

Die Omama war natürlich auch dabei und hielt wie üblich was zum Essen in der Hand. Sie stellte dem Noah einen Teller mit Kümmelbraten und Sauerkraut hin, rief der Küchenkraft Lydia zu, dass sie bitte noch schnell einen Semmelknödel rüberbringen solle, und setzte sich dann zum Noah. »So, mein Bub. Und jetzt isst ordentlich was. Ist ja nicht zum Anschauen, wie dir die Kleider am Körper hängen.« Das entlockte sogar dem Noah ein Schmunzeln. Ein leises »Danke, gnä' Frau« brachte die Omama fast zum Weinen. Sie kniff ihm in die Wange.

»Aber geh, ich bin die Oma. Oder die Omama, wenn's nach der Charlotte geht. Ich will von dir kein ›gnä' Frau‹ mehr hören.«

Während der Noah gierig den Kümmelbraten und die Beilagen vom Teller in den Mund beförderte, stand die Familie rundherum und beäugte ihn wie das achte Weltwunder.

»Und wie geht's jetzt weiter?«, fragte die Flora schließlich.

Die Charlotte erwiderte: »Wenn der Noah fertig ist, schnappe ich ihn mir, und wir fahren hinunter in den Burghof. Er soll sich langsam einarbeiten. Da ist eine Abendschicht bei den Sommerfestspielen genau das Richtige.«

5. Aufzug

22

Als die Charlotte, die Andrea und der Noah im Burghof eintrafen, hielt sich der Zuschaueransturm noch in Grenzen. Vorstellungsbeginn war um halb acht Uhr, jetzt war es gerade mal kurz nach fünf. Genug Zeit, um die Holzhütte aufzusperren und alles vorzubereiten. Neue Getränke einlagern, ein bisschen putzen, Kassa kontrollieren – das war's allerdings schon. Bei der Essensausgabe einen Stand weiter hatte der Fleischhauer schon mehr Arbeit, bei ihm herrschte bereits Hochbetrieb. An der Rückwand drehte sich eifrig der Hendlspieß, im Ofen briet der Leberkäse gemütlich vor sich hin. Die Charlotte schaute auf einen Sprung zum Nachbarn, tauschte die üblichen Höflichkeitsfloskeln aus und sah gebannt zu, wie beim Käsleberkäse der Käse langsam aus dem Fleischblock zu rinnen begann. Ihr lief das Wasser im Mund zusammen. »Zwanzig Minuten noch, dann ist er fertig«, sagte der Fleischer, dem der gierige Blick der Charlotte nicht entgangen war.

»Bringst uns dann drei Semmeln rüber?«

»Klar doch.«

Zufrieden schlenderte die Charlotte zu ihrem Stand zurück. Die Andrea war mit dem Noah zum Lieferwagen marschiert, und gerade kamen beide mit je einem Karton Wein wieder angedackelt. Trotz seines spindeldürren Äußeren schien der Bursche jede Menge Kraft in den Armen zu besitzen, er trug den Weinkarton mühelos. Bei der nächsten Runde schloss sich die Charlotte den beiden an, und gemeinsam hatte man nach einer Viertelstunde die neue Ware für den Abend in der Hütte verstaut. Gerade rechtzeitig, denn inzwischen war auch der Leberkäse fertig. Der Fleischhauer brachte wie versprochen drei Semmeln mit je einer nicht zu dünn geratenen Scheibe des Käsleberkäses vorbei. Im Gegenzug bot ihm die Charlotte ein Achterl vom guten Roten an, der Fleischer wollte aber lieber einen weißen Spritzer.

»Neuer Kellner?«, fragte der Fleischhauer, nachdem man auf einen hoffentlich arbeitsamen Abend angestoßen hatte.

»Streuner«, murmelte die Andrea, was ihr einen bösen Blick der Charlotte eintrug.

»Schulkollege von der Flora«, log die Charlotte. Sie wusste, dass die Kinder des Fleischhauers schon lange aus dem Schulalter heraußen waren und er deshalb wenig Einblick hatte, wer sich derzeit so im Perchtoldsdorfer Gymnasium herumtrieb.

Der Fleischhauer musterte den Noah und schüttelte den Kopf. »Komisch, du bist mir hier im Ort noch nie aufgefallen. Aber gut, ihr Jungen schaut's ja auch jede Woche anders aus. Herzlich willkommen bei den im wahrsten Sinne des Wortes mörderisch guten Sommerfestspielen!« Bei »mörderisch« zuckte der Noah kurz zusammen, fand aber rasch wieder seine Fassung.

»Vielen Dank. Sie können mich nicht kennen«, erklärte der Noah dem Fleischhauer, »ich bin erst vor Kurzem nach Perchtoldsdorf gezogen.« Die Charlotte war überrascht, wie locker dem Noah dieser kleine Schwindel über die Lippen ging.

Dem Fleischhauer war das Erklärung genug. Wie die Omama musterte auch er den Buben von oben bis unten und kam letztlich zum Schluss, dass er ruhig ein paar Kilo mehr auf den Knochen vertragen könnte. »Wennst einen Hunger hast, komm zu mir rüber. Sobald der erste Teil der Vorstellung läuft, kannst du bei mir noch ein Hendl essen. Mit einer großen Portion Pommes. Du hast es nötig. Keine Ahnung, was deine Eltern dir zu essen geben, aber viel kann's nicht sein.« Hinter der bärbeißigen Fassade des Fleischhauers pochte halt doch ein Herz aus Gold (und Leberkäse und Grillhendl).

Der Noah nickte dankbar und half dann der Charlotte, die Weinflaschen in die Regale einzuordnen. Mit Kennerblick musterte er die Gläser und begann dann unaufgefordert, einige davon nachzupolieren. Die Charlotte nahm es wohlwollend zur Kenntnis.

Kurz darauf ging das Geschäft auch schon los. Es war noch eine Stunde bis Vorstellungsbeginn, und nun strömten die Besucher in immer größeren Gruppen herein. Der Noah stellte sich überaus geschickt an. Seine etwas traurige Erscheinung veranlasste nicht wenige der älteren Damen, ihm ein Trinkgeld zuzustecken, das üppiger als gewohnt ausfiel. Kein Vergleich zu den Zeiten, als die Charlotte als Jugendliche im eigenen Betrieb ausgeholfen hatte. Wäre sie mit Nasenring und Tätowierungen aufgelaufen, wären die gleichen älteren Damen schreiend davongelaufen. Inzwischen hatte sich halt viel geändert. Nicht alles zum Besseren, aber es war auch nicht alles schlechter geworden.

Nachdem die Vorstellung begonnen hatte, ging der Noah wie angeboten zum Fleischhauer und holte sich dort ein halbes Henderl mit Pommes. Für die Charlotte und die Andrea bestellte er auch je eine Portion. Als er diese von seinem Trinkgeld bezahlen wollte, scheuchte ihn der Fleischhauer wütend weg. »So weit kommt's noch. Dass mir ein Bürscherl wie du was zahlt!«

Gerührt hatte die Charlotte die Aktion verfolgt. Der Noah kam mit eingezogenem Kopf zurückgetrabt, als hätte er Angst, der Fleischhauer würde ihm etwas nachwerfen. Hektisch schob er den beiden ihre Hendlportionen von außen über die Theke. »Du bist ein Schatz«, wurde er von der Andrea gelobt, und der Noah lief rot an. Dann machte er sich über sein Essen her.

Mein Gott, dachte die Charlotte, wovon hatte er denn die letzten Monate gelebt? Während der Noah sein Essen in sich hineinschlang und auch die Andrea, etwas langsamer, ihr Hendl zerlegte, schnappte sich die Charlotte einen Karton vom Grünen Veltliner und schlich sich zum Fleischhauer. Sie wollte ihm den Wein als kleines Dankeschön unauffällig an der Rückwand abstellen. Um Missverständnissen vorzubeugen, schrieb sie »Vielen Dank, Charlotte« auf den Karton. Gerade in dem Moment, als sie den Karton abstellte, kam der Fleischer um die Ecke gebogen.

»Soso, ein Schulkollege von der Flora«, brummte er, seine Augen zusammengekniffen. »Streuner, so wie's deine Freundin gesagt hat, trifft's wohl eher.«

Erschrocken sah ihn die Charlotte an. Der Fleischhauer war eine respekteinflößende Gestalt, wenn er sich mit seinen hundertzehn Kilo und dem blutverschmierten Kittel vor einem aufbaute. Sie fühlte sich ertappt. Dabei hatte sie doch nur heimlich Wein vorbeibringen wollen.

»Was soll denn das?«, fragte der Fleischhauer und zeigte auf den Karton.

»Ein Dankeschön für die Semmeln und das Hendl.«

»Charlotte … wie lange kenne ich dich schon? Seit deiner Geburt? Ich bin doch nicht auf der Nudelsuppe dahergeschwommen. Der Wein, den du mir da herstellst, ist locker das Dreifache von meinem Essen wert.«

Schweigen von der Charlotte, dann: »Wie gesagt, ein Dankeschön.«

»Wer ist der Bursche wirklich?«

»Ich kann es dir nicht sagen. Noch nicht.«

»Hm. So schlimm?«

Verdutzt sah ihn die Charlotte an. »Schlimm? Nein, nein.« Nach kurzem Überlegen: »Na ja … Ich wäre dir sehr dankbar, wenn du einfach mit niemandem drüber redest, okay? Er ist mein neuer Kellner. Mehr muss niemand wissen.«

Der Fleischhauer beugte sich runter zur Charlotte, die noch immer mit dem Weinkarton in der Hand am Boden kniete. »Ist er ein Problem?«

Die Charlotte schüttelte heftig den Kopf. »Nur jemand, der eine zweite Chance braucht. Mehr kann ich dir im Moment wirklich nicht sagen.«

»Mehr muss ich jetzt auch nicht wissen. Aber er sieht nicht gut aus. Pass auf, dass er ein bisschen mehr isst. Ist ja nicht zum Anschauen.«

Die Charlotte lächelte gequält. »Das sagt die Omama auch.«

»Na, wenn's die Omama sagt, dann muss es ja stimmen.« Er

stand auf, half auch der Charlotte auf die Beine und schnappte sich den Karton. Aus seinem Kittel zauberte er ein Messer, zerschnitt das Klebeband und fischte zwei Flaschen heraus. Den Rest gab er der Charlotte zurück. »Das reicht mir.« Er zwinkerte und ließ die Charlotte allein.

Zurück bei ihrem Weinstand verdrückte sie nachdenklich ihre Portion Hendl mit Pommes. Ihre kurze Abwesenheit war nur der Andrea aufgefallen, der Noah war viel zu sehr mit dem Essen beschäftigt. Den fragenden Blick ihrer Freundin beantwortete die Charlotte mit einem fast unmerklichen Kopfschütteln. Nicht jetzt, später. Damit gab sich die Andrea zufrieden.

In der Pause brummte das Geschäft wieder gewaltig. Die Temperaturen zwangen die Leute förmlich an ihren Stand. Mineralwasser ging fast besser weg als der Wein, so hoch waren die Temperaturen um neun am Abend noch. Der Noah behielt auch im größten Stress den Überblick und machte keinen Fehler. Die Charlotte war froh, dass sie ihn heute mitgenommen hatte. So konnte sie ihn aus der Nähe beobachten. Mit seinem Umgang mit den Kunden war sie hochzufrieden. Er blieb immer freundlich, auch wenn der eine oder andere Kunde mal einen etwas mühsameren Umgangston anschlug.

Während des zweiten Teils der Vorstellung wurde die Charlotte vom Besuch des Lobinger überrascht. »Na, heute gar nicht hinter der Bühne?«

Der Lobinger antwortete grantelnd: »Nein, ich hab langsam genug von dieser Provinzposse. Das ist ja eigentlich unter meiner Würde.«

»Brauchen deine Schäfchen nicht einen Schäferhund? Einen Rüden, vorzugsweise?«

»Was soll denn das bitte heißen?«, fragte der Lobinger empört.

»Gar nix«, schmunzelte die Charlotte, »aber sollte der Regisseur sich das Stück nicht wenigstens ansehen?«

Der Regisseur winkte ab. »Ach was, wir sind doch schon

bei der gefühlt hundertsten Vorstellung. Da läuft alles wie von selbst.«

»Ich vermisse dich«, warf die Andrea plötzlich ein und schenkte dem Lobinger einen schmachtenden Blick.

»Wie bitte?«, fragte der Lobinger schockiert.

»Na ja, nicht so … Ich weiß ja, dass du mehr auf Männer stehst.«

»Was soll das bitte bedeuten?« Die Empörung des Lobinger hatte beinahe ein hysterisches Niveau erreicht.

»Ach, Valentin, erkennst du mich denn noch immer nicht? Aus dem U4? Ich stehe beim Schwulen- und Lesbenabend oft hinter der Bar, und da fällt so eine imposante Gestalt wie du natürlich auf.« Ein bisschen Honig ums Maul schmieren hatte noch nie geschadet.

»Na ja, ja, eh …«, stotterte der Lobinger, offensichtlich außer Tritt gebracht. »Aber nur weil ich … also das heißt ja nicht, dass ich …«

»Valentin, bitte! Vor uns musst du dich doch nicht genieren!«, sagte die Charlotte, umarmte die Andrea und küsste sie voller Inbrunst – und mit Zunge – auf den Mund. In diesem Moment kam der Noah wieder zum Weinstand. Sobald die Charlotte den Lobinger von Weitem gesehen hatte, hatte sie den Burschen schnell zum Auto geschickt, um noch einen Karton vom Schüttelwein zu holen. Als der Lobinger den Noah sah, fiel ihm fast das Glas aus der Hand.

»Wer … wer ist das?«, stotterte er, nun völlig aus dem Konzept gebracht. Nichts anderes hatte das Theater der Charlotte und der Andrea bewirken sollen.

»Das?«, fragte die Charlotte unschuldig. »Du meinst doch ›er‹? Ist ja auch ein Mensch. Und ›er‹ ist, wie ein paar Leute behaupten, ein Streuner, der mir neulich im Prater zugelaufen ist. Und weil ich ein großes Herz habe und mich wirklich um ihn gesorgt habe, hat dieser Streuner nun ein neues Zuhause bei mir gefunden. Ist doch nett, oder?«

Der Lobinger sah den Noah mit weit aufgerissenen Augen

an. Der Noah erwiderte diesen Blick mit Eiseskälte. Aber er behielt sich unter Kontrolle. Der Karton in seinen Händen half dabei auch ein bisschen.

»Der Noah, so heißt ›das‹ nämlich, arbeitet jetzt für mich. Noch ein Glas Wein? Du hast ja die Hälfte verschüttet.« Die Charlotte tätschelte dem Regisseur liebevoll wie eine Mutter die zitternde Hand und schenkte unaufgefordert nach.

»Ist morgen nicht spielfrei?«, wollte sie vom Regisseur wissen. Der Lobinger nickte abwesend.

»Das trifft sich doch hervorragend!«, erklärte die Charlotte enthusiastisch. »Ich weiß ja nicht, ob ein EM-Finale für einen Künstler wie dich unter der Würde ist, aber ich würde dich und das ganze Ensemble morgen gerne zum Public Viewing zu mir aufs Weingut einladen. Wir haben da eine tolle Leinwand stehen und Platz für ein paar hundert Leute. Wird sicher eine Mördergaudi.« Wenn es überhaupt noch möglich war, wurde der Lobinger noch bleicher.

»Ja, ja, natürlich«, stotterte er, »ich werde das meinem Team gleich nach der Aufführung mitteilen. Entschuldigt mich jetzt bitte, ich glaube, man braucht mich doch hinter der Bühne.« Er schüttete sich das Glas ex in die Kehle und eilte wie vom Teufel verfolgt in Richtung Backstage-Bereich.

»War das der Arsch, der dich so mies behandelt hat?«, fragte die Charlotte den Noah. Der nickte still, Mordlust in den Augen. »Ja, er wohnt gleich neben dem Prater im Stuwerviertel. Alle Stricher kennen ihn und haben schon schlechte Erfahrungen mit ihm gemacht. Aber das habe ich dir ja bereits gestern Nacht erzählt.«

Fragend blickte die Andrea ihre Freundin an. Die Charlotte hatte diese Information bisher für sich behalten und nur mit dem Leo geteilt. Das war der wirkliche Grund gewesen, warum sie den Noah mit zu den Sommerfestspielen genommen hatte. Eigentlich hatte sie damit gerechnet, dass der Lobinger, wenn überhaupt, erst nach der Vorstellung bei ihr vorbeischauen würde. Dass es bereits in der Pause – und damit unbeobachtet von anderen Gästen – passiert war, war ein glücklicher Zufall.

»Was war das jetzt?«, wollte die Andrea wissen.

»Das«, sagte die Charlotte, »war der Anfang vom Ende.«

23

Nach Vorstellungsende kam das Ensemble geschlossen zum Weinstand der Charlotte. Im Namen aller bedankte sich der Willi Hofer für die Einladung zum EM-Finale. Das sei eine willkommene Abwechslung, meinte er, man habe ja die Hälfte der Vorstellungen für diesen Sommer bereits erfolgreich absolviert und immerhin seit ein paar Tagen auch keine Toten mehr zu beklagen gehabt.

Diese Feststellung rief allseits betretenes Gelächter hervor. Galgenhumor war halt nicht jedermanns Sache. Die Charlotte war so gut gelaunt, dass sie der ganzen Gruppe eine Runde Schüttelwein spendierte. Danach zerstreuten sich die Schauspieler in alle Winde. Einige würden zweifellos noch in der Turmbar landen, andere würden den Abend in Wien oder daheim ausklingen lassen. Turmbar natürlich nur dann, wenn der Mario endlich seinen Schmerz über die polizeilich bedingte Trennung von der Renate überwunden und wieder aufgesperrt hatte. Der Charlotte war das ziemlich egal. Sie machte gemeinsam mit dem Noah den Tagesabschluss und durfte sich über ein neues Rekordergebnis freuen.

»Unternehmen wir noch was?«, fragte die Andrea, nachdem sie den Stand dichtgemacht hatten. Die Charlotte überlegte kurz. Eigentlich hatte sie den Noah aus der Schusslinie bringen wollen, aber sie ging nicht davon aus, dass der Lobinger heute noch irgendeinen Blödsinn anstellen würde. Außerdem war er in ihrer Gegenwart derzeit wohl sowieso am sichersten.

»Einen Abschlussdrink in der Turmbar?«, schlug sie vor.

Die Andrea nickte. Das Auto ließen sie vor dem Burghof stehen, bis zur Bar waren es ja nur ein paar hundert Meter. Und schau an, der Laden hatte wieder geöffnet. Der Mario stand selbst hinter der Bar und mixte fleißig Cocktails. Ein Blick in sein Gesicht verriet allerdings, dass er dies nur widerwillig tat.

»Alles klar?«, fragte ihn die Charlotte zur Begrüßung.

»Geh, schleich dich!«, kam es unfreundlich zurück.

»Okay«, antwortete sie und machte auf dem Absatz kehrt. So hatte das der Mario offenbar doch nicht gemeint, denn er rief ihr umgehend nach: »Ach komm, stell dich nicht so an. Setzts euch schon her.« Mit einem breiten Grinsen drehte sich die Charlotte um und nahm auf einem der Barhocker Platz. Die Andrea und der Noah folgten ihrem Beispiel.

»Wer ist er?«, wollte der Mario wissen.

»Neuer Mitarbeiter.« Dabei beließ es die Charlotte. »Hast deine Trauerarbeit schon beendet?«

Ohne vom Mixen aufzublicken, sagte der Mario: »Welche Trauerarbeit? Wir leben in einer Demokratie. Da wird man ja wohl noch seine Meinung sagen dürfen. Und ich finde es eine Schweinerei, wie man bei uns mit einer Witwe umgeht. Das war eine Protestaktion von mir. So schaut's aus!«

»Du hast doch nur protestiert, weil du dein Ding nicht mehr bei der Witwe wegstecken kannst.«

»Jetzt reicht's aber!«, brauste der Mario auf. Die Charlotte erhob sich erneut zum Gehen, und sofort beruhigte er sich wieder. Aha, da wollte wohl jemand was von ihr.

Der Mario beugte sich konspirativ über die Theke und raunte ihr zu: »Hast du den echten Mörder schon gefunden?«

»Nein, aber wieso sollte ich das tun?«

»Hat mir die Renate erzählt.«

»Hast sie in der U-Haft besuchen dürfen?«

»Ja, ein paar Minuten. Sie hält sich eh tapfer. Aber ich soll dir ausrichten, dass du dich beeilen sollst. Wenn es sich einrichten lässt.«

»Wenn es sich einrichten lässt?«

»Genau so hat sie es gesagt.«

Die Charlotte hakte ihren Zeigefinger im Krawattenknoten vom Mario ein und zog den Barbesitzer behutsam ein Stück weiter über die Theke. »Es lässt sich vielleicht so einrichten, dass du deine Renate schon demnächst wieder vögeln kannst. Aber nur, wenn du mich erstens ab sofort damit in Frieden lässt und du uns zweitens einen Cocktail spendierst.« Sie ließ den Krawattenknoten los. Der Mario zog sich in sichere Entfernung hinter die Bar zurück.

»Was darf's denn sein?«, fragte er schließlich dienstbeflissen.

Ausnahmsweise hielten die guten Vorsätze der Charlotte. Nach einem Cocktail – für den Noah gab es nur Cola – machte man sich auf den Heimweg.

Muss es überhaupt noch erwähnt werden? Der nächste Tag war eine Kopie der letzten Wochen: wieder brütende Hitze, wieder strahlend blauer Himmel, die Temperaturen schon am Vormittag über der Dreißig-Grad-Marke. Wäre ihr Leben ein Roman, dachte die Charlotte, als sie schweißgebadet aufstand, hätte sie spätestens an dieser Stelle mal einen Wetterumsturz reingeschrieben. Tja, hättiwari …

Sie rüttelte die Andrea wach, was durchaus eine herkulische Aufgabe darstellte. Ihre Freundin war eine hochbegabte Langschläferin. Hatte wohl auch mit ihren früheren Arbeitszeiten als Kellnerin im U4 zu tun. Die Andrea hatte diese Dienste in den letzten Monaten radikal zurückgeschraubt. Einerseits, weil sie im Finish ihres Studiums mehr Zeit zum Lernen brauchte, und andererseits, weil sie jetzt auch beim Heurigen ihrer Freundin kellnerierte. Das waren angenehmere Arbeitszeiten, und das Trinkgeld stimmte ebenfalls. »Never fuck the office« war halt so ein hohler Spruch, dem weder die Andrea noch die Charlotte viel abgewinnen konnten. War doch schön, wenn man Arbeit und Privatleben vereinen konnte. Vor allem, wenn man sich dabei gegenseitig noch genug Luft zum Atmen ließ.

Es bedurfte schon einiger leichter (und liebevoller) Schläge auf das Hinterteil, um die Andrea endlich aus ihrem komatösen Schlaf zu wecken.

»Hey«, murmelte sie, »nicht jetzt, mir ist zu heiß.«

»Doofkopf«, antwortete die Charlotte. »Aufstehen! Heute ist der große Tag. Hoffentlich. Außerdem beginnt deine Schicht in einer Stunde.«

»Ja, Massa.« Die Andrea rieb sich die Augen, rollte aus dem gemeinsamen Bett und verschwand im Badezimmer. Die Charlotte nutzte diese Zeit, um den Leo mittels WhatsApp auf den neuesten Stand zu bringen. Sie schilderte kurz das Zusammentreffen zwischen Noah und dem Lobinger. Vom Leo kam ein »Daumen hoch«-Emoticon zurück. Die Geschichte war also am Laufen. Nun konnten sie nur mehr warten und versuchen, den Tag, soweit es ging, zu genießen.

Der Heurige öffnete um zehn Uhr, bereits eine Stunde später war der Betrieb zum Bersten voll. Wie der Rest des Landes lag auch Perchtoldsdorf im Fußballrausch. Das hatte es halt noch nie gegeben: Österreich in einem großen Fußballfinale. Und das ausgerechnet gegen den nördlichen Lieblingsnachbarn.

Viele der Gäste waren direkt vom Sonntagsgottesdienst zum Heurigen raufgekommen. Die Geschichte mit dem Public Viewing hatte sich in den letzten beiden Tagen wie ein Lauffeuer verbreitet, und viele wollten einen Platz für heute Abend reservieren. Da mussten die Charlotte und ihre Mitarbeiter die Gäste allerdings enttäuschen. Platzreservierungen gab es nicht – freie Platzwahl. First come, first serve, quasi. Das hatte den natürlich durchaus gewollten Nutzen, dass viele beschlossen, den Rest des Tages gleich beim Heurigen zu verbringen.

Dabei war das ein bisschen geschwindelt, denn ein paar Plätze hatte die Charlotte sehr wohl reserviert. Für den Bürgermeister, befreundete junge Weinhauer, die Familienmitglieder und nicht zuletzt für das Ensemble der Sommerfestspiele.

So wurde aus dem klassischen Sonntagsfrühschoppen bald ein Mittagsgelage und danach ein chilliges Nachmittagspicknick. Immer mehr Gäste drängten in den Heurigen, und die Charlotte musste letztlich kurzfristig noch zwei weitere Kellnerinnen telefonisch zum Arbeiten anfordern. Die Küche lief auf Dauerbetrieb, die Schank brummte wie ein frisch geschmierter V8-Motor, und die Stimmung war ausgelassen.

Der Noah lief wie ein Duracell-Hase von Tisch zu Tisch. Mit jeder Stunde taute er mehr auf. Der Charlotte ging fast das Herz über, wenn sie dem Burschen zusah. Was für einen Unterschied ein paar Tage und ein bisschen Zuwendung bei einem Menschen ausmachen konnten. Bei ihrem ersten Zusammentreffen war der Noah noch ein verschreckter Junge gewesen, der sich mit zwielichtigen und menschenunwürdigen Mitteln über Wasser zu halten versuchte. Keine zwei Wochen später hatte der Junge frische Hoffnung geschöpft und war kaum mehr wiederzuerkennen. Er scherzte mit den Gästen, wurde von den anderen Kellnerinnen und Kellnern problemlos in deren Mitte aufgenommen und arbeitete sich, ohne zu murren, den Arsch ab.

Klar, das heute war eine Ausnahmesituation. Auf verschiedensten Ebenen. Aber allein die Vorfreude der Menschenmenge auf das immer näher rückende Fußballfinale war ansteckend. Die Leute rückten zusammen, alte Fehden (und von denen gab es auch in einem beschaulichen Ort wie Perchtoldsdorf genügend) waren vorübergehend vergessen, neue Freundschaften wurden über das eine oder andere Achterl Wein geschlossen – kurz: Es herrschte Volksfeststimmung. Hätte nur mehr ein Ringelspiel oder eine Luftburg für die Dutzenden Kinder gefehlt. Die Charlotte machte gedanklich eine Notiz, dass die Anschaffung einer Luftburg durchaus eine Überlegung wert wäre. Rutsche, Schaukel und Sandkiste waren schon vorhanden und im Dauerbetrieb. Sie hatte noch nie zuvor gesehen, dass sich bei der Rutsche sogar eine Schlange von Kindern gebildet hatte, weil so viel Betrieb war. Als am frühen Nachmittag absehbar war, dass das Geschäft nicht weniger, sondern eher noch mehr werden würde, machte sie sich vom Acker.

»Geht's dir noch gut?«, wurde sie von ihrer kleinen Schwester angefaucht. »Jetzt gehst du?«

»Komm mal runter, Kleine«, entgegnete die Charlotte trocken. »Ich bin in einer halben Stunde wieder da.«

»You better!«, antwortete die Flora, und die Charlotte fragte sich, ob es wirklich so eine gute Idee war, dass die Kinder heutzutage schon so früh Fremdsprachen lernen durften. Wenn das einzige Ergebnis war, dass sie rotzige Antworten geben konnten ...

Wie versprochen kam sie nach einer halben Stunde retour. Mit einer großen Styroporbox unterm Arm, die sie im Kühlhaus deponierte. Der Andrea sagte sie, dass die anderen Mitarbeiter vorbeischauen sollten, wenn sie eine kurze Pause einlegen konnten. Natürlich war die Flora die Erste.

»Also?«, fragte die Kleine.

»Bedien dich.« Die Charlotte öffnete die Box.

»Eis!«, rief die Flora enthusiastisch. Sie schnappte sich einen der Becher, die die Charlotte aus der Küche besorgt hatte, schabte ein paar Löffel der verschiedenen Sorten heraus und verzog sich übers ganze Gesicht strahlend in den Garten. Nach und nach kamen die anderen Kellnerinnen und Kellner, und auch für das Küchenpersonal fielen noch ein paar Kugeln ab. Bei diesen Temperaturen eine wirkliche Wohltat.

Zwei Stunden später ertönte ein Hupen vor der Einfahrt des Weinguts. Die Charlotte eilte hinaus und begrüßte den Neuankömmling herzlich.

»Habt ihr es also doch geschafft?«, fragte sie.

»Ja, der Chef hat alle Hebel in Bewegung gesetzt. Ein anderer Laden hat uns dann seinen Wagen geborgt«, antwortete die Fahrerin.

Die Charlotte öffnete mit der Fernbedienung das Einfahrtstor. Im Schritttempo fuhr der Eiswagen in den Hof, was natürlich für ein weiteres Hallo sorgte. Die Charlotte hatte den Deal mit dem örtlichen Eisladen abgeschlossen, als sie das Gelato für ihre Mitarbeiter besorgt hatte. Der Eiswagen war zwar mehr ein Moped mit aufgesetzter Kühltruhe und hatte nur Platz für vier oder fünf Eissorten, davon aber wenigstens genug, um die zahlreichen Gäste zu verkösten.

»Und was schaut dabei für uns raus?«, fragte der Herr Papa, der sich zur Charlotte gesellt hatte und das Treiben beobachtete. Vor dem Eiswagen hatte sich bereits eine meterlange Menschenschlange gebildet.

»Heute nur das Eis für uns von vorhin und hundert Euro ›Standgebühr‹. Beim nächsten Mal gibt's dann einen prozentuellen Anteil am Umsatz.«

»Wieder so ein Versuchsballon von dir?«

Die Charlotte nickte und sah zufrieden zu, wie beim Eiswagen die Kassa klingelte. Überraschend bot sich der Luca an, beim Eisverkauf zu helfen. Als Italiener habe er da doch mehr Ahnung als die Österreicher, hatte er gemeint. Die Eisverkäuferin war über die unerwartete Hilfe nicht unglücklich.

So verging der Nachmittag wie im Flug. Anpfiff für das EM-Finale war um einundzwanzig Uhr. Um achtzehn Uhr öffnete die Charlotte das hintere Tor, in einer halben Stunde würde die endlos lange Vorberichterstattung im Fernsehen beginnen. Menschenmassen strömten auf die Wiese hinter dem Weingut. Etliche »Ohs« und »Ahs« waren zu hören, als die Menge die große Leinwand sah. Natürlich gab es auch die eine oder andere Unmutsäußerung wegen der reservierten VIP-Plätze.

Glücklicherweise kam es aber zu keinem großen Radau. Obwohl sich die Charlotte nicht verpflichtet fühlte, die Reservierungen zu erklären, tat sie es schließlich doch. In ruhigem und sachlichem Ton. Am Ende musste nur ein Randalierer des Geländes verwiesen werden. Diese Aufgabe übernahm der Leo, der sich in Zivil unter die Leute gemischt hatte. Wie es sich für eine Veranstaltung dieser Größenordnung gehörte, hatte die Charlotte auch für einen Rettungswagen gesorgt, und sogar eine kleine Abteilung der freiwilligen Feuerwehr war anwesend. Es war also alles bereit.

Gegen zwanzig Uhr trafen auch die Mitglieder des Festspielensembles ein. Unter Gejohle und ein paar blöden Bemerkungen nahmen sie ihre reservierten Plätze in der ersten Reihe ein.

»Gut gemacht«, sagte der Leo zur Charlotte, »da vorne haben wir sie wenigstens immer im Auge.«

»Ja«, antwortete die Charlotte, »aber der Lobinger ist nicht da.«

»Wird schon noch auftauchen«, erwiderte der Leo hoffnungsvoll.

Der Innenhof war mittlerweile fast schon komplett leer. Nur eine Handvoll gestandener Trinker schien auf das Fußballspiel zu pfeifen. Ein Kellner würde reichen, um diese Gäste weiter mit Wein und Mineralwasser zu versorgen. Der Rest musste sich um das leibliche Wohl der Fußballfans auf der Wiese kümmern. Pünktlich um einundzwanzig Uhr erfolgte der Anpfiff zum EM-Finale zwischen Österreich und Deutschland.

Vom Lobinger war noch immer keine Spur zu sehen.

24

Alternativer Fakt

Das EM-Finale zwischen Österreich und Deutschland sollte in die Fußballgeschichte eingehen. Die Österreicher, von ihrem Schweizer Wunderwuzzi-Teamchef perfekt auf den Gegner eingestellt, liefen wie um ihr Leben und ließen die Deutschen auf diese Weise überhaupt nicht ins Spiel kommen. Der Gegner wurde schon bei der Ballannahme in der eigenen Hälfte des Spielfelds attackiert und so zu Abspielfehlern gezwungen. Gepaart mit dem den Österreichern eigenen Spielwitz ging es an der linken und rechten Seite rauf und runter. Im Zentrum wurde gegeigt wie zu Schneckerls Zeiten, im Sturm gab es kein Halten wie einst nur beim Goleador. Und endlich – endlich! – durfte Fußball-Österreich das Kapitel »Córdoba« zu den fußballerischen Akten legen.

Der Spielverlauf kam den Österreichern natürlich extrem entgegen. Der deutsche Wundergoalie hatte nämlich schon in der fünften Minute ein totales Blackout und nahm einen Rückpass mit den Händen auf. Den zu Recht verhängten indirekten Freistoß versenkte das ÖFB-Team elegant und mit gefühlten zweihundert Stundenkilometern im linken Kreuzeck zum 1:0. Keine zehn Minuten später wurde Österreichs Nummer 9 vom deutschen Weltgoalie im Strafraum zu Fall gebracht. Die Folge waren Rot für den Keeper und ein Elfmeter, den Österreichs linker Flügelstar lässig, fast schon desinteressiert, aus dem Stand mittig und halbhoch ins Tor schupfte.

Nach fünfundvierzig Minuten war die Partie im Großen und Ganzen entschieden. Die Deutschen lagen mit zwei Toren im Rückstand und hatten nur mehr zehn Mann auf dem Spielfeld. Das nützten die Österreicher in der zweiten Halbzeit gnadenlos aus. Mit einem Mann weniger gingen den Deutschen nach einer Stunde endgültig die Kräfte aus. Aus einem Frustfoul resultierte die zweite Rote Karte für »Schland«. Die Österreicher legten bis zum Schlusspfiff noch drei Treffer nach und krönten sich zum Fußballkönig Europas. Hochverdient, wie nicht nur der natürlich völlig unvoreingenommene österreichische Fußballkommentator genüsslich feststellte.

Als der ÖFB-Kapitän um dreiundzwanzig Uhr sieben den EM-Pokal aus den Händen des UEFA-Vizepräsidenten empfing – der Präsident war, ähnlich wie die Renate Obermayer, juristisch verhindert – und in den Pariser Nachthimmel reckte, erklangen von Island bis Israel Schalmeienklänge, Politiker aller Couleurs lagen sich in den Armen, und bei den

Public Viewings quer durch Europa wurde spontan »Freude, schöner Götterfunken« angestimmt. In etlichen österreichischen Kirchen wurden noch für Mitternacht Dankgottesdienste angesetzt, und im Wiener Stephansdom verriet der Kardinal, dass im Himmel jetzt sogar die Engel sängen. In ganz Europa wurde gefeiert. Ach was, auf der ganzen Welt! Wirklich überall? Nein, in Deutschland hingen die Fahnen klarerweise auf halbmast. Der Tag des Finales wurde zum nationalen Trauertag erklärt.

In ganz Deutschland? Mitnichten! In Bayern, vor allem in den Orten nahe der österreichischen Grenze, wurden rot-weiß-rote Fahnen gehisst, und der Radetzkymarsch wurde angespielt. Einige Tiroler sollten am nächsten Tag Stein und Bein schwören, dass sie sogar leise Rainhard Fendrichs »I am from Austria« von der anderen Seite der Grenze hören konnten.

Im echten Leben siegte Deutschland recht humorlos 3:1 und stürzte Österreich einmal mehr ins Tal der Tränen.

25

Zur Pause stand es 2:1 für Deutschland. Österreich durfte also noch auf die Sensation hoffen. Die Charlotte hatte aber kein Interesse an dem Spiel. Sie hatte den Noah schon seit einer Viertelstunde nicht mehr gesehen. Der Leo beobachtete, wie seine Cousine hektisch versuchte, das Geschehen zu überblicken.

»Was ist los?«

»Wo ist der Noah?«

»Keine Ahnung. Vielleicht drinnen in der Schank?«

Die Charlotte schickte den Leo los, um in der Schank nachzuschauen. Sie hingegen wollte mit den Schauspielern reden. Den Willi Hofer erwischte sie, als dieser gerade von der Toilette zurückkam. Er meinte, dass sie zwar am späten Nachmittag alle gemeinsam nach Perchtoldsdorf gefahren seien, dass sich aber der Lobinger am Marktplatz habe absetzen lassen. Er wolle noch kurz im Burghof vorbeischauen, hatte er gesagt, weil er dort am Vorabend etwas vergessen habe. Bis zum Anpfiff wollte er aber am Weingut sein.

»Was ja offensichtlich nicht der Fall ist«, stellte die Charlotte ernüchtert fest.

»Ja, aber der Lobinger ist kein großer Fußballfan. Ist unter seiner Würde oder so.«

»Shit!«, fluchte die Charlotte und ließ den Hofer stehen.

Im Innenhof kam ihr der Leo entgegen. »Nichts«, sagte er atemlos. »Es hat ihn auch niemand gesehen.« »Niemand« war ein gewagter Ausdruck, denn es war gerade mal ein Kellner in der Schank, der Rest war auf der Wiese im Einsatz. Alle Tische im Hof waren mittlerweile leer. Es hatten sich also auch die härtesten Trinker nicht der Magie des Fußballspiels entziehen können.

»Der Lobinger muss ihn sich geschnappt haben. Das war ja eine Scheißidee von mir«, fluchte die Charlotte.

»Das war ja eigentlich auch der Plan. Nur dass wir ihn dabei erwischen wollten. Wir hätten dieses Walross nie im Leben übersehen dürfen«, sagte der Leo.

»Wir haben einfach nicht gut genug aufgepasst.«

»Blödsinn! Ich habe meine Leute ja auch auf der Straße zum Weingut postiert. Wäre der Lobinger vorbeigekommen, hätten sie mich verständigt. Vielleicht hat der Noah kalte Füße bekommen und ist abgehauen? Oder er hat die ganze Zeit mit dem Lobinger unter einer Decke gesteckt, und jetzt machen sie sich gemeinsam aus dem Staub? Wir müssen die Gegend absuchen. Weit können sie ja noch nicht sein. Über die Straße geht es nicht, da wären sie meinen Leuten in die Arme gelaufen.«

Die Falle für den Lobinger war ursprünglich so geplant gewesen, dass man ihn abfangen wollte, sobald er sich irgendwie an den Noah heranmachte. Aber was, wenn der Leo recht hatte und der Noah gar nicht das Opfer, sondern der Mittäter war? Sie sollte sich vielleicht überlegen, in Zukunft weniger vertrauensvoll zu sein und nicht jeden Streuner bei sich aufzunehmen. Was hatte ihr das Ganze bisher gebracht? Nichts als Scherereien!

Um dem Lobinger den Fluchtweg abzuschneiden, hatte man gleich neben der Ausfahrt Polizisten postiert. Ein weiterer Zivilwagen stand am Fuß des Weinbergs nahe der Abbiegung in die Auffahrt zum Weingut.

Nach einer kurzen Rücksprache über Funk wurde dem Leo bestätigt, dass keiner der Kollegen ein verdächtiges Fahrzeug gesehen hatte. Also war der Lobinger gar nicht aufs Weingut gekommen. Vielleicht hatte sich der Noah selbst aus dem Staub gemacht, wie Leo vermutete?

Was für ein Licht würde das auf ihren neuen Schützling werfen?, fragte sich die Charlotte. In ihr nagten beharrliche Zweifel. Sie sah eigentlich kaum mehr eine Lösung, bei der der Noah noch gut dastand. Dann verdrängte sie diese dunklen Gedanken. Nein, daran konnte und wollte sie einfach nicht glauben. Der Lobinger musste einen anderen, unauffälligeren Weg aufs Weingut gefunden haben.

Sie trommelten die Andrea, die Flora und den Luca zusammen und verteilten die Aufgaben. Die Flora und der Luca sollten das Haus auf den Kopf stellen, denn da machte sich die Charlotte die wenigsten Sorgen. Sie glaubte nicht, dass der Lobinger und der Noah noch in der Nähe waren.

Sie selbst suchte mit dem Leo und der Andrea die Umgebung des Hauses ab. Dabei konzentrierten sie sich auf die Riede, an deren oberem Ende die Leinwand aufgestellt war. Den Fußballfans fiel die verzweifelte Suchaktion nicht auf. Sie starrten gebannt auf die Leinwand, wo sich gerade das Drama der zweiten Spielhälfte entfaltete.

Die drei entfernten sich immer weiter von der Leinwand. Je weiter sie kamen, desto weniger Licht wurde von der Leinwand auf den Weingarten geworfen. Am Ende musste der Leo seine Taschenlampe verwenden, damit sie nicht völlig im Dunkeln tappten. Am Fuß des Weinbergs fanden sie schließlich den Herbert Zaitler. Bewusstlos und mit einer blutenden Wunde am Hinterkopf.

»Wie kommt der denn hierher?«, fragte die Charlotte verdutzt.

Der Leo setzte einen kurzen Funkspruch mit der Bitte um einen Rettungswagen ab und leuchtete dann mit seiner Taschenlampe auf den Boden. Dort konnte man die Fußspuren von zwei Personen erkennen, wobei ein Paar deutlich tiefere Abdrücke im von der Bewässerung aufgeweichten Boden hinterlassen hatte. »Müsste ich wetten, würde ich sagen, dass die vom Lobinger sind«, stellte der Leo fest.

»Aber was hat der mit dem Zaitler zu tun?«

Der Leo beugte sich zu dem Bewusstlosen hinunter. Dessen Alkoholfahne raubte ihm fast den Atem. Schnell stand er wieder auf. »Sieht so aus, als hätte er sich mit dem Lobinger verbündet. Vielleicht, um dir noch mal eins auszuwischen. Als wir ihn haben laufen lassen, hat er sich noch immer nicht einsichtig gezeigt.«

»Ich kann mir ja viel vorstellen, aber nicht, dass der Lobinger mit seinen hundertfünfzig Kilo in der Nacht vom Burghof bis hierherauf in die Weinberge wandert.« In der Stimme der Charlotte schwang eine gehörige Portion Zweifel mit.

Der Leo leuchtete nochmals auf den Boden und verfolgte die Spur ein paar Meter zurück.

»Scheiße!«, fluchte er.

»Was ist denn?«, wollte die Charlotte wissen.

Der Leo ließ den Strahl der Taschenlampe in die Ferne schweifen. In fünfzig oder sechzig Meter Entfernung beleuchtete sie schwach ein graues Asphaltband. Ein so gut wie nie benützter Güterweg.

»Scheiße!«, sagte jetzt auch die Charlotte. Diesen Güterweg hatten sie ganz vergessen. Eine lässliche Sünde, denn der

Güterweg war eigentlich durch einen Schranken abgesperrt, zu dem nur einzelne Weinhauer einen Schlüssel besaßen. Als Vereinsobmann war unter diesen Weinbauern aber eben auch der Zaitler.

Der Leo war bereits losgerannt, während die Charlotte noch in Gedanken versunken dastand. Als sie und die Andrea den Leo einholten, hatte er den Güterweg bereits erreicht. Seine Taschenlampe gab den Blick auf tiefe Reifenspuren in der Erde links und rechts des Güterwegs preis. Es war klar, dass ein größerer Wagen, vermutlich ein Jeep oder etwas Ähnliches, hier umgedreht und sich vom sprichwörtlichen Acker gemacht hatte. Der Leo suchte weiter nach Spuren in der Umgebung und fand sie schließlich auch: Fußabdrücke und ein feuchtes Stofftaschentuch. Er hob das triefende Taschentuch zwischen zwei Fingerspitzen auf und roch vorsichtig daran. »Chloroform«, sagte er und verzog dabei angewidert das Gesicht. Dann deutete er auf die Fußspuren, die sich hier zentimetertief in den feuchten Boden gedrückt hatten.

»Als hätte er etwas Schweres getragen«, sagte der Leo.

»Den Noah«, meinte die Charlotte entsetzt. »So viel zum Thema, sie hätten gemeinsame Sache gemacht … Der Lobinger muss ihn heroben überrascht und betäubt haben. Dann hat er ihn runtergetragen. Aber wo ist er mit ihm hin?«

Der Leo folgte mit dem Taschenlampenstrahl den Fußspuren, die sich entlang der Weinreben direkt zum Weingut hinaufzogen. »Von dort oben ist er jedenfalls hergekommen.« Er zückte wieder sein Funkgerät und gab den Kollegen die neuen Informationen durch. Ein Wagen der Spurensicherung wurde angefordert, dann sah der Leo erwartungsvoll die Charlotte an. Wo könnte der Lobinger hin sein?, fragte dieser Blick, was die Charlotte nur mit einem Schulterzucken beantworten konnte.

Der Leo hängte das Funkgerät wieder an seinen Gürtel.

»Ist der Lobinger wirklich so blöd?« Er schüttelte frustriert den Kopf. Das waren die mühsamsten Fälle, wenn einer glaubte, er habe nichts mehr zu verlieren. Dann riskierte er

Kopf und Kragen, und man konnte kaum auf eine unblutige Lösung hoffen.

»Klärt mich jetzt bitte mal irgendwer auf?«, forderte die Andrea, die der Suchaktion zwar brav gefolgt war, aber keine Ahnung hatte, wieso der Regisseur – so unsympathisch er auch sein mochte – plötzlich der Täter sein sollte.

»Erklär ich dir später.« Die Charlotte dachte gerade angestrengt nach.

»Ich werde die Wiener Kollegen bitten, dass sie einen Wagen zu seiner Wohnung schicken«, sagte der Leo.

Die Charlotte nickte. »Tu das, wird aber nichts bringen. Ich glaube nicht, dass er dorthin gefahren ist.«

»Sondern?«

»Wir dürfen nicht vergessen, dass er eine Diva ist. Ein großer Künstler. Dafür hält er sich wenigstens selbst. Er hat ja auch die anderen Morde groß inszeniert. Wenn er dem Noah was antun will, dann wieder an derselben Stelle.«

»Auf der Bühne unten im Burghof?«, meinte der Leo skeptisch.

»Ja. Er hat seiner Meinung nach nichts mehr zu verlieren. Also will er es zum Abschied noch einmal richtig krachen lassen. In diesem Fall wohl den Abgang vom Noah. Vielleicht in Verbindung mit seinem eigenen.« Die Charlotte wandte sich hangabwärts. Dort unten, vielleicht eineinhalb Kilometer entfernt, lag der Burghof. Just in diesem Moment ging die Bühnenbeleuchtung an.

»Heute ist doch keine Vorstellung?«, sagte der Leo verblüfft.

»Nein, wenigstens keine offizielle …«

»Ich schick sofort ein paar Streifenwägen hin.«

»Nein!«, rief die Charlotte. »Die Polizisten sollen die Burg umstellen, aber bitte ohne Blaulicht. Vielleicht können wir den Noah noch retten. Wenn sich der Lobinger noch mehr ins Eck gedrängt fühlt, tut er ihm vielleicht schneller was an.«

»Okay«, willigte der Leo ein und griff wieder nach seinem Funkgerät. Gemeinsam stapften sie den Weinberg hinauf. Am

Parkplatz setzten sich alle drei in den Wagen vom Leo, und im Höllentempo ging es die Straße hinunter. Ohne Sirene und Blaulicht.

Im Auto wollte die Andrea wieder wissen, was denn jetzt mit dem Lobinger los sei. Die Charlotte umriss ihre Version der Morde in kurzen Worten. Abschließend meinte sie: »Mit dem Eifersuchtsdrama lagen wir am Anfang schon richtig. Wir hätten uns halt bei der Suche nach dem Mörder nicht nur auf Frauen konzentrieren sollen ...«

26

Ein paar Minuten später kamen die drei am Marktplatz an. Die Kollegen vom Leo hatten den Wagen vom Zaitler auf dem Platz vor der Kirche gefunden – leer bis auf ein halb volles Fläschchen Chloroform, das dem Lobinger wohl aus der Tasche gefallen war. Das Auto war tatsächlich ein alter Jeep Wrangler. Im tiefen Profil der Reifen fanden sich noch Überreste der Erde aus dem Weingarten.

Die Polizisten hatten bereits jeden Ein- und Ausgang zur Burg besetzt, sicherheitshalber auch die der Kirche. Ein Kollege klärte den Leo darüber auf, dass man möglichst unauffällig die Gegend rund um die Burg absuchte, aber nichts gefunden hatte. Im selben Moment kamen drei uniformierte Polizisten aus der Kirche. Sie schüttelten den Kopf.

Der Leo wollte auf Nummer sicher gehen und den Wehrturm ebenfalls absuchen lassen. »Haben wir schon«, erklärte einer der Polizisten, »aber der ist abgesperrt. Außerdem habe ich Zweifel, dass der Lobinger da raufgekommen wäre.« Da musste ihm die Charlotte zustimmen. Sie war zwar erst ein- oder zweimal in ihrem Leben auf den Wehrturm hinaufgestiegen, aber das hatte ihr gereicht. War man größer als einen Meter achtzig, ging dies fast nur in gebückter Haltung. Es war von Vorteil, wenn man eine schlanke, sportliche Figur hatte, denn es war alles sehr eng. Und auch wenn der Lobinger seine hundertfünfzig Kilo irgendwie durch den Weingarten bergauf gewuchtet hatte – die mehr als hundertvierzig Stufen des Wehrturms traute sie ihm nicht zu. Schon gar nicht mit dem vermutlich bewusstlosen Noah auf den Schultern. Ja, der Bursche wog nass bestimmt nicht mehr als fünfundfünfzig Kilo, aber selbst das wäre wohl zu viel für den korpulenten Regisseur.

»Nein, sie sind in der Burg«, stellte sie klar, »deshalb auch die Festbeleuchtung. Der Lobinger will, dass man ihm bei seinem Schlussakt zusieht.«

»Dann gehen wir jetzt rein«, entschied der Leo. Er wies ein paar Kollegen an, sich unauffällig im Burghof zu verteilen. Er selbst wollte mit der Charlotte und einer Handvoll anderer Kollegen das Innere der Burg durchsuchen. Er löste seine Dienstpistole aus dem Halfter, kontrollierte das Magazin und hängte sie dann wieder an seinen Gürtel. Er war kein großer Freund von Waffen, was für einen Polizisten eigenartig erscheinen mag, aber bislang hatte seine beeindruckende Erscheinung meistens ausgereicht, um eine Konfliktsituation zu lösen. Er hatte aber auch noch nie mit einer Geiselnahme zu tun gehabt.

Eigentlich hätte er in dieser Situation auf die WEGA, die Spezialeingreiftruppe aus Wien, warten müssen, die von den Kollegen sofort verständigt worden war. Aber dafür fehlte jetzt schlicht und ergreifend die Zeit. Weder der Leo noch die Charlotte glaubten, dass der Lobinger zu Verhandlungen bereit war. Und bis die Wiener endlich vor Ort waren, könnte der Lobinger dem Noah schon das Licht ausgeknipst haben. Daher mussten sie die Situation allein lösen. Oder wenigstens so lange auf Zeit spielen, bis die Geiselnahmeexperten eintrafen.

An jedem anderen Tag hätte das Großaufgebot der Polizei auf dem Marktplatz zu einer riesigen Menge Schaulustiger geführt, an diesem Abend nicht. Wer nicht beim Public Viewing im Weingarten der Charlotte saß, hatte sich bei einem anderen Public Viewing eingefunden oder schaute das EM-Finale daheim vor dem Fernseher. Eine glückliche Fügung, denn so durften sie hoffen, dass der Lobinger möglichst lange nichts davon mitbekam, wie dicht man ihm auf den Fersen war.

Der Leo und die Charlotte betraten die Burg durch den neu gestalteten Kassen- und Garderobenbereich. In den letzten Jahren waren die Burg und der dazugehörige Rüstsaal komplett renoviert und umgebaut worden. Die Charlotte war froh, dass sie den Leo dabeihatte, denn seit dem Umbau kannte sie sich überhaupt nicht mehr aus. Trotz der schwierigen Situation, in der sie sich befanden, war sie überrascht, was man aus dem jahrhundertealten Inneren der Burg gemacht hatte. Es dominierten nun Glas und Stahl, und trotzdem hatte man es geschafft, die historische Bausubstanz zu erhalten.

In der Burg war es totenstill, die Räumlichkeiten wurden von einer schwachen Notbeleuchtung nur wenig erhellt. Am Kassen- und Garderobenteil vorbei führte ein Flur, der von einem Glasdach geschützt wurde. Ein Blick nach oben gewährte Aussicht auf die mittelalterliche Kirche, die sich fast, aber eben nicht ganz an die alte Herzogsburg anschmiegte. Zu ihrer Linken befand sich ebenfalls eine Glaswand. Sie schützte einen Balkon, der wiederum auf den großen Festsaal hinunterblickte. Zu ihrer Rechten führten Stufen hinunter zum Parkett. Nach etwa zehn Metern kamen sie auf der rechten Seite zu einer weiteren Treppe, die zur ehemaligen Rüstkammer hinaufführte. Diese diente während der Sommerfestspiele als Backstage-Bereich mit Schminktischen und der Kostümabteilung.

Vorsichtig stieg der Leo die fünf Stufen hoch, lugte ums Eck und gab der Charlotte dann ein Zeichen, ihm zu folgen. Der Lobinger musste durch diesen Raum gekommen sein. Kostüme lagen herum, und einige Schminkutensilien waren ebenfalls über den Fliesenboden verstreut.

»Anscheinend ist der Noah munter geworden«, flüsterte der Leo der Charlotte zu. »Und hat sich gewehrt.«

»Aber gegen den Koloss hat er keine Chance. Weiter, weiter«, drängte sie ihren Cousin. Sie drehte sich um und wollte die Andrea an der Hand nehmen, aber die war nicht mehr da. Egal, dachte sie, um die Andrea konnte sie sich jetzt nicht kümmern. Sie würde schon wissen, was sie tat.

Mit leisen Schritten schlich der Leo durch die Rüstkammer. Am anderen Ende war ein Tor, das hinaus in den Burghof und zur Bühne ging, aber es war fest verschlossen. An dieser Stelle hatte der Lobinger das Gebäude nicht verlassen. Gleich daneben führte eine kleinere Tür auf einen großen Flur, von wo eine ehemalige Feststiege hinauf zum alten Festsaal führte. Dort oben war seit dem Umbau unter anderem die große Küche untergebracht, die nur bei Hochzeiten, Festen oder ähnlichen Anlässen in Betrieb genommen wurde. Im oberen Stockwerk befanden sich aber auch die ältesten Räume der Burg, die nach wie vor in ihrem ursprünglichen Zustand belassen waren. Die hohen Fenster blickten allesamt auf den Burghof, sie waren vor dem Umbau immer wieder mal als Bühnenaus- und -eingänge in schwindelerregender Höhe verwendet worden. Die Charlotte konnte sich zum Beispiel an eine Vorstellung von »Romeo und Julia« erinnern, bei der eines der Fenster als Julias Balkon gedient hatte.

Ein ungutes Gefühl stieg in der Charlotte hoch. Sie konnte sich jetzt denken, was der Lobinger vorhatte. Auf jegliche Vorsicht pfeifend, überholte sie den Leo und rannte die Treppen hinauf. Die Küchenräumlichkeiten ließ sie links liegen, hastete durch einen weiteren Gang, und dann stand sie im alten Teil der Burg. Hier sah man noch die kalten Steinmauern, es war zugig und düster. Nur ein schwacher Schein von den Laternen im Burghof spendete etwas Licht. Aber es genügte, um zu erkennen, dass eines der gotischen Bogenfenster, die vom Boden bis fast zur Decke reichten, offen stand.

Sie wollte schon losstarten, als der Leo sie am Arm festhielt. »Langsam«, flüsterte er ihr ins Ohr. Die Charlotte nickte und schritt vorsichtig durch den kalten Raum. Beim Fenster angelangt, lugte sie ums Eck nach draußen. Dort stand tatsächlich der Lobinger. Platz war genug, da das Gebäude an dieser Stelle von einem alten Wehrgang umgeben wurde. Die Mauern waren zwar schon längst weggebrochen, aber der Boden noch vorhanden. Aus Denkmalschutzgründen durfte der alte Gang nicht einfach abgerissen werden. Für eine komplette Restaurierung fehlte jedoch derzeit das Geld.

Der Lobinger hatte einen seiner fetten Arme um den Hals vom Noah gelegt, er presste den Burschen fest an sich. Unter ihnen lag die Bühne der Festspiele. In der anderen Hand hielt der Regisseur ein langes Messer. Es sah nicht nach einem Bühnenrequisit aus.

Er erblickte seine Häscher und lachte theatralisch auf. »Ist das Publikum endlich da?«

»Valentin!« Mehr fiel der Charlotte in diesem Moment nicht ein. Sollte sie ihn fragen, wieso er das alles tat? Hätte wohl keinen Sinn gehabt, also ließ sie es lieber. Stattdessen streckte sie den Kopf noch ein Stück weiter hinaus. Hinter ihr gab der Leo ein paar Befehle über sein Funkgerät, und im nächsten Moment wimmelte es im Burghof nur so vor Polizisten. Mitten unter ihnen konnte die Charlotte auch die Andrea sehen.

»Valentin!«, versuchte die Charlotte noch mal, Lobingers Aufmerksamkeit auf sich zu lenken. »Schau doch! Du kommst hier nicht mehr weg. Gib auf und erspar uns allen eine Menge Arbeit.«

Wieder lachte der Regisseur hysterisch. »Einen Scheiß werde ich. Wieso sollte ich euch entgegenkommen? Das hier wird mein letzter Akt. Das ist mir seit gestern klar. Weißt du«, sagte der Lobinger zur Charlotte, »seit ich den kleinen Wichser bei dir gesehen habe, war mir klar, dass mein Spiel zu Ende ist. Schade, denn meine Inszenierung war fast perfekt.«

Die Charlotte war inzwischen durch den offenen Fensterbogen auf den breiten Steinsims hinausgestiegen. Der Leo folgte dicht hinter ihr.

»Valentin«, wiederholte die Charlotte in einfühlsamem Tonfall. Der Regisseur hatte sich zu ihr umgedreht. Sie konnte sehen, dass das Gesicht vom Noah bläulich anlief. Der Lobinger ließ ihm kaum noch Luft. Das Messer hatte er dem Burschen in die Seite gedrückt. Das T-Shirt war an dieser Stelle vom Blut dunkel gefärbt.

»Mach es nicht schlimmer, als es schon ist. Wir wissen, dass du ein Verhältnis mit dem Obermayer hattest. Er hat deine Liebe enttäuscht, und deshalb musste er sterben. Und bei der Susi Midlener hast du auch nachgeholfen. Reicht es nicht, dass du zwei Leben am Gewissen hast? Muss es unbedingt noch ein drittes sein?«

Wieder das theatralische Lachen des Regisseurs. »Was wisst ihr schon? Ich muss jetzt noch kotzen, wenn ich an die Trauermiene der Renate denke. Dabei bin doch eigentlich ich die Witwe. Ich habe mich dem Norbert in den letzten Wochen seines Lebens gewidmet. Und dann …«

»Und dann …?« Die Charlotte gab sich Mühe, ihre Stimme so ruhig und neutral wie möglich zu halten. Dabei schob sie sich Zentimeter um Zentimeter näher an den Lobinger heran, der aber noch immer gut fünf Meter entfernt war. Die Polizisten unten im Burghof konnten nicht eingreifen, sondern nur gebannt zuschauen. Einen Scharfschützen hatte man so schnell natürlich nicht bei der Hand, und auf gut Glück und bei dem spärlichen Licht einen Schuss mit der Pistole zu riskieren war nicht zu verantworten. Der Lobinger hielt den Noah nach wie vor fest an sich gedrückt.

»Und dann habe ich die beiden ausgerechnet in der Nacht vor der Premiere erwischt«, schrie der Lobinger. In sein Lachen mischte sich ein Schluchzen. Er war völlig durch den Wind. Was die Situation leider noch unberechenbarer machte.

»Den Obermayer und die Midlener«, sagte die Charlotte.

»Genau hier haben sie es getrieben. Unten auf der Bühne. Ich hatte ja schon so meinen Verdacht, dass mir der Norbert nur bedingt treu war. Aber mit so einer jungen Tussi wie der Midlener? Das war eine echte Beleidigung!«

»Was ist dann passiert?« Die Charlotte sah jetzt nur eine Möglichkeit, nämlich den Lobinger abzulenken und ihn weitererzählen zu lassen. Irgendwann würde er einen Fehler machen. Hoffentlich.

»Er hat mich verhöhnt! Kann man sich das vorstellen? Dieses schauspielerische Nichts hat sich über mich lustig gemacht. Er sei nur wegen des Engagements mit mir zusammen gewesen. Er wollte nur das Geld. Damit war er um nichts besser als dieses kleine Schlamperl.« Dabei verstärkte er seinen Würgegriff um den Hals vom Noah nochmals.

»Da hattest du ihm bereits die Gage ausbezahlt?«

»Ja. Kaum hatte er das Geld, war ich nutzlos für ihn.«

»Und wieso musste auch die Midlener noch sterben?«

»Daran bist du schuld, meine Liebe«, sagte der Lobinger. Süffisanz und Hohn tropften aus seiner Stimme.

»Ich?«, fragte die Charlotte fassungslos.

»Ja, du. Am Anfang hat die Midlener ja dichtgehalten. Wusste außer ihr keiner, dass ich sie mit dem Norbert erwischt hatte oder dass sie überhaupt ein Verhältnis mit ihm hatte. Als du mir erzählt hast, dass ihr Verhältnis aufgeflogen war, ist mir klar geworden, dass sie ihre Goschen nicht wird halten können. Die Gefahr war einfach zu groß, dass sie der Polizei erzählte, wie ich sie und den Norbert auf der Bühne erwischt habe. Dann wäre ich auf einmal auch im Visier der Polizei gewesen. Und da war so ein Bühnenunfall die perfekte Lösung.«

Die Charlotte schüttelte entsetzt den Kopf. Sie musste ihren Blick vom Lobinger abwenden. Für den Noah wurde es langsam knapp. Seine Zungenspitze blitzte bereits durch die Zähne, und die Augäpfel waren hochgerollt. Es war nur mehr das Weiß in seinen Augen zu sehen.

»Und den Noah wolltest du auch noch umbringen, weil er dich identifizieren konnte. Schließlich warst du mit dem Obermayer ja mal gemeinsam bei ihm. Das hat er uns erzählt. Du sagst zwar, du hast den Obermayer geliebt, aber ab und zu war auch dir halt nach jüngerem Fleisch.«

»Was hat denn Liebe mit Sex zu tun?«, fragte der Lobinger empört und widersprach damit seinen eigenen Behauptungen zum Mord am Obermayer. »Wir hatten alle drei unseren Spaß, und der hier«, dabei schüttelte er den leblosen Körper des Noah, »der hat dafür ja auch Geld bekommen. Nur Gewinner!«

»Nur Gewinner …«, flüsterte die Charlotte entgeistert.

Im Hintergrund hörte sie ein leises Quietschen, konnte das Geräusch aber nicht einordnen. Sie schauderte und schlang sich trotz der hohen Temperaturen die Arme um den Körper, um nicht zu zittern. Schließlich fand sie ihre Fassung wieder.

Sie schaute dem Lobinger mit kaltem Blick in die Augen und setzte alles auf eine Karte. Sie konnte nicht mehr warten, der Noah war bereits irgendwo zwischen Leben und Tod. »Valentin, ich komm jetzt zu dir rüber und nehm dir den Burschen ab. Danach kannst du machen, was du willst. Von mir aus stürz dich da runter. Es ist mir wirklich egal. Aber ich werde nicht zulassen, dass du den Noah mitnimmst.«

Der Lobinger sah sie kurz erstaunt an und brach dann wieder in hysterisches Gelächter aus. Die Charlotte machte einen großen Schritt auf Lobinger und Noah zu.

Im selben Moment verstummte das Gelächter. »Du hast recht, das Spiel ist aus«, sagte der Lobinger ganz ruhig. Dann stieß er den Noah über den Rand des Steinsimses.

27

»Nein!«, brüllte die Charlotte. Gleichzeitig ertönte ein Schuss. Eine Kugel jagte Zentimeter an ihrem rechten Ohr vorbei und traf den Lobinger in die Schulter. Der Regisseur hatte noch die Hände zum Stoß ausgestreckt, als ihn die Kugel vom Leo niederstreckte. Er stürzte um wie ein Mehlsack, rollte auf die Kante des Simses zu, fiel aber nicht. Stille breitete sich über den

Burghof. Zu hören waren nur das Schluchzen der Charlotte und das schmerzvolle Wimmern vom Lobinger.

28

Die Charlotte war auf die Knie gefallen. Sie hatte das Gesicht in ihren Händen vergraben und weinte hemmungslos. Sie hörte ihr eigenes Schluchzen nur mit dem linken Ohr, das rechte war vom Pistolenschuss taub. Es würde vermutlich noch Tage dauern, bis sie auf diesem Ohr wieder normal hörte. Eine gefühlte Viertelstunde kauerte sie so da. Sie wollte nichts sehen, hören konnte sie sowieso kaum etwas.

Die Schockstarre, die sich nach dem Showdown über den Burghof gelegt hatte, löste sich nur langsam. Das Gesicht noch immer in den Händen, vernahm die Charlotte die Sirenen der herannahenden Rettungsautos. Dann war ihr, als könnte sie mit dem linken Ohr lautes Stimmengewirr hören. Flackerndes Blaulicht zuckte durch den Nachthimmel.

Sie merkte zunächst gar nicht, dass der Leo sie von hinten umarmte und zu trösten versuchte. Erst als er sie immer stärker schüttelte, ließ sie die Arme fallen. Ihr Cousin zeigte mit der Hand immer wieder zur Kante des Steinsimses, aber die Charlotte schüttelte den Kopf, sie wollte nicht hinunterschauen.

Schließlich reichte es dem Leo. Er zog die Charlotte auf die Beine und führte sie vorsichtig an die Kante. Durch ihre Tränen erkannte sie ein Stück unter sich ein weißes Rechteck und darauf einen dunklen Fleck. Mit dem Handrücken wischte sie sich über die Augen, um klarer zu sehen.

Und sogleich schossen ihr wieder Tränen in die Augen – diesmal allerdings Freudentränen. Da, zwei Meter unter ihr, lag nämlich der Noah im Liebesnest von Titania und dem eselsköpfigen Zettel. Noch ein paar Meter weiter unten stand die Andrea. Sie sprang ungeduldig von einem Bein aufs andere und hielt ihr beide Daumen hochgestreckt entgegen.

Die Charlotte fand immer noch keine Worte, sie konnte vor Freude nur mehr schluchzen.

Ein paar Minuten später stand die Andrea oben bei der Charlotte. »Als wir in der Rüstkammer niemanden gefunden haben, war mir klar, was der Lobinger vorhat«, erklärte die Andrea. »Im Gegensatz zu dir habe ich mich ja für die Burg interessiert und sie mir öfter von innen angesehen. Natürlich war es ein Glück, dass sich der Lobinger genau diese Stelle für sein Spektakel ausgesucht hat. Aber er hatte auch nicht viele Möglichkeiten.«

»Also bist du runter und …«

»… und hab mir einen Polizisten geschnappt, den ich schon bei ein paar Vorstellungen neben der Bühne gesehen habe. Er wusste, wie der Hebemechanismus zu bedienen war.«

»Das war also das Gequietsche, das ich vorhin gehört habe.«

»Ja, zum Glück ist es dem Lobinger nicht aufgefallen. Der war völlig weggetreten.« Die Charlotte strich der Andrea durch die Haare und bedeckte ihr Gesicht mit Küssen.

Mittlerweile war die Rettung im Burghof angekommen. Der Noah wurde, noch immer bewusstlos, vom Bett auf eine Trage verfrachtet. Ein Notarzt machte sich sofort an eine erste Untersuchung.

Das WEGA-Team hatte der Leo inzwischen wieder abbestellt. Die Situation war gelöst. Blutig, aber ohne weitere Tote. Neben ihnen begann der Lobinger lauter zu stöhnen. Der Leo war bei ihm. Er hatte bereits das Messer in einem Plastikbeutel verstaut und wollte nun sicherstellen, dass der schwer verletzte Regisseur nicht doch noch Selbstmord beging. Zuzutrauen war ihm alles.

Kurz darauf kamen auch schon zwei Sanitäter. Sie hatten den langen und teils verwinkelten Weg durch die Burg nehmen müssen. Der Leo, die Charlotte und die Andrea zogen sich zurück, um ihnen Platz zu machen. Die Sanitäter mühten sich mit dem Hundertfünfzig-Kilo-Koloss gewaltig ab, schafften es aber schließlich doch, ihn auf einer Trage ins Innere der Burg zu bringen. Dort warteten weitere Sanitäter mit einigen Polizisten. Letztlich brauchte es vier Personen, um den Regisseur zum Krankenwagen zu transportieren.

Er würde überleben und sich vor Gericht für seine Taten verantworten müssen. Aber das interessierte die Charlotte nur peripher. Sie wollte zum Noah. Im Burghof gab der Notarzt bereits Entwarnung. »Ich möchte ihn über Nacht ins Spital mitnehmen. Zur Beobachtung. Aber im Großen und Ganzen geht es ihm den Umständen entsprechend gut. Ein paar Quetschungen im Halsbereich. Ein nicht allzu tiefer Messerstich in der linken Seite, eigentlich nur eine oberflächliche Verletzung. Er hat ein bisschen Blut verloren, aber alles in allem nichts, was ein Bursche in seinem Alter nicht wegstecken kann.«

Die Sanitäter brachten die Trage mit dem Noah vorsichtig zum Rettungswagen, und dann ging es ins Spital nach Mödling.

Die Spurensicherung war bereits vor Ort. Viel zu tun gab es nicht. Einige Spuren im Backstage-Bereich, dazu die Blutlache vom Lobinger am alten Wehrgang. Am wichtigsten aber: In der Garderobe vom Lobinger fand man eine alte Schere mit auffälligen Rostflecken. Wie sich später herausstellte, war das die Schere, mit der die Seile von Titanias Liebesnest angeschnitten worden waren. Die Rostpartikel auf der Schere entsprachen jenen, die man an den Schnittstellen der Seile gefunden hatte. Das Geständnis vom Lobinger hatten außerdem Dutzende Polizisten gehört – der Regisseur würde sich nicht mehr herauswinden können.

Von der Charlotte fiel die Belastung der letzten Tage ab. »Kommt, ich geb euch eine Runde aus«, sagte sie erleichtert und sperrte kurzerhand ihren Weinstand auf.

»Eigentlich sind wir ja im Dienst«, meinte der Leo, doch an seinem Tonfall war zu erkennen, dass er sich nicht allzu sehr wehren würde. Die Charlotte öffnete eine Flasche ihres

Schüttelweins und schenkte drei Gläser ein. Die Charlotte, die Andrea und der Leo prosteten sich zu.

»Auf ein glückliches Ende«, sagte die Charlotte.

»Auf die Liebe«, sagte die Andrea.

»Auf einen Verbrecher weniger«, sagte der Leo.

Die Andrea öffnete zwei weitere Flaschen, die Charlotte steuerte ein Tablett und ein paar Gläser bei, und dann durfte sich jeder der anwesenden Beamten an einem Glas Schüttelwein delektieren. Die Sanitäter waren bereits alle abgerauscht.

Ansonsten gab es an diesem Abend eigentlich nicht viel zu feiern. Deutschland hatte inzwischen den EM-Titel eingefahren, die ÖFB-Elf saß noch immer wie ein Häufchen Elend auf dem Rasen des Finalstadions. Aber, hey, das war Österreich. Und immerhin durfte man sich jetzt ja Vize-Europameister nennen.

Und so floss in der Turmbar und in der Motte der Alkohol auch nach dem Abpfiff noch in Strömen. Beim Public Viewing am Nöhrer'schen Weingut war es nicht viel anders, wie die Charlotte bei ihrer Rückkehr feststellte. Nachdem sie ihr Auto am Parkplatz abgestellt hatte, schaute sie zum ersten Mal seit Stunden auf ihr Handy. Sie hatte zehn verpasste Anrufe – alle von der Flora. Die erwartete sie zappelnd im Hof, der inzwischen wieder gut gefüllt war.

Der Herr Papa hatte nach der Überreichung des EM-Pokals den Beamer ausgeschaltet. So weit reichte der Masochismus der Fußballfans dann doch nicht, dass man sich auch noch die Siegerinterviews der deutschen Europameister anschauen wollte. Trotzdem waren viele der Leute draußen auf der Wiese geblieben und genossen bei einem Glas Wein den Ausblick auf die Lichter von Wien. Im Hof verteilte Muttern Gratiskuchen.

»Die Leute brauchen jetzt Zucker und Glückshormone«, erklärte sie der Charlotte.

»Wo ist der Noah?«, fragte die Flora ungeduldig.

»Im Spital«, erwiderte die Charlotte. Die Flora wurde blass.

»Keine Angst, nur über Nacht. Es geht ihm so weit gut«, beruhigte die Charlotte sie sofort.

Inzwischen war der Rest der Familie zu ihnen gestoßen, und sie gab ihnen eine kurze Zusammenfassung der Geschehnisse. Am Ende war vor allem der Herr Papa fuchsteufelswild, natürlich wegen des Zaitler. Der würde am nächsten Tag nicht nur mit einem Mordsbrummschädel aufwachen. Der Herr Papa schwor, dass er jetzt auch seinen Posten als Weinbauvereinsobmann verlieren würde. So idiotisch, wie sich der alte Zaitler aufgeführt hatte! Und dabei war er, wenn auch unwissentlich, beinahe zum Mittäter an einem Mord geworden. So was konnte man ihm nun wirklich nicht durchgehen lassen.

Danach entschuldigte sich die Charlotte. Sie war hundemüde und wollte nur noch schlafen. Die Andrea schloss sich ihr an. Der Lärm aus dem Hof störte sie beide nicht. Kaum lagen sie im Bett, schliefen sie eng umschlungen ein.

Am nächsten Tag schnalzten in ganz Österreich die Krankenstände in lichte Höhen, das Land schlief den Kater vom verlorenen EM-Finale aus. Auch die Charlotte und die Andrea krochen erst um die Mittagszeit aus ihrem Bett.

Am Nachmittag besuchten sie dann den Noah im Krankenhaus. Der Bursche war schon wieder einigermaßen gut drauf. Er ließ sich erzählen, wie der Showdown geendet hatte. Denn da war er ja bewusstlos gewesen.

Als die Charlotte zu der Stelle kam, als ihn der Lobinger über die Kante gestoßen hatte, wurde er ganz blass um die Nase und übergab sich geräuschvoll neben das Krankenbett. Sofort war eine Schwester da und wollte die beiden Frauen rauswerfen. Aber der Noah gab Entwarnung, und kopfschüttelnd verließ die Pflegerin den Raum.

»Jetzt lass mal hören«, sagte die Andrea zum Noah. »Ich möchte auch endlich wissen, was da zwischen dir, dem Obermayer und dem Lobinger abgelaufen ist. Die Charlotte hat sich da bislang ziemlich ausgeschwiegen.«

Also erzählte der Noah jetzt auch noch mal der Andrea die Geschichte, wie er die beiden älteren Männer kennengelernt hatte und wie es zu alldem, inklusive der Erpressungsgeschichte, gekommen war.

Ein paar Wochen vor dem Premierenabend war er vom Lobinger und vom Obermayer im Prater aufgegabelt worden. Der Lobinger war in Feierlaune gewesen, weil die Vorbereitungen für den »Sommernachtstraum« auf der Zielgeraden waren und ausnahmsweise mal alles am Schnürchen lief. Noch dazu war der Regisseur völlig zugedröhnt gewesen. Der Noah hatte zuvor schon mit den beiden zu tun gehabt, allerdings unabhängig voneinander. Bis zu diesem Abend hatte er keine Ahnung gehabt, dass die beiden älteren Männer auch miteinander etwas hatten.

An diesem Abend hatte dann der Lobinger ihn und den Obermayer in seine Wohnung im Stuwerviertel mitgenommen. Dort war es zu einer stundenlangen Orgie gekommen, in deren Verlauf der Lobinger immer brutaler wurde. Der Noah hatte es dem Obermayer zu verdanken, dass er am Ende nicht im Krankenhaus gelandet war. Der Obermayer hatte dem Lobinger nämlich irgendwann ein Schlafmittel in seinen Drink gemischt, woraufhin der endlich, endlich eingeschlafen war. Dann hatte er den Noah vor die Tür begleitet und ihm – aus der Geldbörse vom Lobinger – ein fettes Trink- und Schweigegeld gegeben.

»Aber wie passt das mit den Eifersüchteleien vom Lobinger zusammen?«, wollte die Andrea wissen.

Der Noah überlegte kurz und sagte dann: »Ich glaube, der Lobinger ist ein Kontrollfreak und sehr besitzergreifend. Solange er dabei war und mitmachen konnte, war es okay, wenn der Norbert mit mir rummachte. Als der Norbert ihn aber dann mit der Schauspielerin betrogen hat, sind bei ihm einfach alle Sicherungen durchgebrannt. Der Lobinger war halt wirklich stockschwul. Der interessierte sich überhaupt nicht für Frauen. Der Norbert war bi, der hatte da auch keine Vorlieben.«

»Als er den Obermayer mit der Midlener erwischt hat, ist dem Lobinger klar geworden, dass er nur ausgenutzt worden ist«, sagte die Charlotte. »Der Obermayer hatte nur mitgespielt, weil er das Geld für seine Schulden brauchte. Und später auch für deinen Erpressungsversuch. Sobald er die Kohle in Händen hielt, hat er den Lobinger fallen lassen wie eine heiße Kartoffel. Was konnte ihm schon groß passieren, hat er sich wohl gedacht.«

»Damit lag er ein bisschen falsch«, meinte die Andrea trocken.

Sie wechselten das Thema, und die Charlotte und die Andrea erzählten dem Noah vom Ausgang des EM-Finales. Dann kam der Arzt, um den Noah gründlich zu untersuchen.

Zufrieden entließ er ihn schließlich in die Obhut der Charlotte. Der Noah werde noch ein paar Tage Probleme beim Schlucken haben, erklärte er.

»Wissen Sie, wie es dem Valentin Lobinger geht?«, fragte die Charlotte, während sich der Noah anzog.

Der Arzt überlegte einige Momente. »Darf ich Ihnen eigentlich nicht sagen. Aber nachdem Sie ja mitverantwortlich dafür sind, dass man diese ... Person gefasst hat: Er hat die Operation gut überstanden. Die Kugel hat den Oberarmknochen und das Schulterblatt zerstört. In seinem Alter und mit der Statur heilt das nicht mehr so gut. Er wird also noch jahrelang an seine Taten erinnert werden, wenn Sie das beruhigt.« Die Charlotte nickte schweigend.

Daheim wurden sie von der versammelten Familie empfangen, auch der Luca und seine Eltern waren dabei. Der Noah musste etliche Umarmungen und Herzlichkeiten über sich ergehen lassen, bevor ihn die Charlotte auf sein Zimmer führen konnte. Die Frau Mama servierte dem Burschen eine klare Suppe (an festes Essen war mit seiner Halsquetschung ja vorerst nicht zu denken), und noch bevor die Sonne untergegangen war, lag der Noah schon wieder im Tiefschlaf.

Die Charlotte schnappte sich die Andrea und fuhr hinunter

zu den Sommerfestspielen, wo sie sich die erste Aufführung ohne den Regisseur ansahen. Dessen Aufgaben hatte der Willi Hofer übernommen. Es war letztlich so, wie es der Lobinger selbst ein paar Abende zuvor gesagt hatte: Inzwischen lief eh alles wie von selbst. Aber nachdem der Mörder endlich gefasst war, gab es noch eine Extraportion Leichtigkeit obendrauf und am Ende Standing Ovations der fünfhundert Zuschauer.

Am nächsten Tag wartete eine Überraschung auf die Charlotte. Als sie am Vormittag das Einfahrtstor aufzog, um den Heurigen für Besucher zu öffnen, stand jemand schon ungeduldig vor dem Tor: die Renate. Es war der Charlotte fast peinlich, aber in all der Hektik rund um den Noah hatte sie ganz die Obermayer-Witwe vergessen.

»Guck-guck«, sagte die Renate fröhlich und fiel der Charlotte um den Hals. »Ich weiß gar nicht, wie ich mich bei dir bedanken soll«, setzte sie an, wurde aber lachend von der Charlotte unterbrochen.

»Ich weiß es schon. Zum Beispiel, indem du dein Versprechen einlöst.«

»Immer die Geschäftsfrau.« Die Renate musterte die Charlotte und lachte dann ebenfalls laut los. »Wir können die Verträge gleich heute noch aufsetzen, wenn du willst. Einen Notar werdet ihr hier im Ort ja haben.«

»Schön, dass du wieder da bist«, sagte die Charlotte und gab der Renate ein Küsschen auf beide Wangen. »Haben sie dich erst heute freigelassen?«

Die Renate schüttelte den Kopf. »Nein, schon gestern Nachmittag. Ich wollte aber erst nach Hause in meine Wohnung. Jetzt, wo ich endlich weiß, wer den Norbert am Gewissen hat, musste ich da ein paar Sachen in Ordnung bringen. Eine Freundin hat mir geholfen. Wir haben die ganze Nacht gearbeitet und seine Sachen in Kartons verpackt. Die Caritas wird sich über das Gewand freuen.«

»Wusstest du, dass dein Norbert bisexuell war?«

Die Witwe verneinte. »Nein, wirklich nicht. Solange wir ein funktionierendes Liebesleben hatten, hätte ich das wohl ohnehin nicht gemerkt. Und danach? Wer kann schon in einen anderen Menschen reinschauen …«

Gemeinsam schlenderten sie in den Hof. »Und jetzt?«, wollte die Charlotte wissen.

»Jetzt mache ich erst mal Urlaub. Hier bei dir. Wie versprochen.«

»Du weißt schon, wer jetzt auch hier ist?«

Die Renate sah die Charlotte an. »Du meinst den bemerkenswerten jungen Mann, der mitgeholfen hat, den Lobinger zur Strecke zu bringen?«

»Und der mit deinem Mann geschlafen hat.«

Die Renate wurde still. »Ja, das hat man mir – in anderen Worten, aber doch – schon erzählt. Ich würde ihn mir gerne mal anschauen und mir dann selbst eine Meinung bilden. Wenn ich allen böse wäre, die mit dem Norbert gevögelt haben, dürfte ich wahrscheinlich mit halb Wien nichts mehr reden.«

Der Noah stimmte einem Gespräch unter vier Augen nach kurzem Zögern zu. Die Charlotte bestand jedoch darauf, dass dieses Gespräch im Hof stattfinden müsse, wo sie die beiden im Auge behalten konnte. Sie positionierte sich so, dass sie nicht mithören konnte, aber nahe genug war, um im Notfall einschreiten zu können.

Was sich als unnötig erwies. Die beiden saßen sich an einem der alten Heurigentische gegenüber. Die Renate hörte dem Noah bei einem weißen Spritzer eine halbe Stunde lang zu, ohne ihn zu unterbrechen. Im Lauf des Gesprächs rückte die Renate immer weiter nach vorne, und am Ende hielt sie nicht mehr ihr Spritzerglas fest, sondern die Hände vom Noah. Die Charlotte beobachtete, wie sie schließlich aufstanden. Die Renate umarmte den Burschen und wuschelte ihm durchs Haar.

Gemeinsam kamen sie zur Charlotte. »Jetzt hast du gleich zwei Streuner am Hof«, schmunzelte die Renate.

»Yep«, antwortete die Charlotte. »Streuner sind ziemlich anhänglich, und ich habe halt ein großes Herz.« Sie sah die beiden an. »Wie seid ihr verblieben?«

Die Renate legte ihren Arm um die Schulter des Burschen, zog ihn fest an sich und nickte. »Der Tod vom Norbert ist nicht seine Schuld, und am Ende hat er geholfen, dass du den echten Mörder schnappen konntest. Was sollte ich ihm nachtragen? Er hat mir seine Geschichte erzählt, und dabei hat es mir einen Stich ins Herz gegeben. Wenn du ihn nicht schon bei dir aufgenommen hättest …«

»Finger weg, der gehört mir!« Die Charlotte lachte. »Aber ich kann mir nicht vorstellen, dass der Noah etwas dagegen hat, wenn du dich auch ein wenig um ihn kümmerst. Er hat viel aufzuholen, und ich bin kein guter Mutterersatz.«

»Soll das heißen, ich sehe wie eine Mutter aus?«, fragte die Renate in gespielter Empörung.

Würde es einfach werden? Nein, sicher nicht. Es war so viel vorgefallen, und viele Lebensumstände hatten sich mit einem Schlag um hundertachtzig Grad gedreht. Aber was im Leben war schon einfach? Und lag nicht genau darin die Spannung? Sowohl die Renate als auch der Noah konnten nun wieder bei null anfangen. Was sie daraus machten? Das würde die Zukunft zeigen. Aber wie viele Menschen hatten schon die Chance, ihr Leben völlig neu zu gestalten?

Die Charlotte nahm mit ihrer Linken die Hand der Renate, mit der Rechten die vom Noah. »Ein neuer Anfang für euch beide.«

Und zugleich das

ENDE

Da war doch noch was ...

Ach ja, richtig. Ein großes Danke an alle, die mit der Entstehung dieses Buchs beschäftigt waren. Bevor ich diesen Dank etwas detaillierter ausführe, möchte ich aber noch ein paar Sachen klarstellen. Oder, wie es die Thriller-Autoren so gerne bezeichnen: Zeit, Fakt und Fiktion trennen. Das Perchtoldsdorf, wie ich es in diesem Buch dargestellt habe, existiert so natürlich nicht. Es ist vielmehr eine Mischung aus verklärten Kindheitserinnerungen, Übertreibungen und plotbedingten Anpassungen. Quasi eine Melange, wie es der Wiener auszudrücken pflegt. Nach gut fünfundzwanzig Jahren in Wien muss ich mich inzwischen wohl selbst als solchen bezeichnen.

Also, Fakt und Fiktion: Ein Weingut mit angeschlossenem Heurigen und Hotel, und das alles mitten in den Weinbergen, gibt es – wenigstens in Perchtoldsdorf – so nicht. Der Nöhrer-Heurige ist eine Mischung aus einigen real existierenden Heurigen, reiner Erfindung und dem Garten meiner Schwiegereltern. Von dort stammt die Idee mit der hundertfünfzig Jahre alten Kastanie und dem historischen Presshaus mitten am eigenen Grundstück.

Die »Turmbar« und die »Motte« beruhen auf realen Vorbildern. Damit hat es sich aber auch schon. Das damit verbundene Personal ist völlig frei erfunden. Dennoch lohnt sich ein Besuch dort, denn die »Burgbar« (der echte Name der »Turmbar«) wird alljährlich vom Falstaff-Magazin als eine der besten in Österreich ausgezeichnet. Die Perchtoldsdorfer Burg wurde in den letzten Jahren tatsächlich modernisiert, ich habe mir aber die notwendigen Erzählfreiheiten genommen und die Gegebenheiten den Bedürfnissen der Geschichte angepasst. Also bitte nicht nach einem alten Wehrgang suchen ...

So, und nun zum Dankeschön: Zuallererst natürlich ein großes Danke an meine Frau Isa. Wir sind nun seit über zehn

Jahren verheiratet, und einen Großteil davon durfte sie sich anhören, wie toll es wäre, wenn meine Krimi-Idee doch endlich in die Realität umgesetzt würde. Nun, jetzt ist es so weit. Das ganze Gesuder hat sich also doch irgendwie ausgezahlt ... Dann wären da noch unsere sechsjährigen Zwillinge: Charlotte und Leo. Schon wieder diese zwei! Der Hintergrund ist allerdings ein wenig komplizierter. Die Charlotte im Buch gibt es in Wirklichkeit schon seit dem Jahr 2001, als ich den ersten Krimi-Versuch mit ihr startete (dazu in nicht allzu ferner Zukunft hoffentlich mehr). Der Name hat uns gut gefallen, und damit muss meine Tochter jetzt einfach leben. Was den Leo angeht – das ist eine etwas andere Geschichte. Als ich mit »Tod in Perchtoldsdorf« begann, hatte ich da in der Geschichte auf einmal diesen Polizisten, dem noch ein Name fehlte. Und weil sich mein Sohn später mal nicht gegenüber seiner Schwester zurückgesetzt fühlen soll, habe ich ihm den Namen Leo verpasst.

Apropos Namen: Der in dieser Geschichte so oft erwähnte »Schüttelwein« kann bei ausgesuchten Lesungen auch live und in echt verkostet werden. Herzlichen Dank an dieser Stelle an Georg und Helene Nigl vom Weingut Nigl.com, die für die Charlotte den Schüttelwein abfüllen (und der in Wirklichkeit als »Nizzante« verkauft wird – und tatsächlich hervorragend schmeckt).

Und wenn wir schon in Perchtoldsdorf sind: Danke an Christine von Lützow, die Besitzerin des »Buchladen Perchtoldsdorf«, die an das Projekt geglaubt und es gepusht hat, bevor sie mich jemals persönlich zu Gesicht bekommen hat. Sie führt ihr kleines, aber gut sortiertes Geschäft mit Herzblut und Hingabe, wie man sie selbst in diesem Bereich selten findet.

Ein großes Dankeschön geht auch an meine Literaturagentur Semmelblond Script Agency und hier im Besonderen an Hans-Georg Liebezeit, der es in kürzester Zeit geschafft hat, die Leute bei emons: von »Tod in Perchtoldsdorf« zu begeistern und davon zu überzeugen.

Womit jetzt – endlich – schön der Bogen zu emons: gespannt ist – ein herzliches Dankeschön an Daria Gaberdan-Koprowski, Hannah Naumann, Sophie Olk, Svenja Schulze, Angela Eichner, Carolin Gladysch, Leslie Schmidt und Nina Schäfer. Ich kann nur sagen, dass ich mich von Anfang an wunderbar aufgehoben gefühlt und durch alle Entwicklungsschritte des Buchs sicher geleitet gefühlt habe. Ich freue mich schon auf unsere zukünftigen Projekte. Danke auch für die geduldige Beantwortung meiner vielen E-Mails!

Und last, but not least: Uta Rupprecht, meine Lektorin, die mir bei einigen Passagen die Augen geöffnet hat und mit der ich wunderbare Telefonate und herrliche Diskussionen in Bezug auf Austriazismen und eine bestimmte Nebenperson in dieser Geschichte hatte. Es hat richtig Spaß gemacht.

Damit wäre diese Danksagung beendet. Oder halt! Nicht ganz. Das größte Dankeschön geht natürlich an Sie, geschätzte(r) LeserIn. Was wäre ein Buch ohne Leser? Also: Danke, und bleiben Sie mir und der Charlotte (und der Andrea, der Flora, dem Noah, dem Leo und, und, und) weiterhin geneigt. Denn – wie es so schön heißt – jetzt geht es erst richtig los …

Übrigens: Die Charlotte hat sich breitschlagen lassen und eine Facebook-Seite angelegt. Weil sie aber nicht soooo gerne im Rampenlicht steht, hat sie die Seite auf meinen Namen angelegt. Egal, dort gibt es alles rund um die Charlotte und ihre Fälle – von Fotos der Locations bis hin zu Lesungsterminen. Wer also mehr erfahren will: www.facebook.com/ChristianSchleiferAutor – wir freuen uns über viele Likes!